Bento Teixeira

NAUFRÁGIO & PROSOPOPEIA

ASSÍRIO & ALVIM

Título: NAUFRÁGIO & PROSOPOPEIA

1ª. Edição, 2025
Supervisão de arte: Carlos Renato
Revisão de texto: Alessandro Thomé
Imagem da capa: The Shipwreck, Claude Lorrain

Dados Internacionais de Catalogação na Publicação (CIP)
(Câmara Brasileira do Livro, SP, Brasil)

Teixeira, Bento, 1561-1600
Naufrágio e prosopopeia, de Bento Teixeira / Bento Teixeira. - 1. ed. - São Paulo: Autores e Ideias, 2025.

Bibliografia.
ISBN 978-65-84832-27-5

1. Albuquerque, Duarte Coelho de, 1537-1578
2. Albuquerque, Jorge Coelho de, 1539-1596
3. Capitania de Pernambuco - História
4. Pernambuco - História I. Título.

1. Poesia brasileira I. Título.
25-256251 CDD-981.34

Índices para catálogo sistemático:
1. Capitania de Pernambuco : História 981.34
Aline Graziele Benitez - Bibliotecária - CRB-1/3129

Texto revisado segundo o Acordo Ortográfico da Língua Portuguesa de 1990.

ASSÍRIO & ALVIM é um selo editorial publicado no Brasil pela Autores e Ideias Editora Ltda. sob licença da Porto Editora S.A.

São Paulo, SP
Contato: assirioealvimbrasil@gmail.com
@assiriobr
www.assirio.com.br

NAUFRÁGIO & PROSOPOPEIA

APRESENTAÇÃO

UM ÉPICO EMERGE DA NEBLINA

Publicado originalmente em 1601, *Naufrágio & Prosopopeia* narra em prosa e verso feitos e perigos corridos por Jorge de Albuquerque Coelho, nascido em Olinda em 1539, e que se tornou em 1589 o donatário da capitania de Pernambuco, com a morte de seu irmão mais velho, Duarte de Albuquerque Coelho. Além da obra dos jesuítas, como as cartas e poemas de José de Anchieta, há documentos anteriores com referência ao Brasil seiscentista: a carta de Pero Vaz de Caminha e o Diário de Navegação, de Pero Lopes de Sousa, registro da expedição liderada por seu irmão, Martim Afonso de Sousa, que deu início à colonização brasileira. Porém, *Naufrágio & Prosopopeia* é o primeiro livro publicado sobre personagens luso-brasileiros, isto é, já nascidos na colônia.

Narrado em primeira pessoa, *Naufrágio* é um relato em prosa iniciado com a campanha militar empreendida em Pernambuco entre 1560 e 1565 por Jorge de Albuquerque Coelho e sua dramática viagem de retorno a Portugal, partindo do porto de Recife na caravela Santo Antônio. Saqueada por corsários franceses e escangalhada por tormentas, a nau ficou praticamente à deriva – chegou quase miraculosamente a Cascais, na costa portuguesa, cinco meses depois de zarpar.

Já *Prosopopeia* alinha-se com a tradição homérica de narrar a história por meio de um poema épico. Abrange os feitos dos irmãos Albuquerque Coelho, a começar pelo *Naufrágio*. No poema, o autor compara a saga marítima de Jorge à de Ulisses, na Odisséia. A maior parte da obra, no entanto, trata da participação dos irmãos pernambucanos na guerra contra os mouros, em 1578. Seu ápice é a passagem na qual Jorge dá seu cavalo a D. Sebastião, ao ver o rei sem montaria, durante a batalha de Alcácer-Quibir, na África. Sacrificou-se pelo monarca, que, no entanto, morreu, enquanto ambos os irmãos caíram prisioneiros. Duarte não resistiu ao cárcere e apenas Jorge retornou vivo a Portugal.

Com uma tiragem de 1000 exemplares, na *editio princeps*, impressos na gráfica de Antônio Álvares, a obra de 1601 é uma raridade literária e documental, feita por iniciativa de um certo Antônio Ribeiro, que se identifica como livreiro de Lisboa. No prólogo da edição, dirigido a Jorge, então no fim da vida, Ribeiro afirma ter publicado o relato do naufrágio e o poema como homenagem ao capitão de Pernambuco. "Vossa mercê receba tudo com aquela benevolência natural com que sempre favoreceu as minhas coisas: que isso me bastara para ficar satisfeito do trabalho delas", escreveu.

*

Naufrágio & Prosopopeia traz à luz importantes personagens da história luso-brasileira. O avô paterno dos irmãos Jorge e Duarte de Albuquerque Coelho era Gonçalo Coelho, capitão da esquadra de Pedro Álvares Cabral que passou pelo Brasil em 1500. Destacado para levar a notícia do "descobrimento" a Portugal, voltou mais tarde para explorar a costa brasileira, com um navegador e cartógrafo italiano, Américo Vespúcio, cujo nome depois se deu aos três continentes do Novo Mundo.

Filho de Gonçalo, Duarte Coelho Pereira foi o primeiro donatário a vir ao Brasil com a família, enquanto outros proprietários administravam suas terras à distância. Fundador de Olinda, com o porto de Recife, implantou engenhos de açúcar que se tornaram a grande riqueza do império português, colocando o Brasil na vanguarda do capitalismo internacional principiante dos séculos XVI e XVII.

A família de Beatriz de Albuquerque, mãe de Jorge e Duarte, não era menor em riqueza e glórias. Pela parte da mãe, eles eram sobrinhos-netos de Afonso de Albuquerque, um dos "barões assinalados" por Luís Vaz de Camões em Os Lusíadas. Seu tio, Jerônimo de Albuquerque, irmão de Beatriz, impôs a hegemonia de Portugal na costa dos atuais estados do Maranhão e do Rio Grande do Norte. Capturado pelos tabajaras, após uma batalha na qual perdeu um olho com uma flechada, acabou se casando com Tabira, filha do cacique Arcoverde, selando a paz com os nativos e levando Duarte Coelho Pereira a trazer os primeiros africanos escravizados para o trabalho nos engenhos.

Capitães coloniais já nascidos no Brasil, os irmãos Jorge e Duarte de Albuquerque Coelho somaram suas próprias realizações às de seus antepassados. Estudaram em Portugal e voltaram ao

Brasil em 1560, seis anos após a morte do pai, período durante o qual Pernambuco foi administrado de Lisboa pela mãe, com ajuda de Jerônimo de Albuquerque. Consolidaram a posse da capitania guerreando os caetés, que ameaçavam tomá-la, em campanha militar da qual Jorge saiu com as cicatrizes de "nove flechadas nos peitos e rosto", de acordo com Antônio Ribeiro, no prólogo do livro.

No Brasil, os dois irmãos consolidaram a ocupação da costa pernambucana, ameaçada pelos nativos caetés, e abriram caminho para o sertão. Pela via militar, como braço direito de Duarte, herdeiro da capitania por ser o primogênito, Jorge instalou em Pernambuco a "pax portuguesa", matando e escravizando indígenas até o alto do rio São Francisco. Quando começou a campanha, tinha 20 anos de idade. Quando entrou na Santo Antônio para voltar a Portugal, depois de cumprir sua tarefa, estava com 25 anos.

Mais tarde, em 1578, os irmãos Albuquerque Coelho se puseram novamente à prova, juntando-se à nobreza de Portugal na tentativa de conquistar aos mouros o norte da África. Os portugueses perderam fragorosamente a guerra, decidida na batalha de Alcácer-Quibir. Porém, tais foram os feitos de Jorge em combate que, segundo Ribeiro, saiu da derrota "com tanta vantagem, que parece que fica triunfando".

Jorge foi levado para a prisão da fortaleza de Fez, com graves ferimentos nas pernas. Sofreu cirurgias que lhe salvaram a vida, mas o deixaram aleijado – segundo Varnhagen, teriam extraído "20 ossos" de suas pernas moídas[1]. Enquanto seu irmão mais velho não resistiu, morrendo no cárcere, foi libertado quando o rei espanhol Filipe II, que reivindicou o trono de Portugal com a

1. Francisco Adolfo de Varnhagen, História Geral do Brasil, 1877

morte de D. Sebastião, pagou o resgate dos prisioneiros nas masmorras mouras. Dessa forma, repatriou o que havia restado da nobreza de Portugal, que, naquela trágica derrota militar, havia perdido quase toda a sua elite dirigente.

Sucessor da capitania de Pernambuco com a morte do irmão mais velho, mas fisicamente impossibilitado de retomar pessoalmente seu comando, Jorge viveu o resto de seu tempo em Portugal, onde morreu, no início do século XVII, consagrado como um grande mameluco do Brasil. "Mameluco" era o termo, adotado pelos portugueses, com o qual os mouros designavam seus prepostos nascidos nas colônias, que administravam seus potentados e eram considerados ao mesmo tempo grandes chefes militares.

Matias de Albuquerque Coelho, filho de Jorge, foi também governador de Pernambuco e em 1624 passou a ser o governador-geral do Estado do Brasil, com a captura em Salvador do então governador em exercício, Diogo de Mendonça Furtado, na primeira invasão holandesa. Essa primeira incursão foi desbaratada com a sua liderança. Na segunda incursão, em que incendiou Olinda para não deixá-la ao inimigo, instalando-se na serra de onde organizou a guerrilha, acabou sendo responsabilizado por perder a capitania. Ficou preso até a restauração do trono português, em 1641. Transformou-se em herói da guerra de independência de Portugal contra os espanhóis, ganhando o título de Conde de Alegrete por sua atuação como comandante das tropas portuguesas na vitória de Montijo.

Não imaginavam esses senhores coloniais, porém, que o crescimento de seu prestígio, riqueza e força, cantados em prosa e verso, e tema do *Naufrágio & Prosopopeia*, seria também sua perdição – e que eles seriam perseguidos e teriam suas glórias esquecidas por um longo tempo, em que o livro entrou em hibernação.

*

Apesar da sua importância, são raros os documentos sobre esses governadores-guerreiros nascidos no Brasil, que por vezes acabavam entrando em conflito com os jesuítas, por conta da disputa pela mão de obra indígena, ou mesmo com a própria Coroa. Até a mudança da Corte Real para o Rio de Janeiro, em 1808, era proibido imprimir e circular livros na colônia. E odes a capitães brasileiros deixaram de ser bem vistos na Metrópole, razão que pode explicar o esquecimento de *Naufrágio & Prosopopeia*.

A partir do início do século XVIII, a Coroa portuguesa passou a cercear o poder econômico, a autonomia e as vanglórias da aristocracia colonial do Brasil, em especial a pernambucana, que chamava a si mesma de "nobreza da terra", e da qual os Albuquerque Coelho eram a expressão máxima. Num tempo em que a revolução industrial e o Iluminismo começavam a minar as monarquias absolutistas europeias, a Coroa entregou o monopólio dos contratos de exportação de todos os produtos brasileiros aos portugueses natos, destituiu os antigos donatários e instalou administradores portugueses (os "reinóis", isto é, nascidos no Reino) em todas as capitanias. Seu intuito foi assegurar para Portugal o controle da riqueza brasileira, quebrando o poder econômico – e um certo orgulho – da aristocracia colonial.

Auto-afirmada por ter expulsado os holandeses de Pernambuco sem ajuda de Portugal, engrandecida por sua riqueza e seu apoio às guerras portuguesas na África e na independência da Espanha, a aristocracia pernambucana passou a representar uma ameaça ao poder da Coroa. Ao mesmo tempo, começava na Europa uma nova era, em que a Revolução Industrial criava novas potências globais, estimulava o separatismo e as monarquias absolutistas eram colocadas em xeque – movimento que levou à guerra da independência dos Estados Unidos, iniciada em 1775, e à Revolução Francesa, em 1789.

Quando procuraram reagir contra as decisões da Corte, que impôs o controle dos negócios na colônia pelos portugueses no porto de Recife (os "mascates"), os senhores de engenho pernambucanos acabaram mortos ou enviados presos a Lisboa, no início do século XVIII. Por meio da Câmara de Olinda, – requinte de crueldade –, tiveram ainda que pagar do próprio bolso a conta da forja dos grilhões que arrastaram até Portugal. Nos cárceres portugueses, na prática foram mantidos como reféns, uma forma de evitar que seus familiares se sublevassem no Brasil.

Com eles, foi enviado para as masmorras também o passado glorioso e possivelmente tudo o que foi ou poderia ter sido escrito sobre os grandes feitos dos mamelucos brasileiros. Nas narrativas jesuíticas, também os nomes dos bandeirantes paulistas, concorrentes no controle da mão de obra nativa, como Raposo Tavares, eram propositadamente omitidos dos registros, para que fossem esquecidos. Quando descobriram ouro em Minas Gerais, os mamelucos de Piratininga foram expulsos pelos portugueses, em outra disputa pelo controle da riqueza colonial – a Guerra do Emboabas ("pés com pena", em tupi, ou seja, os portugueses, que andavam calçados).

Essa é a mais provável razão para que *Naufrágio & Prosopopeia* tenha caído em ostracismo por tanto tempo. Esse limbo fez com que pouco se conhecesse sobre a origem e mesmo a autoria da obra. No relato do *Naufrágio*, em primeira pessoa, o narrador, como testemunha, nomeia todos os tripulantes e passageiros da nau Santo Antônio, tanto os mortos como os sobreviventes – e deixa de identificar apenas a si mesmo. Pelo livreiro Antônio Ribeiro, no prólogo da edição de 1601, ficamos sabendo que teria havido uma edição anterior do *Naufrágio*, logo após o dramático retorno da Santo Antônio a Portugal, em 1565. Não há, porém, qualquer exemplar conhecido ou outra referência a essa publicação original e seu autor.

Ribeiro explica que, para contemplar as façanhas posteriores ao *Naufrágio*, nessa edição adicionou a *Prosopopeia*, poema épico, de autoria de um certo Bento Teixeira, cuja identidade também se tornou objeto de controvérsia. Ao final, acrescentou dois sonetos dedicados a Jorge, sem indicação de autoria. O segundo soneto, "Per ecos", que fecha o livro, está em castelhano – o que não é de se estranhar, já que a União Ibérica, unindo Portugal à Espanha num império único, só acabou em 1641, e reaproximou a língua de ambos os impérios, originárias da mesma raiz latina.

*

Naufrágio & Prosopopeia só foi reaparecer, em parte, em 1735, quando o historiador português Bernardo Gomes de Brito organizou uma compilação de relatos de doze naufrágios famosos, a História Trágico-Marítima, na qual publicou *Naufrágio*. O texto seguiu separado de *Prosopopeia* até em edições mais recentes, como a de 1942, organizada por Damião Peres, professor das Universidades do Porto e Coimbra, que o incluiu numa seleção de quatro naufrágios extraído da obra de Gomes de Brito, edição publicada pela Editorial Verbo, de Portugal, em 1972.

Prosopopeia foi publicado de forma independente em meados do século XIX, quando historiadores, encarregados pelo imperador D. Pedro II de fundamentar as bases culturais de uma "civilização brasileira" independente, se depararam com um exemplar da edição de 1601 na Biblioteca de Lisboa. O poema foi publicado pela primeira vez no Brasil, sozinho, em 1863. Bento Teixeira foi então considerado o "primeiro poeta" brasileiro, já que José de Anchieta, autor dos célebres versos supostamente escritos na areia da praia de Ubatuba, era português das Ilhas Canárias.

Ao tirar *Prosopopeia* do esquecimento, os primeiros estudiosos convenceram-se de que Bento Teixeira, autor do poema, tratava-se do professor Bento Teixeira Pinto, que fez a vida no Brasil e morreu no cárcere em Lisboa, onde foi a julgamento pela Inquisição, em 1600. Seria também o autor do *Naufrágio*, pelo fato do narrador do poema afirmar que "a tal espetáculo presente estive".

Contou a favor dessa tese, além da coincidência do nome, o simples fato de que, naquela época, poucos letrados habitavam a colônia. Mesmo sem educação formal, Teixeira Pinto – professor de gramática, latim e aritmética – foi considerado a única pessoa suficientemente culta e intelectualmente capaz especialmente de produzir o poema, em Pernambuco, naquele século.

A tese que associou o Bento Teixeira de *Prosopopeia* a esse Bento Teixeira Pinto durou pouco. Quinze anos após a publicação de *Prosopopeia*, tendo pesquisado os autos da inquisição de Bento Teixeira Pinto, Varnhagen apontou em sua História Geral do Brasil que o professor na realidade tinha nascido em Portugal, o que já o desqualificava de saída como "autor brasileiro". Não era possível ter sido testemunha presencial do naufrágio de Jorge de Albuquerque Coelho, porque quando ela ocorreu o professor tinha apenas quatro anos de idade. Até onde se sabe, Teixeira Pinto só voltou a Portugal em 1595, para defender-se no tribunal da Inquisição.

*

Nascido no Porto, filho de Manuel Álvares de Barros e Lianor Rodrigues, Teixeira Pinto migrou com a família para o Brasil por volta de 1567. Da capitania do Espírito Santo, onde estudou no Colégio Jesuíta, mudou-se seguidamente para o Rio de Janeiro (1576), Salvador (1579) e Ilhéus (1583), onde se casou com a brasileira Filipa Raposa. Em 1584, abriu uma escola em Olinda.

Quatro anos depois radicou-se em Igaraçu, onde trabalhou como comerciante, advogado e professor.

Traído pela esposa, foi acusado por ela de práticas de judaísmo, possivelmente para justificar sua infidelidade ou simplesmente livrar-se do marido. Pela denúncia oferecida pela mulher, Teixeira foi levado em 31 de julho de 1589 a um auto-de-fé, julgamento inquisitorial que terminava, no caso de condenação, com punições em praça pública. Conforme o grau de "judaísmo" do indiciado, elas variavam da humilhação e do castigo corporal até a execução na fogueira.

Em 21 de janeiro de 1594, Teixeira Pinto foi absolvido pelo Visitador do Santo Ofício, em Olinda. Acusado novamente por Filipa de práticas judaicas, em dezembro do mesmo ano matou a esposa e refugiou-se no Mosteiro de São Bento, onde pediu asilo. Seria possível ter escrito *Prosopopeia* nesse período, como forma de cair nas graças de Jorge de Albuquerque Coelho, de forma a que intercedesse a seu favor. Porém, nada indica que o governador de Pernambuco, morando em Lisboa, tenha tomado conhecimento do poema antes de sua publicação, em 1601. No prólogo do livro, Antônio Ribeiro escreve como quem apresenta o poema ao homenageado pela primeira vez.

Teixeira Pinto acabou preso novamente em agosto de 1595, não pelo assassinato da mulher, e sim pelas acusações de práticas judaicas, crime passível de pena de morte em Portugal e suas colônias. Foi enviado em 20 de agosto de 1595 para julgamento em Lisboa, onde funcionava o tribunal da Inquisição para o Brasil. Na prisão, inicialmente negou a crença e a prática judaicas, que acabou confessando mais tarde, possivelmente sob tortura, comum nos processos inquisitoriais.

Num auto-de-fé em 31 de janeiro de 1599, abjurou o judaísmo e, mediante um acordo que o obrigava a doutrinar-se no catolicismo, obteve liberdade parcial, semelhante ao regime semiaberto dos sistemas penais contemporâneos. Ao falecer na cadeia de Lisboa, em 1600, nada deixou de si além da coincidência do nome com o do Bento Teixeira do livro.

*

Como autor, Teixeira Pinto dificilmente teria escapado à censura imposta pela Inquisição. Esta perseguia e proibia em Portugal obras dos considerados "ímpios". *Naufrágio & Prosopopeia*, contudo, teve em 1601 expressa autorização dos censores da igreja, para poder ser publicado. Com espiões para todo lado, bem informada sobre tudo, capaz até de queimar a cinzas os restos de condenados que já tinham morrido na cadeia, o Tribunal da Inquisição portuguesa dificilmente deixaria de obstar obra atribuída a um condenado por "crimes de judaísmo", que havia morrido apenas um ano antes, numa cela do tribunal, em Lisboa.

Há razões para se crer que o autor do *Naufrágio* tenha sido outro. Diante das impossibilidades, Varnhagen creditou a autoria *do* texto ao piloto Afonso Luís, que se encontrava na viagem, como passageiro [Varnhagen, História Geral do Brasil, op. cit.]. Porém, o texto refere-se a Afonso Luís em terceira pessoa, isto é, como mais alguém a bordo. Não é, portanto, quem o escreveu.

Quanto a *Prosopopeia*, não sendo Teixeira Pinto o autor, o Bento Teixeira em questão também seria outro. Não era preciso (aliás, é improvável) ser nascido e ter estado na colônia para escrever especialmente *Prosopopeia*. Quando menciona o naufrágio de 1565, e afirma que "a tal espetáculo presente estive", o autor não quer dizer necessariamente que estava presente de fato. Como uma *persona* poética, incorpora o mitológico deus grego Proteu, transformado em narrador onisciente. O autor do poema, portanto, pode até ser também autor do *Naufrágio* e chamar-se Bento

Teixeira, mas seria outro Bento Teixeira, de quem não se tem maior registro.

*

Outra controvérsia histórica se refere à qualidade literária do *Prosopopeia*. Apesar de ter sido declarado poema "fundador" da poesia brasileira ao tempo do segundo império, a comparação com Luís Vaz de Camões deixou o autor de *Prosopopeia* sempre na sombra do grande bardo português. Como poesia, *Prosopopeia* foi relevado por seguidas gerações de críticos brasileiros, incluindo o poeta Manuel Bandeira, que não viu nele "valor literário" e o considerou "canhestro decalque" do estilo camoniano. A rejeição estética era também uma maneira de, sendo impossível negar a história, desmerecê-la. Há uma explícita vassalagem de Bento Teixeira a Jorge de Albuquerque Coelho. Naquela época, porém, era comum o mecenato dos poetas, que teciam odes e elegias assim como os pintores clássicos retratavam os ricos, de Da Vinci a Rembrandt, sem por isso deslustrar-se.

O próprio Camões emprestou sua pena à bajulação dos poderosos. É de autoria dele, por exemplo, a elegia dirigida a D. Lionis Pereira, que serviu de introdução à *História da Província Santa Cruz*, de Pero Magalhães Gândavo, impressa na mesma gráfica que, quatro anos antes, imprimiu a primeira edição de *Os Lusíadas*. No poema, Camões procura atrair D. Lionis com a isca da vaidade, dizendo em verso que teria feito nas Índias Orientais "mais do que Leônidas fez em Grécia" – uma referência ao lendário general que, com um punhado de gregos, retardou a passagem do poderoso exército persa, bloqueando-o heroicamente no desfiladeiro das Termópilas.

O caráter de *Prosopopeia*, visando agradar Jorge de Albuquerque, está dentro do contexto e da norma literária vigente. Sem ser plágio, toma Os Lusíadas explicitamente como influência, por tratar-se do padrão então imperioso para o gênero épico em Portugal, na época. Como Camões, o autor do poema busca na mitologia grega de Homero um meio de dar aos luso-brasileiros a dimensão de heróis, com seus grandes feitos – por isto mesmo chamados de "homéricos".

Tal qual Os Lusíadas, a quem reverencia, *Prosopopeia* apresenta uma estrutura que contém proposição, invocação, oferecimento e narração. Na invocação, Teixeira pede por inspiração ao Deus católico-cristão e tece loas a Jorge de Albuquerque. No Canto de Proteu, onde a ação se desenvolve, conta a participação dos irmãos na saga do império português. Menciona o Naufrágio do qual Jorge escapou, tema do relato que o poema acompanha, na edição de 1601. O soneto "Per ecos", que completa o, livro, faz graça com a ideia do som repercutindo no ar as façanhas do homenageado.

*

O "cancelamento" da elite colonial pernambucana pela Corte de Portugal não apagou, para o bem ou para o mal, a ação dos mamelucos colonizadores, que viabilizaram a conquista e a ocupação da costa brasileira pelo europeu dito "civilizador". Ocorreu quando ainda não havia a noção de um Brasil independente, ou uma nação, ainda que embrionária, mesmo entre os indígenas, divididos numa miríade de línguas e de tribos sempre em guerra também umas com as outras.

Colocada em dormência, a obra completa de 1601, com o *Naufrágio* e a *Prosopopeia*, sofreu com uma série de preconceitos e controvérsias toda vez que emergiu. Só mais recentemente, com a revisão da história e da literatura por estudiosos contemporâneos, começou a ser resgatada.

Um dos acadêmicos que lideraram a revisão de *Prosopopeia* foi o mestre de teoria literária Ivan Prado Teixeira (1951-2013), estudioso das letras coloniais, que reeditou o poema em 2008. Apontava que a Poética de Aristóteles, seguida por Camões, era a norma clássica nos mosteiros e cortes da Europa ao tempo em que o poema foi publicado. A "desclassificação sumária" de *Prosopopeia*, para ele, revelava preconceito ou um enraizado desprezo pelo discurso épico na literatura brasileira, como uma espécie de rejeição ao passado.

Para contribuir com esse resgate, trazemos na presente edição o texto original da obra, na forma e na ordem em que foi publicado pela primeira vez. Vem igualmente acompanhado do prólogo de Antônio Ribeiro, do prólogo de Bento Teixeira da *Prosopopeia* e dos dois sonetos sem assinatura, um que antecede o *Naufrágio* e o segundo, *"Per ecos"*, fechando o conjunto.

Apresentamos ainda nesta edição seis ensaios de acadêmicos brasileiros, que se dedicaram a analisar a obra e resgatar sua importância, entendida dentro do seu contexto. Analisam a relação entre a história e a poética, que, na época, se mesclavam. *Prosopopeia*, em especial, surge com a mesma intenção homérica de criação dos mitos fundadores das nações, definidores da sua personalidade, com seus atributos, qualidades e aspirações. No *Naufrágio*, mais que a simples narração de uma aventura, se molda um modelo de caráter de Jorge de Albuquerque Coelho, como expoente da elite dirigente do Brasil na época.

As aventuras do capitão pernambucano são fruto de um tempo igualmente épico. É de se considerar a natureza do título escolhido para o poema: Prosopopeia é uma figura de linguagem pela qual se atribui característica humana a algo inanimado. "Costuma-se traduzir Prosopopeia como a personificação de seres irracionais", escreve o professor Jean Pierre Chauvin, no ensaio publicado na presente edição. "Raramente se considera estar diante de uma modalidade discursiva em que a palavra se coloca sob o domínio e a voz de entidades sobre-humanas, porque o poeta equipara o herói (Jorge de Albuquerque) aos deuses greco-latinos."

Pelo narrador do Naufrágio, ou pela figura de Proteu, o vate grego que ele incorpora para escrever Prosopopeia, o que se dá realmente vida, nesta obra, é a personagens e um tempo que estão na raiz da sociedade brasileira – e, assim como este livro, emergem da neblina do passado.

Thales Guaracy

NAVFRAGIO, QVE PASSOV IORGE DALBVQVERQVE Coelho, Capitão, & Gouernador de Paranambuco.

Em Lisboa: Impresso com licença da Sancta Inquisição: Por Antonio Aluarez. Anno M. C C C C C C I.

Vende-se em casa de Antonio Ribeyro Librejro: Em a rua noua.

Em Lisboa: impresso com licença da Santa Inquisição, por Antônio Alvarez. 1601. Vende-se em casa de Antônio Ribeiro, Livreiro; em área nova.

Vi, examinei este discurso e naufrágio que passou Jorge de Albuquerque: é tratado ímpio e católico e que não tem coisa que ofenda as orelhas cristãs: vai junto a ele uma Prosopopeia *feita por Bento Teixeira, dirigida ao mesmo Jorge de Albuquerque. Não tem coisa por onde se não possa imprimir.*

Frei Manoel Coelho

Vista a informação, pode-se imprimir este Naufrágio & Prosopopeia *a ele junta: e depois de impressos, torne a este Conselho, para se conferir com o original e se dar licença para correr. Em Lisboa, 20 de março de 1601.*

Marcos Teixeira
Bartolomeu da Fonseca

SONETO

Ao senhor Jorge de Albuquerque Coelho

Rico o grande Creso foi, mas avarento
Liberal Alexandro, mas altivo
Honesto Cipião, mas muito isento
Bando Túlio, mas vil de nascimento
Ilustre César foi, mas vingativo
Nos antigos, de algum vício cativo
Vimos sempre o mais alto pensamento
Vejo riqueza em vós de Creso, e mão
Para dar de Alexandre, humanidade
Doutro Aníbal, de Cipião pureza
De Túlio e César, siso e majestade
Sem cobiça, sem vício, ou ambição
Sem ira, sem temor e sem crueza

NAUFRÁGIO

QUE PASSOU JORGE DE ALBUQUERQUE COELHO, CAPITÃO E GOVERNADOR DE PERNAMBUCO

PRÓLOGO

A Jorge de Albuquerque Coelho, capitão e governador da capitania de Pernambuco, nova Luzitânia

Ainda que a obrigação de criado por si não era bastante, para que durando-me a vida a empregasse sempre no serviço de suas coisas, a segunda obrigação, que são as mercês que de vossa mercê continuamente recebo, e o particular amor com que me faz, são outros novos estímulos, para que empreenda sempre coisas árduas em seu serviço. E porque assim como a memória dos dias alegres e felizes, conforme a opinião de alguns filósofos, causa tristeza e dor em outros estados diferentes, a memória dos males e dos trabalhos, fora deles, causa deleitação e contentamento. E porque as obras de vossa mercê, em todos os estados estão manifestando seu louvor, como na guerra que teve na quietação da Capitania de Pernambuco, onde o conselho, o esforço e as forças do ânimo juvenil no governo da rainha D. Catarina, de gloriosa memória, foram bastantes para que em espaço de cinco anos continuados, domasse e sujeitasse a mais bárbara e indômita nação que temos descoberta, e deixasse aquele estado, a custo de muito seu sangue, pacífico e domado; pois que num só assalto de uma fortaleza dos inimigos, com nove flechadas nos peitos e rosto, assegurou a maior parte desta vitória. Vemos que não menos o mostrou na infeliz jornada de África, onde parece que querendo a fortuna dar tamanha queda ao nome português, donde todos ficarão queixosos para sempre, só nele vossa mercê ficou com tanta vantagem, que parece que fica triunfando: pois que no mais hórrido conflito da batalha, dá o cavalo a seu rei, e cumpre com a obrigação leal do seu sangue, do seu vigoroso espírito; ferido, transpassado de tantos pelouros e lanças, por lhe ajudar a defender sua vida. E não menos o vimos nas coisas de paz e no governo delas, nas coisas domésticas e familiares, na prontidão do engenho, na urbanidade da conversação e na grandeza da liberalidade; que tudo são coisas que raramente foram concedidas senão a varões magnatas; e em vossa mercê as vemos todas, como em claro espelho reluzentes. E porque não faltasse as da fortuna do mar, também foi nele tão perseguido, que a muitos causou o naufrágio de seus trabalhos um piedoso espanto. E porque de todo não se extinguisse tal memória, e desejando de fazer a vossa mercê algum serviço, tomei este trabalho de novamente renovar este seu Naufrágio, porque a memória dele, que a muito pode servir de exemplo de constância de piedade, lhe causasse agora nesta tranquilidade de ânimo deleitação e alegria. Também vão juntas a ele algumas rimas, de ânimo mais afeiçoado que poético; vossa mercê receba tudo com aquela benevolência natural com que sempre favoreceu minhas coisas; que isso me bastara para ficar satisfeito do trabalho delas. Deus guarde e prospere, vida e estado de vossa mercê, por muitos e largos anos, para Seu santo serviço.

Antônio Ribeiro

I

NAUFRÁGIO

No tempo que a Rainha D. Catarina, avó de el-rei D. Sebastião, governava este Reino de Portugal por seu neto, veio nova do Brasil e da capitania de Pernambuco que os mais dos principais dos gentios que na dita capitania havia estavam levantados contra os portugueses e tinham cercados os mais dos lugares e vilas que na dita capitania havia. Pela qual razão, a dita rainha mandou a Duarte Coelho de Albuquerque, que era herdeiro da Capitania, que a fosse socorrer. E por saber e entender quão necessário lhe era levar consigo seu irmão Jorge de Albuquerque Coelho, pediu à Rainha que mandasse ao dito seu irmão que o acompanhasse no socorro daquela capitania e fosse com ele para o ajudar a socorrê-la, como foi, por lhe a dita senhora rainha mandar, que acudisse àquela necessidade, pelo serviço que nisso fazia a Deus, e a el-rei seu neto e ao bem do povo deste reino.

Chegou à dita capitania no ano de 1560, sendo ele de idade de vinte anos. E por ter já alguma experiência das coisas da guerra, assim do mar como da terra, depois de seu irmão Duarte Coelho de Albuquerque tomar posse da capitania e servir de capitão e governador dela, chamou a conselho alguns padres da Companhia, graves, que estavam no Colégio que os ditos padres têm na Vila de Olinda, uma das principais vilas que há na capitania de Pernambuco, e muitos homens honrados dos principais do governo da terra, e se assentou entre todos que se elegesse por geral da guerra e conquistador da terra da dita capitania Jorge de Albuquerque Coelho, o qual, como lhe disseram que cumpria muito ao serviço de Deus e a el-rei, e bem do povo daquela capitania, aceitar e servir o dito cargo, o aceitou, e aventurou e arriscou perder a vida por fazer este serviço a Deus e a el-rei, e bem ao povo, e fazer o que a dita senhora rainha D. Catarina lhe tinha mandado e encomendado.

Começou a fazer guerra aos inimigos no dito ano de sessenta, com trazer em sua companhia muitos soldados e criados seus, a quem dava de comer, beber, vestir e calçar à sua custa. E cinco anos que gastou em conquistar a dita capitania, pelas montanhas e desertos, verões e invernos, de noite e de dia, passou muitos em si grandes trabalhos, sendo ele e os seus soldados e criados feridos muitas vezes, pelejando algumas vezes a pé e outras a cavalo. E quando se vinha recolher a alguns dos lugares ou vilas dos nossos portugueses, que via que não podia chegar com de dia, no maior e mais formoso bosque que achava se agasalhava, ao pé das árvores, com mandar fazer choupanas de rama e palma, em que se agasalhassem os soldados; e estas ramas e choupanas mandava fazer por muitos escravos que trazia em sua companhia, que serviam de descobrir e vigiar o campo e o lugar onde se agasalhavam, juntamente com alguns soldados, passando tantas fomes e necessidades, que muitas vezes não tinham que comer mais que caranguejos do mato, farinha-de-pau e fruta brava do campo. E com estas cousas e com as palavras que usava com os soldados os contentava e consolava; e quando tomava algum forte ou aldeia dos gentios fartava os ditos soldados com muitos porcos, galinhas e outro muito mantimento da terra, que achava nas ditas aldeias; e acabada de tomar alguma aldeia, ia logo sobre outra e a tomava com facilidade, por não terem tempo de se fazerem prestes. E com esta diligência e brevidade que pôs nesta conquista a pôde conquistar dentro em cinco anos, estando tão povoada de inimigos, que quando chegou à dita capitania por mandado da rainha D. Catarina não ousavam os portugueses que moravam na vila de Olinda a sair fora da vila mais que uma ou duas léguas pela terra dentro, e ao longo da costa três ou quatro léguas; e depois que acabou de a conquistar, seguramente podem ir quinze ou vinte léguas pela terra dentro, e sessenta ao longo da costa, por tantas ter a dita capitania de jurisdição. E deixando a capitania conquistada e os inimigos quietos e pacíficos, com pedirem paz, a qual lhes concederam, se embarcou e veio para este reino na nau Santo Antônio, na qual viagem lhe aconteceu o que neste naufrágio se contém.

Quebrantado Jorge de Albuquerque dos trabalhos que passara em companhia de Duarte Coelho de Albuquerque, seu irmão, no descobrimento do rio de São Francisco, da capitania de Pernambuco no Brasil, e , assim das guerras que por espaço de cinco anos duraram na capitania depois do dito descobrimento, em o qual tempo se passaram grandes trabalhos, fomes e mortes, e esteve toda a capitania em risco de se perder, deixando tudo pacífico e querendo vir para este reino, determinou embarcar-se em uma nau nova de duzentos tonéis, por nome Santo Antônio, que estava carregando no porto da vila de Olinda, na mesma capitania, para fazer viagem a esta cidade de Lisboa, da qual era mestre André Rodrigues e piloto Álvaro Marinho, homens destros na arte de navegar e que tinham feito muitas viagens. E estando a nau carregada com muita fazenda, e embarcado ele e todos os que nela haviam de vir, quarta-feira, dezesseis de maio do ano de 1565, com vento de viagem, deram à vela e se partiram do dito porto com vento em popa. E não eram bem fora da barra quando lhes acalmou o vento com que partiram, e se lhes tornou tão contrário, que, por ser rijo, e com a corrente da maré que começava a vazar, os levou a través, de maneira que foram com a nau dar em um baixo que está na boca da barra, onde esteve quatro marés mui perto de se perder, se os mares foram mais grossos. E por lhe acudirem com presteza muitos batéis e outras embarcações se salvou toda a gente e a maior parte da fazenda, que era muita. E nem assim descarregada pôde sair do baixo em que estava, pelo que lhe cortaram os mastros; e com estes benefícios nadou e saiu dos baixos.

Tornando-a ao porto da vila foi vista por oficiais, para saber se estava boa para fazer viagem; e por acharem que a nau não recebera dano que lhe fosse inconveniente para navegar se tornou a consertar de novo e a carregar. E vendo muitas pessoas amigas de Jorge de Albuquerque que ele se queria tornar a embarcar na mesma nau, lhe foram à mão e lhe quiseram persuadir com palavras que se não embarcasse em nau tão infeliz no princípio de sua viagem, porque não podiam deixar de lhe suceder muitas desventuras no decurso dela, segundo os maus princípios que tivera. E corria isto por prática entre todos os moradores da vila: dizerem a seus amigos que se guardassem de fazer viagem em nau que prometia mil infortúnios em seu caminho. E sem embargo de tudo isto, não crendo ele Jorge de Albuquerque, nem os da sua companhia, o que lhes prognosticavam, antes confiando na misericórdia de Nosso Senhor, e não temendo juízos da gente, vãos e sem fundamento, se tornou a embarcar na nau, com todos os de sua companhia, e se partiu da vila de Olinda sexta-feira, vinte e nove de Junho, dia de São Pedro e São Paulo, do mesmo ano de 1565.

II

Do dia que partimos do porto a cinco dias, que foram dois de julho, vindo com o mesmo vento de viagem com que partimos, subitamente se mudou, e ventando-nos o contrário do que havíamos mister veio a ser tão rijo que, por a nau vir muito sobrecarregada e não poder aguardar bem a vela, nos foi forçado começarmos a alijar muita fazenda ao mar, esperando que com isto mareasse a nau melhor. Mas tendo alijado o que parecia que fazia pejo à nau, no mesmo dia à tarde nos deu um tempo tão rijo e forçoso, que a nau abriu uma água muito grande, tanto que dávamos seis mil zonchaduras à bomba entre noite e dia. E indo com esta água aberta, aos seis de julho nos achamos na altura da linha, e com os mares grossos.

Fazendo viagem, nos deu um pé de vento que nos quebrou o gurupés da cevadeira. Parece que queria Nosso Senhor dar a entender aos que na nau iam que não fossem por diante, pois em tão poucos dias de viagem se lhes ofereciam tantos trabalhos. Visto por todos os da companhia e oficiais da nau o gurupés quebrado e a muita água que a nau fazia, se assentou que arribássemos às Antilhas, ao que o piloto e mestre responderam que não podia ser, pelo tempo lhes ser contrário e não lhes servir, e que com o tempo que levávamos era impossível arribar às Antilhas, nem ao porto donde partíramos. Com esta resposta algum tanto desconsolados, pelo trabalho em que íamos, seguimos nossa derrota e viagem, porque não podíamos ali fazer. E sendo na altura de doze graus da banda do norte, nos acalmou o vento que até ali trouxéramos e andamos dezenove dias em calmarias com muitas trovoadas; e como tivemos tempo, determinamos ir demandar as ilhas de Cabo Verde, em cuja altura estávamos, para tomarmos a muita água que fazíamos, e fazermos o mastro da cevadeira que trazíamos quebrado. E sendo com as ilhas, quase à vista delas, nos apareceram ao mar uma nau e uma zabra de franceses, a vinte e nove de julho, dia de Santa Marta; e havendo os franceses vista da nau, a seguiram até as três horas da noite, em que se puseram à fala conosco, dizendo que nos déssemos; e entendendo dos nossos outra coisa, que se aparelhavam para pelejar e defender-se, não nos ousaram acometer logo, com a grande escuridão da noite, e se deixaram andar na nossa esteira, para pela manhã nos abalroar. E ao outro dia, que foram trinta de julho, antemanhã, nos deu uma trovoada tamanha, que lhes foi forçado apartarem-se uns dos outros, sem se verem pela serração que fazia. E ao derradeiro de julho, querendo demandar as ilhas, nos deu vento por riba da terra tão rijo, que nos foi forçado fazer nossa viagem por não poder tomar as ilhas, indo arriscados a muito perigo pela muita água que fazíamos. E com este tempo corremos até nos pôr na altura de trinta e sete graus, e muito perto da Terra Nova, por a nau abater muito com o tempo que trazíamos. E nesta altura de trinta e sete graus andámos oito dias em calmarias, no fim dos quais, dia da degolação do bem-aventurado São João Batista, a vinte e nove de agosto, nos ventou vento largo e próspero, com que determinamos vir demandar as ilhas dos Açores, para consertarmos a nau e tomarmos a muita água que fazíamos, que além da que trazíamos se nos abrira outra, a qual junta era tanta que de noite e de dia continuamente dávamos à bomba. Faltava já neste tempo a água e mantimento na nau e padeciam-se muitas necessidades de fome e sede; e sabendo Jorge de Albuquerque a necessidade em que vínhamos e que não havia na nau mais mantimento que o que ele trazia para si e para seus criados, mandou trazer diante de todos todo o seu mantimento e o repartiu pela companhia irmãmente, sem querer nada por ele, posto que todos lho queriam pagar por valer muito, e ele não quis por ele coisa alguma, com o que ficaram contentes todos e se consolaram e sustentaram por espaço de alguns dias. Mas o demônio, que não sofre ver ninguém contente, semeou entre os marinheiros e passageiros que vinham na dita nau brigas e discórdias, com que se houveram de perder de todo; e quis Nosso Senhor, por Sua piedade, que fosse sabedor disso Jorge de Albuquerque, para meter a mão entre eles, como fez; e os apaziguou e pôs em paz, com a qual sentíamos menos os trabalhos que passávamos.

III

Vindo, com as necessidades que tenho ditas, demandar as ilhas, uma segunda-feira, três de setembro, fazendo-se o piloto com elas, veio ter conosco uma nau de corsários franceses, artilhada e consertada como elas andam; e por a nossa vir desarmada e sem artilharia, como a maior parte delas ou quase todas andavam neste tempo, vendo o piloto e mestre e os mais da nau que não tinham com que se defender, porque não trazíamos mais artilharia que um só falcão e um berço, e as armas que Jorge de Albuquerque trazia para si e para seus criados, determinaram de se render e entregar aos franceses. Ao que acudiu Jorge de Albuquerque, dizendo que nunca Deus quisesse nem permitisse que a nau em que ele vinha se rendesse, sem pelejar e se defender quanto possível fosse; por isso que trabalhassem todos por fazer o que deviam e o ajudassem a pelejar, que com ajuda de Nosso Senhor, somente com o berço e falcão que tinham, esperava de se defender. E para isso lhes fez uma fala qual o tempo sofria, persuadindo-os a o ajudarem, com palavras de muito esforço. Mas como a nau vinha tão despercebida de armas, e os mais que nela vinham fossem tão fracos de coração, não achou Jorge de Albuquerque quem o quisesse ajudar a defender a nau, mais que sete homens, que para isso se lhe ofereceram. E assim, com estes somente, contra o parecer de todos os mais, se pôs às bombardadas, arcabuzadas e flechadas com os franceses.

Durou esta briga perto de três dias, sem neles ousarem os franceses abalroarem, pela brava resistência que achavam na nau, posto que os que pelejavam eram poucos e a nau não trazia mais que um berço e um falcão, que Jorge de Albuquerque carregava e borneava e lhe punha o fogo, por não vir na nau bombardeiro, nem quem o soubesse fazer melhor que ele. E vendo o piloto, mestre e marinheiros que havia perto de três dias que andavam neste trabalho e que a nossa nau e gente tinha recebido muito dano da artilharia e arcabuzaria dos franceses e que nos ia faltando a pólvora, requereram a Jorge de Albuquerque e aos que o ajudavam, da parte de Deus e de el-rei, que se dessem e consentissem render-se, pois não se podiam defender, e não quisessem ser coisa de os matarem a todos ou de os meterem no fundo. Os que pelejavam responderam que se não haviam de render enquanto tivessem forças para pelejar.

E vendo ele sua determinação (parece que estavam aconselhados todos), mandaram dar subitamente com as velas embaixo e começaram a bradar pelos franceses, que entrassem à nau, que já se lhes rendia.

Vendo Jorge de Albuquerque e os companheiros que o ajudavam um caso tão súbito e não esperado, quiseram matar o piloto e o mestre por fazerem tamanho desatino e fraqueza; mas o tempo e o estado em que se viam os desviou disso, porque logo na mesma hora que amainaram (que era uma quarta-feira cinco de setembro) nos entraram pela quadra dezessete franceses armados de armas brancas, com suas espadas e broquéis e pistoletes, e alguns deles com alabardas, os quais, sem se lhes poder estorvar, se senhorearam da nau; e vendo-a da maneira que vinha, perguntaram com que artilharia e munições se tinham defendido deles tantos dias, e quantos eram os que pelejavam; e vendo que na nau não havia mais que o berço e falcão, que está dito, ficaram muito espantados, e muito mais quando lhes disseram quão poucos eram os que pelejavam. E sendo dito ao capitão francês que Jorge de Albuquerque fora o que os" fizera defender a nau todo aquele tempo (o que os nossos disseram e fizeram por carregarem nele só toda a culpa), chegando-se o capitão francês para Jorge de Albuquerque, com rosto soberbo e melancólico lhe disse: "Que coração tão temerário é o teu, que quiseste provar a defender esta nau, com tão poucos petrechos de guerra, contra a nossa tão armada, que traz sessenta arcabuzeiros?" Ao que Jorge de Albuquerque respondeu com uma segurança muito grande: "Nisso podes ver quão mofino fui em me embarcar em nau tão desapercebida, que se viera consertada e aparelhada como cumpria, ou que trouxera o que a tua traz de sobejo, bem creio que tivéramos, tu e eu, diferentíssimos estados dos em que estamos; mas a meus pecados ponho a culpa, pois por eles permitiu Nosso Senhor que me embarcasse em nau tão desapercebida e desarmada como esta que vês, para me poder ver como me vejo; e também podes agradecer a boa ventura que contra mim tiveste à tredorice de meus companheiros, piloto, mestre e marinheiros, que contra mim foram, que, se eles me ajudaram como estes soldados amigos e bons companheiros que me ajudaram, nem tu estiveras nesta nau como vencedor, nem eu como vencido."

Vendo o capitão francês a muita segurança e confiança com que Jorge de Albuquerque falava, lhe disse: "Não me espanta o teu esforço, que isso tem todo o bom soldado, mas espanta-me quereres defender uma nau tão desapercebida como esta, com tão poucos aparelhos e menos companheiros; mas não te desconsoles, que isto é fortuna de guerra, que favorece hoje a uns e amanhã a outros; e por quão bom soldado que és, eu te farei muito boa companhia, e aos que te ajudaram a pelejar, que tudo isto se deve a quem faz o que deve e cumpre a obrigação de sua pessoa."

A nau dos franceses que abordou conosco trazia perto de oitenta homens, entre os quais vinham muitos ingleses e escoceses, e alguns portugueses, e vinha a mais petrechada nau de guerra que podia ser, porque vinham quase todos armados de armas brancas, com espadas, adagas, broquéis, alabardas, e alguns deles com pistoletes, para abalroar, e arcabuz para pelejar, e cada um trazia estas armas na sua estância para lançar mão de qualquer delas quando fosse necessário, conforme ao tempo; e vinham cerrados e empavesados de popa à proa com sua xareta falsa, e as gáveas cerradas e consertadas muito bem, e tão ensebados e limpos do costado, que parecia a nau andar caiada e que aquele era o primeiro dia que saíram fora, havendo muitos meses que andavam no mar e tendo roubado já outros navios.

IV

Vendo-se os franceses senhores da nossa nau, que importava muito o que trazia, começaram a caminhar para sua terra; e logo ao outro dia, que foram seis do mês de setembro, houvemos vista das ilhas do Faial e Pico e Graciosa. E passamos ao longo dela, e os franceses nos quiseram botar em terra a todos e ir-se com a nau; e não o fizeram por nos começar a ventar muito rijo e o mar andar alvoroçado.

Por estes inconvenientes seguiram sua viagem em popa, navegando ao nordeste com determinação de nos levarem consigo à sua terra, na mesma nossa nau, com que folgavam por ser nova. E o capitão francês, com os seus que nela iam, temendo-se de Jorge de Albuquerque, o fechava de noite, com dois ou três soldados de sua companhia dos que o ajudaram a pelejar, em uma câmara; e de dia lhe fazia bom tratamento, tanto que não queria comer sem primeiro vir Jorge de Albuquerque, a quem fazia assentar na cabeceira da mesa. E pedindo-lhe um dia que benzesse a mesa ao costume dos portugueses, ele o fez, fazendo o sinal-da-cruz sobre o que estava na mesa. Alguns dos franceses que a ela estavam o repreenderam por fazer o sinal-da-cruz, ao que ele respondeu que com aquele sinal-da-cruz se havia de abraçar enquanto vivesse, e nele esperava de se salvar de todos seus inimigos, e com ele se havia de armar, não uma mas muitas vezes. E benzendo-se outra vez, arremeteram com muita melancolia contra ele, e, se não fora o capitão e outros dois franceses nobres que com ele estavam, correra muito risco: matarem-no ou botarem-no ao mar.

Entendendo Jorge de Albuquerque que eram luteranos, pediu ao capitão licença para não ir comer mais com eles, e poder comer em sua câmara o que lhe dessem. E posto que o capitão mostrou agravar-se disso, todavia lhe deu a licença que lhe pedia, e vinha ele algumas vezes comer com Jorge de Albuquerque. Neste tempo começaram os franceses a publicar-se por luteranos, tomando todas as contas e livros de rezar, que acharam aos nossos, e botando-os ao mar; e desejando sobre isso tratar mal aos nossos, o não fizeram por intercessão de um português que com eles vinha, conhecido de Jorge de Albuquerque, e que fizera já com ele uma viagem; e por meio deste não fomos tão vexados dos franceses como se entendeu neles que o queriam fazer.

Vendo Jorge de Albuquerque que os franceses se determinavam a levar-nos à França, descobriu aos soldados que o ajudaram a pelejar que ele determinava levantar-se contra os franceses e matá-los a todos, se o eles quisessem ajudar; e eles responderam que o fizeram se eles tivessem alguma salvação nisso, mas que a nau que tinham lhes tolhia o tal acometimento, por ser muito zorreira e aguardar mal a vela e ser ruim de leme, e sobre tudo isto se ir ao fundo com a muita água que fazia; e a dos franceses, que nos havia de seguir, corria mais com só o traquete, que a nossa com todas as velas; e que por andarem sempre tão juntas, que quase iam à fala, parecia impossível fazerem-no a seu salvo. Ao que Jorge de Albuquerque respondeu com palavras de muito esforço, e esforçando-os e dando-lhes razões como era possível fazer-se o que tinha cuidado, dizendo-lhes que se eles matassem os dezessete franceses que estavam na nau, com as mesmas armas deles se defenderiam da sua nau, e que já tinham estes dezessete menos contra si, os quais por serem dos principais haviam de fazer muita falta aos seus; e que, com saberem os outros que estes eram mortos, haviam de desacorçoar, e que nem sempre as naus haviam de ir à fala; e que pois eles se defenderam dos franceses com tão poucas armas perto de três dias, que muito melhor se defenderiam com terem mais, e tão boas como eram as dos mesmos inimigos; e tendo já dezessete menos, que tinham menos que recear; portanto, que se determinassem, que ele confiava na misericórdia de Nosso Senhor, cujos inimigos eram os franceses, pois eram hereges e luteranos, que ele os havia de ajudar; e que não temessem, porque ele lhes daria ardil como lhes fosse muito fácil matá-los todos os dezessete, e muito depressa.

E respondendo-lhe eles que o ajudariam, lhes descobriu o ardil que a todos pareceu muito bem. Jorge de Albuquerque lhes encomendou a todos muito o segredo que cumpria ter em coisa que importava não menos que a vida de todos, e que estivessem prestes para lhe acudir quando fosse necessário.

E assim iam todos esperando que o tempo lhes desse ocasião para pôr em execução seu desenho. E nestes dias se pôs a nau em altura de quarenta e três graus.

V

Em que começa o naufrágio

Estando ambas estas naus na altura que tenho dito, em uma quarta-feira doze de setembro lhes sobreveio a maior e mais estranha e diabólica tormenta de vento sudeste que até hoje se viu, e pelo que fez se pode julgar, porque, acalmando-nos de súbito o vento que trazíamos, nos saltou ao sudeste, que começou a ventar de maneira que todos tememos o perigo que se nos aparelhava, por ver a fúria e soberba com que começava a ventar. E com este temor começamos a usar dos remédios que em tal tempo se usam, alijando a fazenda ao mar, por salvar as vidas; e assim alijamos tudo quanto se achou sobre a coberta e debaixo da ponte. E embravecendo-se o mar cada vez mais, com o muito vento que de contínuo crescia, alijamos os mastaréus das gáveas, e todas as caixas em que cada um trazia o seu fato. E para que isto não fosse pesado a alguém, a primeira que se alijou foi a em que Jorge de Albuquerque trazia seus vestidos e outras coisas de importância. E vendo que tudo isto não bastava, e que cresciam os mares de maneira que nos queriam cobrir, lançámos ao mar a artilharia que trazíamos e muitas caixas de açúcar e muitas sacas de algodão.

Andando assim neste trabalho nos deu um mar por popa, que nos desmanchou o leme de maneira que daí a muitos poucos dias ficou por popa, ficando a nau de mar em través; e querendo-a nós endireitar e fazer correr em popa, nenhum dos muitos remédios que lhe fazíamos aproveitou nada. Vendo-se todos em tão temeroso passo, sem leme, com mares tão grandes e grossos, começaram alguns, quase todos, a desmaiar. E vendo Jorge de Albuquerque todos tão trespassados, e com tanta razão, posto que ele sentia o que todos e cada um por si sentia, os começou a esforçar com muitas palavras e animar a todos, com dar ordem para se buscarem meios com que a nau governasse, e os demais se pusessem de joelhos a pedir a Nosso Senhor e a Sua Mãe Santíssima os livrasse de tamanho trabalho e perigo.

Já a este tempo (que seriam nove horas do dia) a nau dos franceses não aparecia; e os que ficaram dentro na nossa nau, vendo a tormenta que fazia e o leme desmanchado e a nau atravessada e o grande rumor da gente, andavam tão atônitos que se lançavam no convés e se chegavam aos nossos, amigavelmente, e lhes diziam: "Já todos somos perdidos, nenhum de nós pode escapar, pois temos a nau sem leme, e o mar tão bravo." E assim andavam cortados de medo, que faziam tudo o que mandávamos, como se eles foram os mesmos cativos e roubados, e criados de todos. Ordenamos então um bolso de vela para derredor dos castelos da proa, a ver se com isso "queria a nau governar, e tendo-o feito, nos sobreveio uma coisa espantosa e nunca vista, porque, sendo às dez horas do dia, se escureceu o tempo de maneira, que parecia ser noite; e o mar com os grandes encontros que umas ondas davam nas outras parecia que dava claridade, por encher tudo de escumas. O mar e o vento faziam tamanho estrondo que quase não nos ouvíamos nem entendíamos uns aos outros.

Neste comenos se levantou um mar muito mais alto que o outro primeiro, e se veio direito à nau, tão negro e escuro por baixo e tão alvo por cima, que muito bem entenderam os que o viram que seria causa de em muito breve espaço vermos todos o fim de nossas vidas, o qual, dando pela proa com um borbotão de vento, caiu sobre a nau de maneira que levou consigo o mastro do traquete com a vela e verga e enxárcia; e assim levou o mastro da cevadeira, o beque, os castelos de proa, e cinco homens que estavam dentro neles, e três âncoras que estavam arriçadas nos ditos castelos, duas de uma parte e uma da outra, e juntamente com isto abateu a ponte e a desfez de maneira que matou um marinheiro que estava debaixo dela, fez o batel em quatro ou cinco pedaços e abateu todas as pipas da água e assim todo o mais mantimento que ainda aí havia; e destroçou este mar a nau de proa até o mastro grande, de maneira que a deixou rasa com a água; e por espaço de meia hora esteve debaixo do mar sem nela haver quem soubesse onde estava. E vendo-se todos em tão grande perigo, ficaram assombrados e fora de si, temendo e julgando ser esta a derradeira hora de vida; e com este temor se chegaram todos a um padre da Companhia de Jesus, por nome Álvaro de Lucena, que com eles vinha, e a ele se confessaram com as mais breves palavras que cada um podia, porque o tempo não dava lugar para mais. E depois de confessados e de pedirem perdão uns aos outros, se puseram todos de joelhos pedindo a Nosso Senhor misericórdia, tomando por intercessora e advogada a Sacratíssima Virgem Nossa Senhora, Mãe do Filho de Deus, Senhora da Luz e Guadalupe. O mar e o vento cresciam cada vez mais, e andava tudo tão temeroso com os fuzis e relâmpagos que faziam, que parecia fundir-se o mundo.

Vendo Jorge de Albuquerque o miserável estado em que ele e seus companheiros estavam, tirando esforço da fraqueza (em que o tinha posto a desconsolação de ver seus amigos, e a si, como se viam), começou em altas vozes a os esforçar, dizendo: "De muito maiores trabalhos (companheiros e amigos meus) somos merecedores, os que aqui estamos, dos em que nos vemos, porque, se segundo nossas culpas houvéramos de ser castigados, já o mar nos tivera comido; mas confiemos todos na misericórdia daquele Senhor cuja piedade é infinita, que, por quem é, se compadecerá de nós e nos livrará deste trabalho. Ajudemo-nos das armas necessárias para este lugar, que são arrependimento de coração das culpas passadas, protestando de não cair em outras, e, com isto, firme fé e esperança na bondade de Quem nos criou e remiu com Seu precioso sangue, que usará conosco de Sua misericórdia, não olhando a nossos deméritos, porque tudo cabe Nele, por quão poderoso e misericordioso é; lembre-nos que nunca ninguém pediu a Deus misericórdia com pureza de coração que lhe fosse negada: portanto todos lha peçamos e façamos da nossa parte o remédio possível, uns dando à bomba, outros esgotando a água que está no convés e debaixo da ponte, e enquanto temos vida trabalhemos pela conservar, que Nosso Senhor suprirá por Sua grande misericórdia e bondade a falta de nossas mãos. E quando Ele outra coisa dispuser de nós, cada um o tome com paciência, pois Ele só sabe o que nos é melhor."

Com estas palavras e outras muitas mais que lhes disse, foram logo uns dar à bomba e outros a esgotar a água de baixo e de cima. Os franceses que ficaram dentro da nossa nau (porque a sua logo no princípio da tormenta desapareceu), vendo-se neste trabalho, se puseram de joelhos com as mãos alevantadas a chamar por Deus, o que até então não tinham feito, e pediam perdão aos nossos portugueses, dizendo que por seus pecados viera aquela tormenta e que rogássemos a Deus por eles, que já se davam por mortos, pois a nau estava da maneira que todos viam.

Estando uns dando à bomba e outros esgotando a água, e os que não faziam outra coisa em joelhos pedindo a Nosso Senhor lhes valesse em tão grande trabalho, lhes deu outro terceiro mar, grandíssimo, pela quadra, com um borbotão de vento, que lhes levou o mastro grande, vergas, velas, enxárcia e camarotes e alguma obra de popa, e juntamente o mastro da mezena; e levou um francês dos principais; e os nossos que estavam dando à bomba espalhou pelo convés, quebrando a uns braços, e a outros pernas; e a Jorge de Albuquerque tratou de maneira que andou aleijado da mão direita perto de um ano. E a um seu criado, por nome Antônio Moreira, quebrou um braço, de que morreu daí a poucos dias; e aos mais que com ele estavam cobriu o mar por tanto espaço que se tiveram por afogados todos os que estavam no convés.

Este mar meteu tanta água dentro, por estar já a ponte abatida, que ficou a nau morta e debaixo de água por um grande espaço; e era a água tanta no convés e na tolda, que quase dava pelos joelhos. E mandando Jorge de Albuquerque ver debaixo da coberta que água fazia a nau, acharam que lhe não faltava mais que três palmos para se acabar de encher de todo e chegar arriba. Vendo-se todos tão cercados de trabalhos, e que cada vez cresciam mais, cresciam também suas lastimosas vozes, pedindo a Nosso Senhor misericórdia com a desconsolação que lhes causava a certeza da morte que viam presente. Jorge de Albuquerque, vendo-se a si e a seus companheiros no último da vida, e tão desamparados de remédios e forças e consolações, e vendo alguns tão fracos de coração se pôs entre eles, dizendo-lhes: "Amigos e irmãos meus, muita razão tendes para sentir e temer muito o trabalho e perigo em que todos estamos, pois vedes que os remédios humanos nos não podem valer; mas isso é o que vos há de dar muito mais motivo a confiardes na misericórdia de Nosso Senhor, com que Ele costuma socorrer aos que de todo desconfiam de outro remédio humano; portanto vos rogo muito a todos que, confiando Nele como devemos a cristãos que somos, lhe peçamos que da Sua mão nos dê ajuda, pois de toda outra estamos desamparados. De mim vos afirmo que espero na Sua bondade que nos há-de livrar do perigo em que estamos e que me hei-de ver em terra ainda, aonde hei-de contar isto muitas vezes para que o mundo saiba a misericórdia que Nosso Senhor usou conosco."

Estando-lhes dizendo isto, viram todos um resplendor grande no meio da grandíssima escuridão em que vinham, a que todos se puseram de joelhos, dizendo em altas vozes: Bom Jesus, valei-nos! Bom Jesus, havei misericórdia de nós! Virgem, Madre de Deus, rogai por nós! E cada um, com as mais devotas palavras que sabia e podia, encomendava a si e a seus companheiros à Virgem Nossa Senhora, advogada dos pecadores. O mar andava tão terrível e medonho, que creio que nunca se viu tão espantoso; os mares que davam na nau eram tão grossos que a abriam toda e metiam areia dentro que era coisa espantosa; e as pessoas em que os mares alcançavam as enchiam todas de areia, de maneira que quase as cegava e não podiam ver uns aos outros, pelo que suspeitavam estar em alguns baixos ou restingas de areia, porque parecia impossível meterem os mares tanta areia dentro da nau, senão com o fundo baixo; sem embargo, que era tal a tormenta, que bem se podia crer que do fundo do mar podia levantar a grande cópia de areia que nos metia dentro da nau. Ao redor da nau remoinhava o vento com tanto ímpeto, que não ousava nenhum a andar por cima dela, senão Jorge de Albuquerque e o mestre e duas ou três pessoas, que estavam esperando com o sinal-da-cruz os mares que davam na nau, que parecia que a queriam abrir; e isto com tantos relâmpagos, que parecia que andavam ali os demônios do Inferno.

A estes trabalhos nos sobreveio outro maior e não esperado, nem cuidado, e que muito nos atribulou; e foi que o mastro grande, depois que a tormenta o quebrou e levou, ficou preso pelo calcês, com a enxárcia de julavento; e ficando preso, se passou por debaixo da nau à banda do barlavento, e com qualquer mar que vinha dava tamanho encontro na nau, com o vaivém, que parecia meter o castelo para dentro. Vendo estes encontros, todos nos demos por perdidos de todo, sentindo cada pancada, que o mastro dava na nau, como se a dera em cada um de nós; e com cada trabalho que de novo sobrevinha alevantávamos todos as vozes, pedindo a Deus misericórdia e que nos livrasse daquele perigo em que nos punha o nosso próprio mastro. Prouve àquela infinita bondade que vieram uns mares que o apartaram da nau, e ficamos livres daquele não esperado trabalho.

Julgue cada um que isto ler quais podiam estar homens que se neste estado viam, cercados de tantas misérias e trabalhos, em os quais nenhum outro alívio recebiam, senão com as lágrimas e gemidos com que pediam a Nosso Senhor que se lembrasse deles, não lhes lembrando comer nem beber, havendo três dias que o não fizeram, porque tanto havia que vinham com a tormenta, ainda que o mais forte dela duraria nove horas, mas todos os três dias andávamos quase debaixo da água, dando à bomba de noite e de dia, vendo sempre a morte diante e esperando por ela cada hora. E por mais certa a tivemos quando, no cabo de três dias, nos achámos sem ter leme, nem mastro, nem velas, nem vergas, nem enxárcias, nem amarras, nem âncoras, nem batel, e sem nenhuma água nem mantimento, sendo, com todos os franceses, perto de cinquenta e tantas pessoas, e com a nau aberta por muitas partes de maneira que se ia ao fundo, estando de terra duzentas e quarenta léguas. Foi tamanha esta tormenta, que, dando-nos em altura de quarenta e três graus da banda do norte, nos pôs em quarenta e sete graus, sem mastros nem velas. Uma coisa posso afirmar: que o pouco que se aqui escreve é tão diferente do muito que passamos, como do vivo ao pintado.

VI

No cabo de três dias que a tormenta durou, começando o tempo a abonançar, ordenamos um mastro para proa, que tiramos dos pedaços da ponte que o mar abateu, o qual seria de duas ou três braças em comprido; e de três remos do batel, que escaparam, fizemos verga, e de uma velazinha de contra (que esta só escapou) fizemos um modo de traquete, e de alguns pedaços de cordas enxeridos uns nos outros fizemos enxárcia. Estando tudo isto aparelhado, por a nau ser grande e a vela muito pequena, parecia escárnio querermos navegar com ela. Neste tempo, por não haver mantimento, e os nossos estarem lastimados dos franceses, se quiseram levantar contra eles; e sendo Jorge de Albuquerque sabedor disto, os chamou a todos e desviou de tal propósito, dando-lhes razões para isso; e a principal era que, depois de Deus, nenhum outro remédio sentia para sua salvação senão a nau dos franceses, para nela se salvarem, porque, se ela escapara da tormenta, forçadamente os havia de vir demandar, por razão dos franceses que conosco iam, e vindo-nos buscar, não os achando vivos, nos matariam a todos. E assim lhes lembrou que não tinham água, nem vinho, nem mantimento, senão o que esperavam que os franceses lhes dessem; e que, quando a nau francesa não aparecesse em quatro ou cinco dias, então fizessem o que quisessem, que ele seria o primeiro que desse neles. Estando nestas razões, apareceu a nau francesa, e tanto que a vimos lhe começamos a fazer muitos fogos; e ela acudiu a nós logo, um sábado, que foram quinze do dito mês de setembro, também muito desbaratada, mas não destroçada como a nossa. E vendo-nos da maneira que escapáramos, ficaram espantados. E sabendo que os nossos se quiseram alevantar contra os franceses e que Jorge de Albuquerque lho estorvara, lho agradeceram muito e lhe disseram que, se se quisesse ir com eles, que o levariam de muito boa vontade, a ele e a três pessoas que nomeasse, e que o lançariam na primeira terra que tornassem se nela quisesse ficar. Ele lho agradeceu, mas que muito mais lhes agradeceria se os quisessem levar todos; que ele só não havia de ir, porque não era ele homem que desamparasse sua companhia em tal tempo; que o que Nosso Senhor tivesse determinado fazer de seus companheiros, faria dele também; e que em nome de todos lhes tornava a pedir os quisessem levar consigo e os botassem na primeira [terra] que tomassem. Responderam os franceses que não podiam, que a ele e a três companheiros levariam; o que Jorge de Albuquerque não quis aceitar, dizendo que, já que assim era, antes queria passar trabalhos entre os seus companheiros cristãos, que escapar deles em companhia de luteranos, inimigos de Deus e hereges.

Ao segundo dia que os franceses chegaram a nós abonançou o tempo; e, sem haverem dó nem piedade de nosso destroço, começaram com grande pressa a descarregar a nossa nau de muitas mercadorias que trazíamos, que escaparam da tormenta ou do alijar que nela fizemos; e sobre roubarem a nau, não contentes com isso, começaram a despir alguns dos nossos desses fatos que sobre si tinham, de maneira que tudo o que a tormenta nos deixou nos levaram os franceses. Alguns dos franceses, mais humanos, enquanto outros faziam o que tenho dito, andavam curando os nossos doentes, de que havia muitos do trabalho passado, e lhes davam de comer, o que os nossos faziam com sobeja alegria, por haver muitos dias que não comiam; e estavam fracos pela continuação do trabalho da tormenta. Tendo roubada a nau, se partiram de nós sem piedade alguma, a uma segunda-feira, dezessete de setembro; e pedindo-lhes nós com muita instância que nos levassem e nos deitassem na primeira terra que tomassem, não somente o não quiseram fazer, mas nem nos quiseram prover de coisas que levavam de sobejo, muito necessárias para nosso remédio, como eram enxárcias, velas e antenas, e se foram, esperando que em breve espaço se fosse a nau ao fundo ou que à fome pereceríamos. E sendo muito importunados de nós, lembrando-lhes o desamparo em que nos deixavam, nos deram dois sacos de biscoito, tão esmaltado de verde, preto e amarelo, por ser podre e bolorento, que ainda com a muita fome que padecíamos não havia quem o pudesse comer porque amargava como fel. E assim nos deixaram uma pouca de cerveja mais forte que vinagre, que muito poucos dos nossos a ousavam beber.

VII

Vendo-nos desapresados dos franceses, que já eram de todo idos, e como ficávamos cercados de tantas misérias, necessidades e perigos, começamos todos de novo a encomendar-nos ao Bom Jesus e à Virgem Nossa Senhora Madre de Deus, Senhora da Luz e de

Guadalupe, e a todos os santos e santas, que nos ajudassem e fossem nossos intercessores; e com muita devoção, tal qual o passo da necessidade presente requeria, pusemo-nos então de joelhos a rezar o salmo Miserere mei Deus, com as ladainhas. E acabado isto, mandou Jorge de Albuquerque buscar todo o mantimento que na nau houvesse; e nela se não achou água, nem vinho, nem mantimento, mais que obra de duas canadas de vinho em uma botija somente e uma redoma de vidro com obra de uma camada de água de flor e uns poucos de cocos e uns muito poucos punhados de farinha-de-pau e cinco ou seis tassalhos de carne e de peixe-cavalo.

Tendo tudo isto junto, com que já disse que os franceses nos deixaram, parecia impossível bastar aquele mantimento três dias para perto de quarenta pessoas que éramos. Contudo guardou-se para se dar e repartir por todos irmãmente, até se acabar e Nosso Senhor nos acudir com Sua misericórdia a esta necessidade e às mais que padecíamos. O mantimento repartia Jorge de Albuquerque por sua mão com todos, dando a cada um maior quinhão do que tomava para si, cousa que a todos nos fazia espantar, ver quão pouco comia e quanto trabalhava de noite e de dia; e entendia-se nele que mais sentia as necessidades de seus companheiros, assim doentes, como sãos, que as próprias de sua pessoa, por não ter possibilidade para as remediar, como eles haviam mister e ele desejava.

VIII

De um milagre que nos aconteceu

O dia que nos deu a tormenta, mandou Jorge de Albuquerque, por conselho de alguns companheiros, lançar no mar uma cruz de ouro, em que trazia uma partícula do Santo Lenho da Vera Cruz e outras muitas relíquias, amarrando a dita cruz com um cordão de retrós verde a uma corda muito forte, com um prego grande por chumbada, e o cabo e ponta desta corda ataram à popa da nau; e depois de passar a tormenta lembrou-se Jorge de Albuquerque do seu relicário e chegou à popa da nau a ver se via a corda em que amarrara a cruz de ouro; e vendo-a estar embrulhada em uns pregos, rogou e pediu muito a Afonso Luís, piloto, que vinha por passageiro, que se quisesse embalsar em uma corda e fosse desembaraçar aquela em que estava atado o relicário. E Afonso Luís o fez assim; e tendo desembaraçada a corda, disse que alassem por ela os de cima; e alando por ela um homem por nome Daniel Damil, acabando de recolher a corda toda dentro na nau, caiu a cruz na coberta da tolda toda desamarrada e solta, envolta em um pouco de algodão.

Vendo todos este milagre, ficaram espantados e deram muitas graças a Nosso Senhor por nos consolar e esforçar com um milagre tamanho, no qual parece que nos queria mostrar que nos havia de livrar milagrosamente de tamanho naufrágio, assim como livrara de tamanha tormenta aquela cruz de relíquias, a qual estava amarrada à corda com o cordão de seda, este mesmo cordão estava metido por uma argola da mesma cruz; e como se ela desatou e se teve e veio arriba, Nosso Senhor o sabe; basta que, em metendo a corda e prego dentro da nau, caiu a mesma cruz entre muitos dos nossos, desamarrada e com a argola quebrada, e o cordão de seda amarrado na mesma corda, quase da maneira que o lançaram.

Fazendo os nossos grandes extremos de alegria por tamanho milagre, os franceses que estavam na nau se ajuntaram muitos a ver o de que os nossos folgavam tanto, e beijando todos os nossos assim as relíquias, com muita devoção, diante dos franceses, parece que permitiu Nosso Senhor que as não vissem eles, porque por sem dúvida tenho que se as viram as tomaram, por terem ouro de que eles são tão cobiçosos. E não somente as não viram então, mas nem outros dias que as Jorge de Albuquerque trouxe consigo, porque, apalpando-o muitas vezes, para ver se trazia alguma coisa escondida, nunca lhas acharam; pelo que se devem dar muitos louvores a Nosso Senhor, por este milagre e pelos mais que fez por nós outros todos que neste naufrágio nos achamos.

Não deixamos de notar, entre os que éramos, que porventura quis Nosso Senhor fazer-nos esta mercê pelo Lenho da Santa Cruz e pelo sinal dela que Jorge de Albuquerque fez na mesa dos franceses, pelo qual sinal que fez o quiseram matar ou lançar no mar. Parece que permitiu Nosso Senhor que esta cruz, com o Santo Lenho e relíquias que nela estavam, se não perdessem e tornassem à mão do dito Jorge de Albuquerque, visto oferecer-se à morte por amor deste santo sinal-da-cruz, de que sempre em toda a viagem se mostrou muito devoto; e nos dizia algumas vezes que desde menino o fora sempre muito, e que lhe vinha esta devoção por herança, porque em todos os quatro escudos de armas que lhe pertenciam, por parte de dois avós donde descende, todos tinham cruz, como são as armas dos Albuquerques, Coelhos, Pereiras e Bulhões.

XIX

Depois de termos junto todo o mantimento que se na nau achou no mesmo dia que os franceses se apartaram de nós, logo ao outro dia deu Jorge de Albuquerque ordem com que se fizesse uma vela de alguns guardanapos e toalhas de mesa que se acharam na nau, os quais mandou que se ajuntassem a uma velinha do esquife dos franceses que nos ficou; e de dois remos do batel fizemos uma verga; e sobre o pé do mastro grande pusemos um pedaço de pau de duas braças em alto; e de uns pedaços de enxárcia que ficaram, e de cordas de rede e morrões, fizemos enxárcia, por não haver na nau outra coisa de que se pudesse fazer, porque a tormenta tinha levado tudo: enxárcia, cabos, amarras, âncoras, batel, e tudo o mais de que nos podíamos aproveitar. O leme andava dependurado por um só ferro que lhe ficou, e lançamos-lhe umas cordas como bragueiros para que nos pudesse assim servir dois ou três dias. E com isto seguimos nossa viagem, tomando a Nossa Senhora Madre de Deus por guia, vendo e atinando ao nascimento do sol, por não trazermos astrolábio que prestasse, nem instrumento de marear de que nos pudéssemos servir, porque tudo nos levaram os franceses; e uma agulha de marear que trazíamos era tão quebrada, e tal, que destemperava muitas vezes. Estaríamos, neste estado, do cabo de Finisterra duzentas e trinta e seis léguas, em altura de quarenta e cinco graus da banda do norte, porque o mais tínhamos desandado com o noroeste que até então nos ventara. O trabalho que tínhamos em dar à bomba, de dia e de noite, nos enfraquecia de maneira que muitos, de cansados de darem à bomba, caíam no convés sem terem vista nos olhos com pura fome e muito trabalho.

Continuando todos este trabalho, rogou Jorge de Albuquerque a um marinheiro, grande mergulhador, por nome Domingos da Guarda, que se lançasse ao mar e visse se podia de mergulho tomar parte da muita água que fazia a nau, visto não se poder tomar por dentro, por ser muito em baixo, nas picas de proa e popa, e termos já cortado muitos liames de picas de proa para a podermos tomar; e lhe prometeu que, se tomasse a principal água, além de nisto salvar sua vida e a de todos seus companheiros, ele lho pagaria muito bem. Foi coisa espantosa, e muito para louvar a Nosso Senhor, porque neste dia, que era vinte e três do mês de setembro, esteve o mar tão manso como se fora rio. E em se querendo o marinheiro lançar ao mar, nos pusemos todos os da nau de joelhos, pedindo misericórdia e ajuda a Nosso Senhor, que nos livrasse daquele trabalho em que nos víamos, como era irmo-nos ao fundo, com darmos à bomba de noite e de dia. Permitiu Nosso Senhor, por quem Ele é, apiedar-se de nós e ouvir-nos, porque de três vezes que o marinheiro mergulhou tomou a maior parte da água que a nau fazia, coisa com que grandemente nos alegramos e consolamos, por vermos que poderíamos ter mais algum refrigério e descanso do trabalho de dar à bomba.

O marinheiro veio muito contente arriba, e de todos foi abraçado com muita alegria por ver quão bem o fizera; e Jorge de Albuquerque lhe cumpriu muito bem o que lhe prometeu, com lhe dar coisas com que ele ficou muito satisfeito.

Tomada esta água, logo ao outro dia, que foi vinte e quatro de setembro, nos tornou a ventar o vento noroeste, tão rijo, com tamanhos mares e frio, que nos não podíamos valer, nem nos podíamos ter dentro na nau com os grandes balanços que dava; as cadeias das mesas de guarnição, por andarem soltas, faziam tamanha matinada, que pareciam uma espantosa ferraria, tanto que quase nos não podíamos ouvir uns aos outros; os mares começaram a empolar de maneira que passavam por cima da nau, a qual por vir destroçada nos enchia de água; o mantimento, por ser pouco, se nos gastou em poucos dias pela gente ser muita, por mais regra que nele se pôs. Chegou a regra a ser tão estreita, que três cocos se repartiam no dia por perto de quarenta pessoas que havia, dando a cada um de quinhão tamanho como um tostão, pouco mais ou menos; e da cerveja, que era mais forte que vinagre, se dava duas vezes ao dia quanto pudesse molhar o paladar; e o que se dava era coisa que não bastava para um trago e além disso era tão forte que muitos a não queriam beber.

Assim íamos seguindo nossa viagem para onde o mar e vento nos queriam levar, gastando todo o tempo em orações e em dar à bomba. Jorge de Albuquerque, sobre todos estes trabalhos, a que ajudava irmãmente, tinha mais o consolar e animar seus companheiros, que tão quebrantados andavam das forças corporais e do espírito; e já não tinha com que os consolar senão com lhes trazer à memória a sagrada morte e paixão de Nosso Senhor Jesus Cristo e o muito que por nós padeceu, para que com esta lembrança se lhes fizessem mais leves os trabalhos em que estavam, e lhes persuadia que, pois estavam esperando pela derradeira hora sem poderem ser ajudados de remédio algum humano, senão o da misericórdia de Nosso Senhor, que se encomendassem a Ele para que por Sua piedade dispusesse deles aquilo que mais cumpria a Seu serviço e salvação de suas almas. Isto nos dizia com palavras tão amigas, brandas e devotas, que nos alevantávamos quase sem nenhumas forças para tornarmos ao trabalho; e muitas vezes, dizendo-nos estas coisas e outras, lhe saltavam as lágrimas de compaixão de nos ver em o mesmo perigo em que ele estava, mas porventura menos lembrado de si que de seus companheiros. Uma coisa nos espantava muito a todos, e era ver que a maior parte da viagem viera Jorge de Albuquerque doente, por se embarcar maltratado de algumas indisposições que o trabalho da guerra lhe causara, e depois que pelejamos com os franceses e nos sobreveio a tormenta nunca mais se queixou da má disposição, e o víamos andar tão são e esforçado e tão continuador nos trabalhos que nos espantava e envergonhava a todos.

Além de todas estas coisas que atrás digo, dizia que tinha tanta confiança e fé na misericórdia de Nosso Senhor que nos afirmava, como se o tivera por certo, que nos havia Nosso Senhor de livrar daquele perigo e havíamos de ver a terra, como se a víramos ou tivéramos nau que nos pudera trazer a ela. Todavia com tudo isto vínhamos tão faltos de forças, que quase não havia quem pudesse ir dar à bomba. E vendo-nos ele assim quase desesperados da vida, sem forças e sem mantimento com que as sustentássemos, com grande segurança de rosto se pôs no meio de seus companheiros e lhes disse:

> "Amigos e irmãos meus, cada um de vós tem entendido o miserável estado em que estamos e quão alheios estamos de remédio humano, pois a nau em que navegamos não tem velas, nem mastros, nem leme, nem enxárcia, nem nenhum aparelho dos que para a navegação havemos mister; além disto não sabemos onde estamos, nem para onde caminhamos, porque de nenhuma coisa destas temos certeza; e o pior de tudo é que não temos em toda esta nau coisa com que nos possamos sustentar, pois o mantimento é acabado. Bem sei que são todas estas coisas, que vedes com os olhos, tais e tão inimigas de nossas vidas, que qualquer delas vos será, e pode ser a todo o homem, por esforçado que seja, muito temerosa, pois são coisas contra as quais não vale força de corpo nem esforço de ânimo, que são: fome, fúria de mar, nau rota e sem aparelho, e não saber caminho nem carreira. Mas se vos lembrardes do que tendes nesta viagem passado, e

não vos esquecerdes daquele terrível bulcão que nos deu e dos mares que nos cobriram, e de quantas vezes esta nau ficou adernada e morta debaixo da água, e que todos vos destes por mortos vendo que tudo parecia conjurado contra nossas vidas: a água, vento, relâmpagos, até o nosso mastro que nos queria alagar. Se nada disto vos esquece, vereis claro quanta razão tendes para confiar na grandeza da misericórdia de Nosso Senhor e terdes fé firme Nele, que vos há de salvar; porque quem de tantos trabalhos nos livrou até agora, muito certo deveis de ter que vos há de livrar dos que vos sobrevierem; pois se Ele quisera por meios naturais alagar-vos, qualquer dos mares que vistes bastava para vos meter no fundo do mar. E que sabeis se são estes trabalhos, com que quer provar vossa fé, mimos de Nosso Senhor? Eu certo, como se O visse, espero que Ele nos há de levar a terra, para que a gente saiba este milagre que conosco usa, por que não fique isto sem ser sabido, e a gente a cuja notícia vier este nosso naufrágio dê sempre louvores a Nosso Senhor e glorifique e exalte com graças Seu santo nome; e mais que nos não há de levar a qualquer terra, senão à cidade de Lisboa, onde possamos contar coisas tão novas como estas; e não é necessário, para irmos seguros e confiados de isto ser assim, mais que fé em o Senhor, pois Ele diz em um dos evangelhos que quem tiver fé fundada em pureza de coração, tamanha como um grão de mostarda, fará mudar e traspassar um monte de uma parte para outra. Portanto, irmãos meus, postos neste estado de fé e confiança neste Senhor, esperemos que neste pedaço de pau nos livrará do profundo abismo do mar."

Estas coisas e outras como estas, que ele dizia melhor do que eu as sei relatar, vinha dizendo à sua piedosa companhia, com que nós todos muito nos consolamos, e muito mais com o ver a ele andar tão ledo e com rosto tão prazenteiro, que parecia não ser ele aquele que padecia os trabalhos e fomes que perseguiam a todos. E sempre andava consolando a quem lhe parecia que mais fraco estava, sem dar a entender que sentia o perigo em que vínhamos; mas ninguém o entendia melhor que ele, porque algumas vezes de noite o achávamos em lugar apartado, com muitas lágrimas e exclamações a Nosso Senhor, pedindo-Lhe tivesse por bem de nos salvar; e de dia a todos animava e consolava, e com tanto ânimo e esforço o víamos andar nestes trabalhos, que nos animávamos muitas vezes; e bem parecia nisto ser filho de seu pai e sobrinho de seu tio, o grande Afonso de Albuquerque, os quais é certo que imitava.

X

Era tão rijo o vento que trazíamos, que por as velas serem fracas, da matéria que tenho dito, se romperam por algumas partes, de sorte que foi necessário consertá-las; e estando-as consertando e remendando-as, se nos acabou de desapegar o leme e quebrar o ferro em que só vinha pegado, e de roer e quebrar as cordas com que o trazíamos atado; e assim, ficou por popa. Vendo-se o piloto e mestre e a mais gente, sem leme, mastros, velas, enxárcia, âncoras e batel, e com o mantimento, que atrás disse, já gastado, e tão longe de terra como suspeitavam, caíram no convés desacorçoados, com tristeza e fraqueza, dando-se de todo por perdidos, vendo-se desamparados de todo o remédio, porque, ainda que o leme lhes servia mal, de vir como vinha, assim com ele nos consolávamos muito.

Vendo Jorge de Albuquerque tamanho espanto na gente, foi cercado de grandíssima tristeza e dor, por ver que já não tinha nenhum modo de mantimento, nem que beber, havendo já muitos dias que não bebíamos água nem vinho, e que o vinagre que se dava para molhar o paladar estava já na borra, e que já não havia quem pudesse dar à bomba, nem terem-se nas pernas com fraqueza; pôs-se assim muito triste, a cuidar que meio teria para consolar seus companheiros, e subitamente se levantou tão rijo e ledo, como se saíra de alguma festa, e começou a chamar a todos cada um por seu nome, e tirando de um livro de rezar, seu, que escondera dos franceses duas folhas, em uma delas estava Nosso Senhor Jesus Cristo crucificado, e em outra a imagem de Nossa Senhora, as pôs pregadas ao pé do mastro, que todos as vissem, e chamando-os a todos lhes disse em alta voz:

> "Ora sus, companheiros, não haja quem enfraqueça nem desmaie, ponhamos os olhos naquelas imagens, com cuja vista nos podemos alegrar e consolar, conhecendo que quem tanto padeceu por nós, pois é todo misericordioso e piedosíssimo, nos salvará deste temeroso perigo e nos levará a salvamento, e mais tendo nós por advogada e intercessora a Sacratíssima Virgem Maria, Nossa Senhora, Rainha dos Anjos, por cuja intercessão, rogos e merecimentos eu espero e confio que nos havemos de ver fora de tamanho perigo; e torno-vos a dizer que não havemos de ir a qualquer terra, senão que pela intercessão da Virgem Nossa Senhora havemos de ir ter a Lisboa, para que nossa chegada em salvo faça notórios os milagres que por nós obrou. E sabeis, amigos, quão confiado estou nisto, que antes me quero aqui convosco, que na nau dos franceses, porque, levando-me, não quis ir, como vistes, senão mantendo-vos companhia para ser testemunha de vista dos perigos que passamos e das grandes misericórdias que Deus conosco usou."

Acabando estas palavras, nos pusemos todos de joelhos diante das imagens de Cristo crucificado e de Sua Mãe Santíssima, pedindo em altas vozes misericórdia, com tão dolorido e lastimoso som, que por sem dúvida tenho que de ninguém pudéramos ser ouvidos que se pudera nos não socorrera, doendo-se de nossa desaventura, por duro e bárbaro que fora; porque era coisa lastimosa e de grandíssima compaixão ver o estado em que esta mísera gente estava, de trabalhos e necessidades, e tão disformes e magros que nos íamos já desconhecendo uns aos outros.

Jorge de Albuquerque, posto que o não dava a entender a pessoa alguma, vendo que a miséria que passavam, não dava lugar a terem muitas esperanças de salvação nem vida, fez uma declaração por escrito de coisas que cumpriam a coisas de sua consciência, a qual com outros muitos papéis que relevavam, meteu em um barril de pau pequeno e o fechou e breou muito bem, para o deitar no mar quando se todos vissem na derradeira hora da vida, para que pelos papéis que se nele achassem se soubesse o fim que todos houvéramos. Mas isto se fez com tanto segredo, que nenhum de nós outros então o soube.

Vendo-nos sem leme, ordenamos um modo de espadela, como remo, de tábuas e paus que tirámos da nau, e todas estas cousas, e algumas mais que eram feitas, fazíamos com um machado velho e um escopro; e os furos que se haviam de fazer com verruma, os fazíamos com pregos quentes; e Jorge de Albuquerque era sempre o inventor de todas estas coisas, e dos primeiros que lançavam mão de tudo o que se fazia. A espadela, que fizemos em lugar do leme, aproveitou tão pouco, que não queria a nau governar com ela; e contudo, com caçar e alargar as pobres e fracas escotinhas, e com remarem dois remos por banda, dava a nau algum jeito de si, e com uma cevadeira que fizemos de dois mantos com que se os companheiros cobriam; mas tudo isto não aproveitava por ser o vento rijo e os mares grossos, e somente nos servia quando havia bonança. Já Jorge de Albuquerque nos não consolava, senão que fiava que como se acabasse o mês de setembro (que estávamos já a vinte e sete) se haviam de acabar os trabalhos e com o mês de outubro esperava que havia de vir bonança e o favor do bom Jesus e da Virgem Nossa Senhora.

XI

Aos vinte e sete deste mesmo mês, que foi dia de São Cosme e São Damião, começámos a lançar ao mar algumas pessoas que nos morreram de fraqueza e com pura fome e trabalhos; e foi tanta a necessidade de fome que padecíamos, que alguns dos nossos companheiros se foram a Jorge de Albuquerque e lhe disseram que bem via os que morriam e acabavam de pura fome e que os que estavam vivos não tinham coisa de que se sustentar; e que pois assim era, lhes desse licença para comerem os que morriam, pois eles vivos não tinham outra coisa de que se manter. Abriu-se a alma a Jorge de Albuquerque de lástima e compaixão, e arrasaram-se-lhe os olhos de água quando ouviu este espantoso requerimento, por ver a que estado os tinha chegado sua necessidade; e lhes disse, com muita dor, que aquilo que lhe diziam era tão fora de razão, que erro e cegueira muito grande seria consentir em tão bruto desejo, mas que bem via que, vencidos da necessidade presente, tomavam aqueles conselhos que lhes dava tão ruim conselheira como a fome era, mas que lhes pedia que olhassem bem o que queriam fazer, porque ele enquanto fosse vivo tal não havia de consentir, e que depois dele morto podiam fazer o que quisessem e comê-lo a ele primeiro. Bem pode, quem quer que isto ler, julgar que tais estariam os homens, que chegaram a termos de fazer coisa nunca ouvida senão no cerco de Jerusalém.

Começou Jorge de Albuquerque a consolá-los com palavras de esperança em Deus, em cuja mão está todo o remédio. E vendo o perverso inimigo que os não podia levar fora da esperança em que as palavras de Jorge de Albuquerque os punham, e a particular confiança em Deus com que cada um de nós esperava de se salvar, desejando que afracassem nela, como inimigo de nossas almas, começou a usar um novo e não cuidado ardil contra nós, o qual foi este. Vendo que a braveza do mar e fúria da tormenta nos não pudera acabar, encaixou nos corações de alguns dos nossos uma persuasão infernal de se não poderem salvar, nem escapar daquele perigo, e que todos havíamos de morrer forçadamente.

Vencidos de tão mau conselho do falso inimigo, consultaram alguns deles entre si que, pois não podiam escapar por nenhum caso, por estarem tão desamparados de todo o remédio humano, e a fome que padeciam lhes fazia ser a vida penosa, para escusarem a pena que padeciam com ela, que arrancassem uma tábua do fundo da nau para com mais brevidade se irem ao fundo, e com isso ficarem sem vida e sem trabalhos, que com a ter padeciam. Quis Nosso Senhor, por quem é, que se descobrissem estas danadas determinações e conselhos diabólicos a Jorge de Albuquerque, para poder impedir sua execução, como fez. E pedindo a Nossa Senhora da Graça lhe alcançasse de Seu Unigênito Filho graça para que pudesse remediar tamanho mal, e outro não menor que este, que juntamente veio a saber, e que era que estavam todos os que havia vivos na nau postos em bandos e brigas, estando tão vizinhos da morte, como dito tenho, sem forças e sem armas, porque na nau não havia mais que uns pedaços de facas e paus para poderem brigar e nenhum deles se podia ter nas pernas. Parece que a fome que padeciam e a desesperação que tinham concebida os punham em tamanho desatino e desconcerto, e principalmente o demônio, que com meio tão infernal os queria acabar em tão mau estado; e que uns aos outros acabassem o que nem o mesmo demônio, nem o mar, nem a fúria da tormenta, puderam fazer. E com assaz melancolia e agastamento se pôs Jorge de Albuquerque entre eles, e os começou a repreender do diabólico conselho que aceitavam em se quererem ir ao fundo do mar, e juntamente estando em estado tão piedoso quererem ter brigas, que era coisa vergonhosa; e sabida a razão por que as queriam ter, não era alguma mais que cizânia que o demônio entre eles semeava; pelo que de novo lhes começou a rogar que quisessem estar em paz como irmãos e que, devendo fazer isto em todo o tempo, pois eram cristãos, neste principalmente se haviam de envergonhar muito de lembrar-lhes coisa alguma de ódio para seus próximos; e que naquele perigo em que estavam se não deviam de lembrar mais que de somente pedir a Deus misericórdia e ter firme fé em Cristo, Senhor Nosso, que pela Sua infinita bondade os levaria a porto de salvamento, e que não desconfiassem nem quisessem tomar a morte com suas mãos, pois com isso matavam corpo e alma, coisa que todo o cristão deve tanto temer e fugir. E que quem naqueles trabalhos, ou em outros tamanhos (se os no mundo havia), se punha nas mãos do Senhor, recebia sempre mais e maiores mercês das que esperava; e que assim confiava ele em Nosso Senhor que não somente os havia de livrar do perigo em que estavam, mas que os havia de levar a Lisboa, como lhes tinha dito algumas vezes; por isso lhes rogava que lançassem de si todo o ódio e má querença, porque tendo ódio se faziam incapazes das mercês que esperavam da Divina Majestade.

Prouve a Nosso Senhor que, com estas palavras e outras muitas que lhes Jorge de Albuquerque disse, lhes tirou do pensamento os danados propósitos que tinham, e assim ficaram livres do diabólico laço que o inimigo lhes tinha armado, o qual era o mais perigoso passo em que se viram, pois com os outros perigos podiam morrer os corpos e salvar-se as almas, com a contrição que em todos parecia; e neste se perdiam corpos e almas, por quererem tomar a morte com suas mãos, desesperando da misericórdia de Nosso Senhor.

Aos vinte e nove de setembro, dia do anjo São Miguel, pela manhã, houvemos vista de uma nau, à qual capeamos e fizemos fogos, como desejosos de remédio para nos salvar; por vir muito perto de nós, tiveram tão pouca caridade, que nos não quiseram acudir, vendo-nos em um pedaço de nau, da maneira que vínhamos.

XII

Andávamos já todos de maneira que quase nos não podíamos levantar com fome, com sede e com o trabalho contínuo que tínhamos em dar à bomba um espaço de hora, e outro descansávamos, porque ainda que com a ida do marinheiro abaixo tomamos muita água, todavia nunca deixámos de fazer tanta, que nos era necessário dar à bomba. Estando no mísero estado que tenho dito, com a necessidade, fome, sede e trabalho que contei, sem sabermos onde estávamos, nem para onde caminhávamos, a misericórdia de Nosso Senhor, que nunca faltou a quem por ela chama, nos socorreu tão favoravelmente, que milagrosamente, a dois dias do mês de outubro, a uma terça-feira, sem o cuidarmos, nos achamos entre as Berlengas e a Roca de Sintra, defronte de Nossa Senhora da Pena, a qual casa vimos a horas de meio-dia, acabando-se de desfazer um grande nevoeiro e neblina que se fizera pela manhã. E porque quando vimos terra cuidávamos que podia ser a Galícia, depois que conhecemos bem aonde estávamos, nos alegramos como cada um pode cuidar; mas fez-nos tristes o não ter em que ir a ela. E chegando-se a nau para terra, muitos fizeram prestes tábuas e paus para se lançarem ao mar com eles, quando a nau desse à costa, na qual, se desse, pareceria coisa impossível escapar nenhum de nós, por aquela paragem de costa ser tão fragosa e brava como todos sabem. E querendo, por conselho do piloto e mestre, fazer jangadas para sair, lhes disse Jorge de Albuquerque: "Ah, senhores, que vergonha é esta? Tão pouca fé tendes, e tão pouco confiais na misericórdia de Nosso Senhor, que livrando-nos de tantos trabalhos e perigos, vos havia de trazer à vista da terra para vos perderdes? Não creais tal, porque quem vos aqui trouxe, e à vista de tal casa, como é a de Nossa Senhora, não há-de permitir que nos percamos, senão que nos salvemos todos, porque eu espero que nos leve a parte onde todos saltemos em terra a pé enxuto, assim como eu vo-lo disse algumas vezes lá nesse golfão, bem longe de terra, que agora vemos." Neste comenos houvemos vista de muitas velas, às quais capeamos, e o bem era que, quanto mais lhes capeávamos, mais se desviavam de nós; e alguns dos nossos cuidavam que haviam medo de nossa nau, por lhes parecer fantasma, porque nunca se viu no mar coisa tão dessemelhada para navegar como o pedaço da nau em que vínhamos.

Ao outro dia, três de outubro, véspera do bem-aventurado São Francisco, amanhecemos muito perto da Roca e da rocha; e indo já quase a nau para dar à costa, passou por nós uma caravela que ia para a Pederneira, e pedindo-lhes nós outros que à honra da morte e paixão de Nosso Senhor nos quisessem socorrer, dando-lhes conta de todos nossos trabalhos, e que, além de fazerem serviço a Nosso Senhor, lho pagaríamos muito bem, que nos tomassem consigo para nos porem onde quisessem, pois estava em sua mão salvar-nos; e pedindo-lhes isto com a instância que nossa necessidade requeria, nos responderam que Jesus Cristo nos valesse, que eles não podiam perder tempo de viagem. E se foram sem nenhuma piedade de nós outros. Vendo-os assim partir ficamos tão desconsolados, que não houve nenhum de nós que se lhe não arrasassem os olhos de água, por vermos a crueza que conosco usavam homens portugueses e nossos naturais. Foi crueza esta muito para se estranhar e para um rei mandar castigar. E indo assim já para darmos à costa, sem termos remédio algum de salvação, pela parte em que íamos dar, nos socorreu a misericórdia divina com uma barca pequena que ia para a Atouguia, a qual vendo-a começamos a capear e a bradar, postos de joelhos, gritando e pedindo-lhe da parte de Jesus Cristo nos valesse; e estando a barca de nós um tiro de berço, nos acudiu com muita pressa, como próximos e cristãos. E tanto que os da barca chegaram a nós, ficaram espantados de nos verem da maneira que vínhamos, e nos disseram que logo, posto que estavam longe, nos ouviram o requerimento que da parte do nome de Jesus lhes fizemos — coisa por certo muito para notar, porque, não podendo nenhum de nós, de fraqueza, falar alto, foram ouvidas nossas vozes tão longe.

Na barca vinha um Rodrigo Álvares da Atouguia, mestre e senhorio dela, e Francisco Gonçalves de Aveiro e João Rodrigues da Atouguia e um moço filho do mesmo Francisco Gonçalves; e todos estes, em vendo os nossos e o perigo em que estávamos, nos começaram a consolar e esforçar, dizendo que não temêssemos, que eles nos não desamparariam, ainda que se pusessem a risco de perder-se, e que todo o possível fariam por nos pôr em terra a salvamento; e que por esse trabalho não queriam prêmio algum, porque o queriam fazer por serviço de Nosso Senhor, visto como parecia coisa milagrosa tê-los trazido ali, onde havia três dias que se não podia ir para diante nem para trás, andando sempre dando bordo ao mar e bordo à terra, para fazerem seu caminho; que parecia que Nosso Senhor não quis que se pudessem ir dali, porque esperassem por nós para nos levar à terra, e que em lhe nós bradando nos ouviram e logo nos acudiram com muita pressa, vindo com vento em popa para nossa nau, que até então lhes não ventara. E vendo a nau tão destroçada e qual vinha, e a nós outros tão disformes de fome, ficaram atônitos; e com muita compaixão começaram a chorar, e nos deram logo do pão, água e frutas que para si traziam. Dos nossos, uns não puderam comer, de sobeja alegria de ver terra e em que ir a ela, e outros por terem já o paladar cerrado da fome e necessidade passada; e averiguadamente, se andáramos mais dois ou três dias no mar, não ficara nenhum de nós vivo, porque os que vínhamos vivos não nos podíamos ter nas pernas pelo trabalho de dar à bomba e haver dezessete dias que não bebíamos água nem vinho; e quase em todo este tempo não comíamos cada dia mais que três ou quatro cocos, se eram pequenos, porque se eram maiorzinhos três somente repartíamos por todos, que éramos perto de quarenta pessoas.

O senhorio da barca, tanto que nos acabou de dar de comer, nos deu um cabo com que afastamos a nau da rocha, e assim à toa trouxeram a nau ao longo da terra, até a porem em Cascais a horas de sol posto. E em as barcas que logo acudiram de terra se passaram alguns de nós, que desembarcaram em Cascais; outros viemos desembarcar a Belém, a pé enxuto. Uns e outros logo dali começaram a cumprir suas romarias que traziam prometidas, dando muitas graças a Nosso Senhor pelas grandes e misericordiosas mercês que conosco usara. Jorge de Albuquerque, antes que se desembarcassem, satisfez ao senhorio da barca e aos mais companheiros seus a boa obra que nos fizeram em nos trazer até ali; e na mesma noite que chegamos ficou a nau amarrada por popa da barca, por não ter com que se amarrasse; e, com a barca não ter mais que uma só fateixa ao mar, se teve a si e à nau toda aquela noite, até o dia seguinte que foi quinta-feira, quatro de outubro. No mesmo dia, o infante D. Henrique, cardeal neste reino de Portugal, que neste tempo governava, mandou uma galé para que trouxesse a nau pelo rio acima, como fez, e se pôs a dita nau defronte da Igreja de São Paulo, que ora é freguesia; e por espaço de um mês ou mais que ali esteve ia tanta gente vê-la, que era coisa espantosa; e todos ficavam admirados, vendo seu destroço, e davam muitas graças e louvores a Nosso Senhor por livrar os que nela vinham de tantos perigos como passaram.

E assim parece razão, que toda a pessoa a cuja notícia vier a grande misericórdia que Deus usou conosco lhe dê muitas graças e louvores, por nos trazer a salvamento em um pedaço da nau, estando afastados de terra duzentas e quarenta léguas, sem termos leme, nem velas, nem mastros, finalmente nenhum aparelho daqueles de que se tem necessidade para navegar, e a nau aberta que se ia ao fundo; e sobre tudo isto fome e sede, sem ter que comer, nem que beber, andando vinte e dois dias, como tenho dito, em dezessete dos quais nenhum de nós bebeu água, nem vinho, nem comemos mais que três ou quatro cocos, repartidos cada dia por quarenta pessoas.

Moveu-me escrever este discurso do nosso naufrágio querer que soubesse toda a gente os trabalhos que nas navegações se passam, e quão forte fraqueza é esta de nosso corpo, a qual se se lhe representassem para passar os trabalhos com que pode, cuido por certo que desmaiaria de os ouvir; e mais para que todos vejam claro com quanta razão devemos todos esperar e confiar na misericórdia do Senhor, a qual não desampara ninguém em trabalhos, por grandes que sejam, se a buscarmos com pureza de coração, com que é necessário aparelharmo-nos para a recebermos; e para que se saibam as grandezas da misericórdia de Nosso Senhor, e as maravilhas que usa com os pecadores que na Sua bondade e misericórdia confiam, me pus a escrever este compêndio de trabalhos, que servirão de espelho e aviso e consolação, para os que se virem em quaisquer outros semelhantes a este saberem ter grande fé e confiança na misericórdia de Nosso Senhor os livrar e salvar, assim como fez a nós. E por tudo seja o Senhor sempre bendito e louvado. Amém.

XIII

Posso afirmar com verdade a todos os que isto lerem que não escrevo aqui metade de tudo o que passamos, porque nem quando passei estes trabalhos tinha lembrança nem comodidade para os escrever, nem depois de passados me sofria a memória querer que se lhe representassem; mas somente é aquilo que me pode lembrar do muito que padeci nesta viagem; mas seja louvado o nome santíssimo de Jesus, cuja bondade e misericórdia me trouxe a salvamento. Os que chegamos à terra vivos foram estes: Jorge de Albuquerque Coalho, que foi o que mais trabalho sofreu e perda recebeu neste naufrágio que todos, o piloto Álvaro Marinho, o mestre André Rodrigues, Afonso Luís, piloto, mas não da nossa nau, André Gonçalves, Domingos da Guarda, Antônio da Costa, um homem por nome o Velho, um moço por nome Antônio, Baltasar Álvares, um padre da Companhia por nome Álvaro Lucena, um filho bastardo de Jerônimo de Albuquerque, Gabriel Damil, Simão Gonçalves, Simeão Gonçalves, Gomes Leitão, dois irmãos por nome os Bastardos, um velho, mestre de fazer açúcar, Brás Álvares Pacheco, uma escrava de Jorge de Albuquerque por nome Antônia, e outros escravos.

A gente que o mar levou foram: o contramestre Toríbio Gonçalves, Antônio Fernandes, um moço por nome Antônio, filho do Velho, Gaspar Mouco, um francês piloto, Domingos Gonçalves e Antônio Moreira. Os mais morreram pelo caminho com fome, sede e trabalho. Uma só coisa quero contar, para se poder ver o muito trabalho que sofremos e a que estado nos chegou este naufrágio: que saindo Jorge de Albuquerque com alguns que o acompanhamos em Belém, e encaminhando em romaria a Nossa Senhora da Luz, pelo caminho de Nossa Senhora da Ajuda, sendo sabido na cidade dos parentes e amigos que era chegado ali, D. Jerônimo de Moura, seu primo, filho de D. Manuel de Moura, e outras muitas pessoas o foram logo buscar; e sabendo que era já desembarcado e aonde ia, e que caminho levava, foram após ele, e chegando o primo a nós outros, que íamos juntos, nos saudou, perguntando-nos se éramos nós os que nos salváramos com Jorge de Albuquerque. E dizendo-lhe que sim, nos perguntou: "Jorge de Albuquerque vai diante ou fica atrás, ou tomou por outro caminho? " E Jorge de Albuquerque, que estava diante dele, lhe respondeu: "Senhor, Jorge de Albuquerque não vai diante, nem fica atrás, nem vai por outro caminho." Cuidando D. Jerônimo que zombava, quase se houve por desconfiado e lhe disse que não gracejasse, que respondesse ao que lhe perguntava. Disse-lhe Jorge de Albuquerque: "Senhor D. Jerônimo, se virdes Jorge de Albuquerque, conhecê-lo-eis? " Disse ele que sim. "Pois eu sou Jorge de Albuquerque, e vós sois meu primo D. Jerônimo, filho de D. Isabel de Albuquerque, minha tia; aqui podeis ver e julgar o trabalho que passei." E criando-se ambos, não havendo mais que se deixaram de ver, sendo muito amigos e conversando muito tempo, o desconhecia de maneira que nem com isto o pode acabar de conhecer. Foi então necessário a Jorge de Albuquerque mostrar-lhe sinais na pessoa, por onde com muitas lágrimas o abraçou, espantando-se de quão dessemelhado vinha ele; e assim vinham todos os mais. A tudo isto fui testemunha de vista, por isso o contei. Seja louvado Nosso Senhor, que me chegou a estado de poder escrever isto, coisa que muitas vezes cuidei que não poderia ser; mas somente Deus é o que sabe tudo. Seja Ele bendito e louvado para todo o sempre. Amém.

PROSOPOPEIA

PRÓLOGO

Dirigido a Jorge e 'Albuquerque Coelho, capitão e governador da capitania de Pernambuco, das partes do Brasil da Nova Lusitânia.

Se é verdade o que diz Horácio, que Poetas e Pintores estão no mesmo predicamento; e estes para pintarem perfeitamente uma imagem, primeiro na lisa távoa fazem rascunho, para depois irem pintando os membros dela extensamente, até realçarem as tintas, e ela ficar na fineza de sua perfeição; assim eu, querendo dibuxar com obstardo pincel de meu engenho a viva imagem da vida e feitos memoráveis de vossa mercê, quis primeiro fazer este rascunho, para depois, sendo-me concedido por vossa mercê, ir muito particularmente pintando os membros desta imagem, se não me faltar a tinta do favor de vossa mercê, a quem peço, humildemente, receba minhas rimas, por serem as primícias com que tento servi-lo. E porque entendo que as aceitará com aquela benevolência e brandura natural, que costuma, respeitando mais a pureza do ânimo que a vileza do presente, não me fica mais que desejar, se não ver a vida de vossa mercê aumentada e estado prosperado, como todos os seus súditos desejamos.

Beija as mãos de vossa mercê:
Bento Teixeira, seu vassalo.

Prosopopeia

Cantem poetas o poder romano,
Submetendo nações ao jugo duro;
O mantuano pinte o rei troiano,
Descendo à confusão do reino escuro;
Que eu canto um Albuquerque soberano,
Da fé, da cara pátria firme muro,
Cujo valor e ser, que o céu lhe inspira,
Pode estancar a lácia e grega lira.

As délficas irmãs chamar não quero,
Que tal invocação é vão estudo;
Aquele chamo só, de quem espero
A vida que se espera em fim de tudo.
Ele fará meu verso tão sincero,
Quanto fora sem ele tosco e rudo,
Que por razão negar não deve o menos
Quem deu o mais a míseros terrenos.

E vós, sublime Jorge, em quem se esmalta
A estirpe d'Albuquerques excelente,
E cujo eco da fama corre e salta
Do carro glacial à zona ardente,
Suspendei por agora a mente alta

Dos casos vários da olindesa gente,
E vereis vosso irmão e vós supremo
No valor abater Querino e Remo.

Vereis um sinil ânimo arriscado
A trances e conflitos temerosos,
E seu raro valor executado
Em corpos luteranos vigorosos.
Vereis seu estandarte derribado
Aos católicos pés vitoriosos,
Vereis em fim o garbo e alto brio
Do famoso Albuquerque vosso tio.

Mas enquanto Talia não se atreve,
No mar do valor vosso, abrir entrada,
Aspirai com favor a barca leve
De minha musa inculta e mal limada.
Invocar vossa graça mais se deve
Que toda a dos antigos celebrada,
Porque ela me fará que participe
Doutro licor melhor que o de Aganipe.

O marchetado carro do seu Febo
Celebre o sulmonês, com falsa pompa,
E a ruína cantando do mancebo,
Com importuna voz, os ares rompa.
Que, posto que do seu licor não bebo,
À fama espero dar tão viva trompa,
Que a grandeza de vossos feitos cante,
Com som que ar, fogo, mar e terra espante

Narração

A lâmpada do sol tinha encoberto,
Ao mundo, sua luz serena e pura,
E a irmã dos três nomes descoberto
A sua tersa e circular figura.
Lá do portal de Dite, sempre aberto,
Tinha chegado, com a noite escura,
Morfeu, que com sutis e lentos passos
Atar vem dos mortais os membros lassos.

Tudo estava quieto e sossegado,
Só com as flores Zéfiro brincava,
E da vária fineza namorado,
De quando em quando o respirar firmava
Até que sua dor, d'amor tocado,
Por entre folha e folha declarava.
As doces aves nos pendentes ninhos
Cobriam com as asas seus filhinhos.

As luzentes estrelas cintilavam,
E no estanhado mar resplandeciam,
Que, dado que no céu fixas estavam,
Estar no licor salso pareciam.
Este passo os sentidos comparavam

Àqueles que d'amor puro viviam,
Que, estando de seu centro e fim absentes,
Com alma e com vontade estão presentes.

Quando ao longo da praia, cuja areia
É de marinhas aves estampada,
E de encrespadas conchas mil se arreia,
Assim de cor azul, como rosada,
Do mar cortando a prateada veia,
Vinha Tritão em cola duplicada,
Não lhe vi na cabeça casca posta
(Como Camões descreve) de lagosta.

Mas uma concha lisa e bem lavrada
De rica madrepérola trazia,
De fino coral crespo marchetada,
Cujo lavor o natural vencia.
Estava nela ao vivo debuxada
A cruel e espantosa bataria,
Que deu a temerária e cega gente
Aos deuses do céu puro e reluzente.

Um búzio desigual e retorcido
Trazia por trombeta sonorosa,
De pérolas e aljôfar guarnecido,
Com obra mui sutil e curiosa.
Depois do mar azul ter dividido,
Se sentou numa pedra cavernosa,
E com as mãos limpando a cabeleira
Da tortuosa cola fez cadeira.

Toca a trombeta com crescido alento,
Engrossa as veias, move os elementos,
E, rebramando os ares com o acento,
Penetra o vão dos infinitos assentos.
Os pólos que sustem o firmamento,
Abalados dos próprios fundamentos,
Fazem tremer a terra e céu jucundo,
E Netuno gemer no mar profundo.

O qual vindo da vã concavidade,
Em carro triunfal, com seu tridente,
Traz tão soberba pompa e majestade,
Quanta convém a rei tão excelente.
Vem Oceano, pai de mor idade,
Com barba branca, com cerviz tremente:
Vem Glauco, vem Nereu, deuses marinhos,
Vorrem ligeiros focas e golfinhos.

Vem o velho Proteu, que vaticina
(Se fé damos à velha antiguidade)
Os males a que a sorte nos destina,
Nascidos da mortal temeridade.
Vem numa e noutra forma peregrina,
Mudando a natural propriedade.
Não troque a forma, venha confiado,
Se não quer de Aristeu ser sojigado.

Tétis, que em ser formosa se recreia,
Traz das ninfas o coro brando e doce:
Clímene, Efire, Ópis, Panopea,

Com Béroe, Talia, Cimodoce;
Drimo, Xanto, Licórias, Deiopea,
Aretusa, Cidipe, Filodoce,
Com Eristea, Espio, Semideas,
Após as quais, cantando, vêm sereias.

Descrição do Recife de Pernambuco

Pela a parte do Sul, onde a pequena
Ursa se vê de guardas rodeada,
Onde o céu luminoso mais serena
Tem sua influïção, e temperada;
Junto da Nova Lusitânia ordena
A natureza, mãe bem atentada,
Um porto tão quieto e tão seguro,
Que para as curvas naus serve de muro.

É este porto tal, por estar posta
Uma cinta de pedra, inculta e viva,
Ao longo da soberba e larga costa,
Onde quebra Netuno a fúria esquiva.
Antre a praia e pedra descomposta,
O estanhado elemento se deriva
Com tanta mansidão, que uma fateixa
Basta ter à fatal Argos aneixa.

Em o meio desta obra alpestre e dura,
Uma boca rompeu o mar inchado,
Que, na língua dos bárbaros escura,
Paranambuco de todos, chamado.
De Para'na, que é Mar; Puca, rotura,

Feita com fúria desse mar salgado,
Que, sem no derivar cometer míngua,
Cova do Mar se chama em nossa língua.

Pela entrada da barra, à parte esquerda,
Está uma laje grande e espaçosa,
Que de piratas fora total perda,
Se uma torre tivera suntuosa.
Mas quem por seus serviços bons não herda
Desgosta de fazer coisa lustrosa,
Que a condição do rei que não é franco
O vassalo faz ser nas obras manco.

Sendo os Deuses à laje já chegados,
Estando o vento em calma, o mar quieto,
Depois de estarem todos sossegados,
Por mandado do rei e por decreto,
Proteu, no céu com olhos enlevados,
Como que investigava alto secreto,
Com voz bem entoada e bom meneio,
Ao profundo silêncio larga o freio.

Canto de Proteu

Pelos ares retumbe o grave acento
De minha rouca voz, confusa e lenta,
Qual trovão espantoso e violento
De repentina e tórrida tormenta;
Ao rio de Aqueronte turbulento,
Que em sulfúreas borbulhas arrebenta,
Passe com tal vigor, que imprima espanto
Em Minos rigoroso e Radamanto.

De lanças e d'escudos encantados
Não tratarei em numerosa rima,
Mas de barões ilustres afamados,
Mais que quantos a musa não sublima.
Seus heróicos feitos extremados
Afinarão a dissonante prima,
Que não é muito tão gentil sujeito
Suprir com seus quilates meu defeito.

Não quero no meu Canto alguma ajuda
Das nove moradoras de Parnaso,
Nem matéria tão alta quer que aluda
Nada ao essencial deste meu caso.

Porque, dado que a forma se me muda,
Em falar a verdade serei raso,
Que assim convém fazê-lo quem escreve,
Se à justiça quer dar o que se deve.

A fama dos antigos com a moderna
Fica perdendo o preço sublimado:
A façanha cruel, que a turva Lerna
Espanta com estrondo d'arco armado:
O cão de três gargantas, que na eterna
Confusão infernal está fechado,
Não louve o braço de Hércules tebano,
Pois procede Albuquerque soberano.

Vejo (diz o bom velho) que, na mente,
O tempo de Saturno renovado,
E a opulenta Olinda florescente
Chegar ao cume do supremo estado.
Será de fera e belicosa gente
O seu largo distrito povoado;
Por nome terá Nova Lusitânia,
Das leis isenta da fatal insânia.

As rédeas terá desta Lusitânia
O grão Duarte, valoroso e claro,
Coelho por cognome, que a insânia
Reprimirá dos seus, com saber raro.
Outro troiano pio, que em Dardânia
Os Penates livrou e o padre caro;

Um Públio Cipião, na continência;
Outro Nestor e Fábio, na prudência.

O braço invicto vejo com que amansa
A dura cerviz bárbara insolente,
Instruindo na fé, dando esperança
Do bem que sempre dura e é presente;
Eu vejo c'o rigor da tesa lança
Acossar o francês, impaciente
De lhe ver alcançar uma vitória
Tão capaz e tão digna de memória.

Terá o varão ilustre, da consorte,
Dona Beatriz, preclara e excelente,
Dois filhos, de valor e d'alta sorte.
Cada qual a seu tronco respondente.
Estes se isentarão da cruel sorte,
Eclipsando o nome à romana gente,
De modo que esquecida a fama velha
Façam arcar ao mundo a sobrancelha.

O princípio de sua primavera
Gastarão seu distrito dilatando,
Os bárbaros cruéis e gente austera,
Com meio singular, domesticando.
E primeiro que a espada lisa e fera
Arranquem, com mil meios d'amor brando,
Pretenderão tirá-la de seu erro,
E senão porão tudo a fogo e ferro.

Os braços vigorosos e constantes
Fenderão peitos, abrirão costados,
Deixando de mil membros palpitantes
Caminhos, arraiais, campos juncados;
Cercas soberbas, fortes repugnantes
Serão dos novos martes arrasados,
Sem ficar deles todos mais memória
Que a qu'eu fazendo vou em esta história.

Quais dois soberbos rios espumosos,
Que, de montes altíssimos manando,
Em Tétis de meter-se desejosos,
Vem com fúria crescida murmurando,
E nas partes que passam furiosos
Vem árvores e troncos arrancando,
Tal Jorge d'Albuquerque e o grão Duarte
Farão destruição em toda a parte.

Aquele branco cisne venerando,
Que nova fama quer o céu que merque,
E me está com seus feitos provocando,
Que dele cante e sobre ele alterque;
Aquele que na ideia estou pintando,
Hierônimo sublime d'Albuquerque
Se diz, cuja invenção, cujo artifício
Aos bárbaros dar total exício.

Deste, como de tronco florescente,
Nascerão muitos ramos, que esperança

Prometerão a todos geralmente
De nos berços do sol pregar a lança.
Mas, quando virem que do rei potente
O pai por seus serviços não alcança
O galardão devido e glória digna,
ficarão nos alpendres da piscina.

Ó sorte, tão cruel como mutável,
Por que usurpas aos bons o seu direito?
Escolhes sempre o mais abominável,
Reprovas e abominas o perfeito,
O menos digno, fazes agradável,
O agradável mais, menos aceito.
Ó frágil, inconstante, quebradiça,
Roubadora dos bens e da justiça.

Não tens poder algum, se houver prudência;
Não tens império algum, nem majestade;
Mas a mortal cegueira e a demência
E título, te honrou de deidade.
O sábio tem domínio na influência
Celeste e na potência da vontade,
E se o fim não alcança desejado,
É por não ser o meio acomodado.

Este meio faltará ao velho invicto,
Mas não cometerá nenhum defeito,
Que o seu qualificado e alto espírito
Lhe fará a quanto deve ter respeito.

Aqui Balisário, e Pacheco aflito,
Cerra com ele o número perfeito.
Sobre os três, uma dúvida se excita:
Qual foi mais, se o esforço, se a desdita?

Foi o filho de Anquises, foi Acates,
À região do caos litigioso,
Com ramo d'ouro fino e de quilates,
Chegando ao campo Elíseo deleitoso.
Quão mal, por falta deste, a muitos trates
(Ó sorte!) neste tempo trabalhoso,
Bem claro no-lo mostra a experiência
Em poder mais que a justiça à aderência.

Mas deixando (dizia) ao tempo avaro
Coisas que Deus eterno e ele cura,
E tornando ao presságio novo e raro,
Que na parte mental se me figura,
De Jorge d'Albuquerque, forte e claro,
A despeito direi da inveja pura:
Para o qual monta pouco a culta musa,
Que Meônio em louvar Aquiles usa.

Bem sei que, se seus feitos não sublimo,
É roubo que lhe faço mui notável;
Se o faço como devo, sei que imprimo
Escândalo no vulgo variável.
Mas o dente de zoilo, nem mínimo,
Estimo muito pouco, que agradável

É impossível ser nenhum que canta
Proezas de valor e glória tanta.

Uma coisa me faz dificuldade
E o espírito profético me cansa,
A qual é ter no vulgo autoridade
Só aquilo a que sua força alcança.
Mas, se é um caso raro, ou novidade
Das que, de tempo em tempo, o tempo lança,
Tal crédito lhe dão, que me lastima
Ver a verdade o pouco que se estima.

E prosseguindo (diz): "que sol luzente
Vem d'ouro as brancas nuvens perfilando,
Que está com braço indômito e valente
A fama dos antigos eclipsando.
Em quem o esforço todo juntamente
Se está como em seu centro transladando?
É Jorge d'Albuquerque mais invicto
Que o que desceu ao reino de Cocito.

Depois de ter o bárbaro difuso
E roto, as portas fechará de Jano,
Por vir ao reino do valente luso
E tentar a fortuna do oceano."
Um pouco aqui Proteu, como confuso,
Estava receando o grave dano,
Que havia de acrescer ao claro herói
No reino aonde vive Cimótoe.

"Sei mui certo do fado (prosseguia)
Que trará o Lusitano por desígnio
Escurecer o esforço e valentia
Do braço assírio, grego e do latino.
Mas este pressuposto e fantasia
Lhe tirará de inveja o seu destino,
Que conjurando com os elementos
Abalará do mar os fundamentos.

Porque Ênio cruel, de quem descende
A bárbara progênie e insolência,
Vendo que o Albuquerque tanto ofende
Gente que dele tem a descendência,
Com mil meios ilícitos pretende
Fazer irreparável resistência
Ao claro Jorge, varonil e forte,
Em quem não dominava a vária sorte.

Na parte mais secreta da memória,
Terá mui escrita, impressa e estampada
Aquela triste e emaranhada história,
Com Marte, sobre Vênus celebrada.
Verá que seu primor e clara glória
Há de ficar em Lete sepultada,
Se o braço português vitória alcança
Da nação que tem nele confiança.

E com rosto cruel e furibundo,
Dos encovados olhos cintilando,

Férvido, impaciente, pelo mundo
Andará estas palavras derramando."
Pôde Nictélio só no mar profundo
Sorver as naus meônias navegando,
Não sendo mor Senhor, nem mais possante
Nem filho mais mimoso do Tonante?

E pôde Juno andar tantos enganos,
Sem razão, contra Tróia maquinando,
E fazer que o rei justo dos troianos
Andasse tanto tempo o mar sulcando?
E que vindo no cabo de dez anos,
De Cila e de Caríbdis escapando,
Chegasse à desejada e nova terra,
E c'o latino rei tivesse guerra?

E pôde Palas subverter no Ponto
O filho de Oileu por causa leve?
Tentar outros casos que não conto
Por me não dar lugar o tempo breve?
E que eu por mil razões, que não aponto,
A quem do fado a lei render se deve,
Do que tenho tentado já desista,
E a gente Lusitana me resista?

Eu por ventura sou Deus indigente,
Nascido da progênie dos humanos,
Ou não entro no número dos sete,
Celestes, imortais e soberanos?

A quarta Esfera a mim não se comete?
Não tenho em meu poder os centímanos?
Jove não tem o Céu? O mar, Tridente?
Plutão, o reino da danada gente?

Em preço, ser, valor, ou em nobreza,
Qual dos supremos é mais qu' eu altivo?
Se Netuno do mar tem a braveza,
Eu tenho a região do fogo ativo.
Se Dite aflige as almas com crueza,
E vós, ciclopes três, com fogo vivo,
Se os raios vibra Jove, irado e fero,
Eu na forja do monte lhos tempero.

E com ser de tão alta majestade,
Não me sabem guardar nenhum respeito?
E um povo tão pequeno em quantidade
Tantas batalhas vence a meu despeito?
E que seja agressor de tal maldade
O adúltero lascivo do meu leito?
Não sabe que meu ser ao seu precede,
E que prendê-lo posso noutra rede?

Mas seu intento não porá no fito,
Por mais que contra mim o céu conjure,
Que tudo tem em fim termo finito,
E o tempo não há coisa que não cure.
Moverei de Netuno o grão distrito
Para que meu partido mais segure,

E quero ver no fim desta jornada
Se val a Marte escudo, lança, espada.

Estas palavras tais, do cruel peito,
Soltará dos ciclopes, o tirano,
As quais procurará pôr em efeito,
Às cavernas descendo do oceano.
E com mostras d'amor brando e aceito,
De ti, Netuno claro e soberano,
Alcançará seu fim: o novo jogo,
Entrar no reino d'água o rei do fogo.

Logo da pátria Eólia virão ventos,
Todos como esquadrão mui bem formado,
Euro, Noto, os marítimos assentos
Terão com seu furor demasiado.
Fará natura vários movimentos,
O seu caos repetindo já passado,
De sorte que os varões fortes e válidos
De medo mostrarão os rostos pálidos.

Se Jorge d'Albuquerque soberano,
Com peito juvenil, nunca domado,
Vencerá da fortuna e mar insano
A braveza e rigor inopinado,
Mil vezes o Argonauta desumano,
Da sede e cruel fome estimulado,
Urdirá aos consortes morte dura,
Para dar-lhes no ventre sepultura.

E vendo o capitão qualificado
Empresa tão cruel e tão única,
Per meio mui secreto, acomodado,
Dela como convém se certifica.
E, duma graça natural ornado,
Os peitos alterados edifica,
Vencendo, com tuliana eloqüência,
Do modo que direi, tanta demência.

Companheiros leais, a quem no coro
Das musas tem a fama entronizado,
Não deveis ignorar, que não ignoro,
Os trabalhos que haveis no mar passado.
Respondestes até agora com o foro,
Devido a nosso Luso celebrado,
Mostrando-vos mais firme contra a sorte
Do que ela contra nós se mostra forte.

Vós de Cila e Caríbdis escapando,
De mil baixos e sirtes arenosas,
Vindes num lenho côncavo cortando
As inquietas ondas espumosas.
Da fome e da sede o rigor passando,
E outras faltas em fim dificultosas,
Convém-vos aquirir uma força nova,
Que o fim as coisas examina e prova.

Olhai o grande gozo e doce glória
Que tereis quando, postos em descanso,

Contardes esta larga e triste história,
Junto do pátrio lar, seguro, imenso.
O que vai da batalha, a ter vitória,
O que do mar inchado a um remanso,
Isso então haverá de vosso estado
Aos males que tiverdes já passado.

Por perigos cruéis, por casos vários,
Havemos d'entrar no porto lusitano,
E suposto que temos mil contrários
Que se parcializam com Vulcano,
De nossa parte os meios ordinários
Não faltem, que não falta o soberano,
Poupai-vos para a próspera fortuna,
E, adversa, não temais por importuna.

Os heróicos feitos dos antigos
Tende vivos e impressos na memória:
Ali vereis esforço nos perigos,
Ali ordem na paz, digna de glória.
Ali, com dura morte de inimigos,
Feita imortal a vida transitória,
Ali, no mor quilate de fineza,
Vereis aposentada a fortaleza

Agora escurecer quereis o raio
Destes barões tão claros e eminentes,
Tentando dar princípio e dar ensaio
A coisas temerárias e indecentes.

Imprimem neste peito tal desmaio
Tão graves e terríveis acidentes
Que a dor crescida as forças me quebranta,
E se pega a voz débil à garganta.

De que servem proezas e façanhas,
E tentar o rigor da sorte dura?
Que aproveita correr terras estranhas,
Pois faz um torpe fim a fama escura?
Que mais torpe que ver umas entranhas
Humanas, dar a humanos sepultura,
Coisa que a natureza e lei impede,
E escassamente às feras só concede.

Mas primeiro crerei que houve gigantes
De cem mãos, e da Mãe Terra gerados,
E quimeras ardentes e flamantes,
Com outros feros monstros encantados;
Primeiro que de peitos tão constantes
Veja sair efeitos reprovados,
Que não podem (falando simplesmente)
Nascer trevas da luz resplandecente.

E se determinais a cega fúria
Executar de tão feroz intento,
A mim fazei o mal, a mim a injúria,
Fiquem livres os mais de tal tormento.
Mas o Senhor que assiste na alta cúria
Um mal atalhará tão violento,

Dando-nos brando mar, vento galerno,
Com que vamos no Minho entrar paterno.

"Tais palavras do peito seu magnânimo
Lançará o Albuquerque famosíssimo,
Do soldado remisso e pusilânime,
Fazendo com tal prática fortíssimo.
E assim todos concordes, e num ânimo,
Vencerão o furor do mar bravíssimo,
Até que já a fortuna, d'enfadada,
Chegar os deixe à pátria desejada.

À cidade de Ulisses destroçados
Chegarão da fortuna e reino salso,
Os templos visitando consagrados,
Em procissão, e cada qual descalço.
Desta maneira ficarão frustrados
Os pensamentos vãos de Ênio falso,
Que o mau tirar não pode o benefício
Que ao bom tem prometido o céu propício.

Neste tempo Sebasto-lusitano,
Rei que domina as águas do grão Douro,
Ao reino passará do mauritano,
E a lança tingirá em sangue mouro;
O famoso Albuquerque, mais ufano
Que Jasão na conquista do velo d'ouro,
E seu irmão, Duarte valoroso,
Irão c'o Rei altivo, imperioso.

Numa Nau, mais que Pístris e Centauro,
E que Argos venturosa celebrada,
Partirão a ganhar o verde lauro
À região da secta reprovada.
E depois de chegar ao reino mauro,
Os dois irmãos, com lança e com espada,
Farão nos agarenos mais estrago
Do que em romanos fez o de Cartago.

Mas, ah! Ínvida sorte, quão incertos
São teus bens e quão certas as mudanças;
Quão brevemente cortas os enxertos
A umas mal nascidas esperanças.
Nos mais riscosos trances, nos apertos,
Entre mortais pelouros, entre lanças,
Prometes triunfal palma e vitória,
Para tirar no fim a fama, a glória.

Assim sucederá nesta batalha
Ao mal afortunado rei ufano,
A quem não valerá provada malha,
Nem escudo d'obreiros de Vulcano.
Porque no tempo que ele mais trabalha
Vitória conseguir do mauritano,
Num momento se vê cego e confuso,
E com seu esquadrão, roto e difuso.

Anteparou aqui Proteu, mudando
As cores e figura monstruosa,

No gesto e movimento seu mostrando
Ser o que há de dizer, coisa espantosa.
E com nova eficácia começando
A soltar a voz alta e vigorosa,
Estas palavras tais tira do peito,
Que é cofre de profético conceito.

Entre armas desiguais, entre tambores
E som confuso, rouco e redobrado,
Entre cavalos bravos corredores,
Entre a fúria do pó, que é salitrado;
Entre sanha, furor, entre clamores,
Entre tumulto cego e desmandado,
Entre nuvens de setas mauritanas,
Andará o rei das gentes lusitanas.

No animal de Netuno, já cansado
Do prolixo combate, e mal ferido,
Será visto por Jorge sublimado,
Andando quase fora de sentido.
O que vendo o grande Albuquerque ousado,
De tão trágico passo condoído,
Ao peito fogo dando, aos olhos água,
Tais palavras dirá, tintas em mágoa":

Tão infeliz rei, como esforçado,
Com lágrimas de tantos tão pedido,
Com lágrimas de tantos alcançado,
Com lágrimas do reino, enfim perdido.

Vejo-vos c'o cavalo já cansado,
A vós, nunca cansado, mas ferido,
Salvai em este meu, a vossa vida,
Que a minha, pouco vai em ser perdida.

Em vós do luso reino a confiança
Estriba, como em base só fortíssimo;
Com vós ficardes vivo, segurança
Lhe resta de ser sempre florentíssimo.
Entre duros farpões e maura lança,
Deixai este vassalo fidelíssimo,
Que ele fará por vós mais que Zopiro
Por Dario, até dar final suspiro.

"Assim dirá o herói, e com destreza
Deixará o ginete velocíssimo,
E a seu rei o dará: ó portuguesa
Lealdade do tempo florentíssimo!
O rei promete, se de tal empresa
Sair vivo, o fará senhor grandíssimo,
Mas até nisto lhe será avara a sorte,
Pois tudo cobrirá com sombra a morte.

Com lágrimas d' amor e de brandura,
De seu senhor querido ali se despede,
E que a vida importante e mal segura
Assegurasse bem, muito lhe pede.
Torna à batalha sanguinosa e dura,
O esquadrão rompe dos de Mafamede,

Lastima, fere, corta, fende, mata,
Decepa, apouca, assola, desbarata.

Com força não domada e alto brio,
Em sangue mouro todo já banhado,
Do seu vendo correr um caudal rio,
De joelhos se pôs, debilitado.
Ali dando a mortais golpes desvio,
De feridas medonhas trespassado,
Será cativo, e da proterva gente
Manietado em fim mui cruelmente.

Mas aonde me leva o pensamento?
Bem parece que sou caduco e velho,
Pois sepulto no mar do esquecimento
A Duarte sem par, dito Coelho.
Aqui mister havia um novo alento
Do poder divinal e alto conselho,
porque não há quem feitos tais presuma
a termo reduzir e breve suma?

Mas se o céu transparente e alta cúria
Me for tão favorável, como espero,
Com voz sonora, com crescida fúria,
Hei de cantar, Duarte, e Jorge fero.
Quero livrar do tempo e sua injúria
Estes claros irmãos, que tanto quero,
Mas, tornando outra vez a triste história,
Um caso direi digno de memória.

Andava o novo Marte destruindo
Os esquadrões soberbos mauritanos,
Quando sem tino algum viu ir fugindo
Os tímidos e lassos lusitanos.
O que de pura mágoa não sofrendo
Lhe diz: "Donde vos is, homens insanos?
Que digo: homens, estátuas sem sentido,
Pois não sentis o bem que haveis perdido?

Olhai aquele esforço antigo e puro
Dos ínclitos e fortes lusitanos,
Da pátria e liberdade um firme muro
Verdugo de arrogantes Mauritanos.
Exemplo singular para o futuro
Ditado, e resplendor de nossos anos,
Sujeito mui capaz, matéria digna
Da mantuana e homérica buzina.

Ponde isto por espelho, por treslado,
Nesta tão temerária e nova empresa,
Nele vereis que tendes já manchado
De vossa descendência a fortaleza.
À batalha tornai com peito ousado,
Militai sem receio, nem fraqueza,
Olhai que o torpe medo é crocodilo
Que costuma, a quem foge, persegui-lo.

E se o dito a tornar vos não compele,
Vede donde deixais o rei sublime?

Que conta haveis de dar ao reino dele?
Que desculpa terá, tão grave crime?
Quem haverá que por traição não sele
Um mal que tanto mal no mundo imprime?
Tornai, tornai, invictos portugueses,
Cerceai malhas e fendei arneses."

Assim dirá: mas eles sem respeito
À honra e ser de seus antepassados
Com pálido temor no frio peito,
Irão por várias partes derramados.
Duarte, vendo neles tal defeito,
Lhe dirá: "Corações efeminados,
Lá contareis aos vivos o que vistes,
Porque eu direi aos mortos que fugistes."

Neste passo carrega a maura força
Sobre o barão insígne e belicoso;
Ele, onde vê mais força, ali se esforça,
Mostrando-se no fim mais animoso.
Mas o fado, que quer que a razão torça,
O caminho mais reto e proveitoso,
Fará que num momento abreviado
Seja cativo, preso e mal tratado.

Eis ambos os irmãos em cativeiro,
De peitos tão protervos e obstinados,
Por cópia inumerável de dinheiro
Serão (segundo vejo) resgatados.

Mas o resgate e preço verdadeiro,
Por quem os homens foram libertados,
Chamará neste tempo o grão Duarte,
Para no claro Olimpo lhe dar parte.

Ó alma, tão ditosa como pura,
Parte a gozar dos dotes dessa glória,
Donde terás a vida tão segura,
Quanto tem de mudança a transitória.
Goza lá dessa luz que sempre dura;
No mundo gozarás da larga história,
Ficando no lustroso e rico templo
Da ninfa Gigantea por exemplo.

Mas enquanto te dão a sepultura,
Contemplo a tua Olinda celebrada,
Coberta de fúnebre vestidura,
Inculta, sem feição, descabelada.
Quero-a deixar chorar morte tão dura
'Té que seja de Jorge consolada,
Que por ti na Ulissea fica em pranto,
Em quanto me disponho a novo canto.

Não mais, espírito meu, que estou cansado,
Deste difuso, largo e triste canto,
Que o mais será de mim depois cantado
Por tal modo, que cause ao mundo espanto.
Já no balcão do céu o seu toucado
Solta Vênus, mostrando o rosto santo;

Eu tenho respondido c'o mandado
Que mandaste Netuno sublimado.

Assim diz:e com alta majestade
O rei do salso reino, ali falando,
Diz: "Em satisfação da tempestade
Que mandei a Albuquerque venerando,
Pretendo que a mortal posteridade
Com hinos o ande sempre sublimando,
Quando vir que por ti o foi primeiro,
Com fatídico espírito verdadeiro".

Epílogo

Aqui deu [fim] a tudo, e brevemente
Entra no carro [de] cristal lustroso;
Após dele a demais cerúlea gente
Cortando a veia vai do Reino aquoso.
Eu que a tal espetáculo presente
Estive, quis em verso numeroso
Escrevê-lo por ver que assim convinha
Para mais perfeição da musa minha.

SONETO "PER ECOS"

Ao mesmo Senhor Jorge de Albuquerque Coelho

Gran Jorge, por su ser llamado – Amado,
Querer mi verso celebrarte – Arte
Ni cuanto el cielo acá reparte – Parte
Menor, dirán, de tu sagrado – Grado;

Por lo que has con valor sobrado – Obrado,
Se ocupa siempre en sublimarte – Marte,
Y para en algo acomodarte – Darte
Quiso tan alto y recuestado – Estado;

Tu eres la gloria y la columna – Luna
De Lusitania y refulgente – Gente,
Por quien llamarse venturosa – Osa;

Y el Cielo que tal don consiente – Siente
Que te dio por suerte oportuna – Una
Señora excelsa y grandiosa – Diosa.

SOBRE NAUFRÁGIO & PROSOPOPEIA

O naufrágio de Jorge de Albuquerque Coelho: gênero decadente ou drama edificante?

Por *Cleber Vinicius do Amaral Felipe*

As façanhas de Jorge de Albuquerque Coelho, terceiro donatário da capitania de Pernambuco, foram exaltadas em 1601, quando o livreiro Antônio Ribeiro editou *Prosopopeia*, de Bento Teixeira, e a relação de naufrágio da nau *Santo Antônio*, elaborada pelo piloto Afonso Luiz e corrigida pelo poeta Antonio de Castro. Poema e relato constituem uma unidade no que diz respeito à circulação e recepção, pois carregaram uma mesma assinatura e renderam homenagem a uma personagem em comum. O drama marítimo que, segundo Charles Boxer (1969), foi publicado pela primeira vez entre 1580 e 1592, trata de um testemunho do conflito entre os Albuquerques e os índios caetés, que habitavam na região litorânea situada entre os rios São Francisco e Paraíba. A expedição foi incentivada pela rainha D. Catarina, avó de D. Sebastião, e teve início em 1560. O naufrágio da nau Santo Antônio, que ocupa a maior parte do documento, ocorreu cinco anos depois, quando Jorge de Albuquerque regressava para Portugal.

A edição de 1601 seguiu acompanhada da licença, assinada pelo Frei Manoel Coelho. Nela constam as seguintes informações:

> *Vi, examinei este discurso e naufrágio que passou Jorge de Albuquerque: é tratado ímpio e católico e que não tem coisa que ofenda as orelhas cristãs: vai junto a ele uma* Prosopopeia *feita por Bento Teixeira, dirigida ao mesmo Jorge de Albuquerque. Não tem coisa por onde se não possa imprimir.*

Embora o poema tenha recebido maior atenção por parte da crítica, que nem sempre refere o outro texto da edição, o *imprimatur* inquisitorial enfatiza o *Naufrágio*. Parece oportuno analisá-lo e compreender melhor seus componentes narrativos.

Antes de prosseguir com o estudo, relembre-se que os gêneros discursivos ganham consistência na medida em que (cor)respondem a expectativas e/ou receios coetâneos. Quando a expansão marítima se intensificou, ao longo dos séculos XVI e XVII, as relações de naufrágio se consolidaram enquanto prática letrada convencional. Incidentes em alto-mar foram (re)tratados desde a Antiguidade, mas, na época da colonização, tornaram-se matéria privilegiada em torno da qual foram formuladas técnicas narrativas, muitas delas provenientes do longevo gênero historiográfico, e artifícios capazes de retratar as forças centrífugas que fundamentavam as travessias por "mares nunca dantes navegados". Como a retórica doutrinava o fazer artístico, disponibilizando os meios para se produzir textos edificantes e persuasivos, convém investigar de que maneira o relato de naufrágio da nau *Santo Antônio*, apesar de suas particularidades, mobiliza expedientes e lugares-comuns que permitem flagrar uma prosa que, na primeira metade do século XVIII, Bernardo Gomes de Brito replicou, com alterações, em sua *História Trágico-Marítima*, atribuindo-a a Bento Teixeira.

Durante a viagem de regresso a Lisboa, após cinco anos de combate contra os caetés, o narrador da relação de naufrágio adverte:

> [...] sabendo Jorge de Albuquerque a necessidade em que vínhamos, e que não havia na nau mais mantimento que o que ele trazia para si e para seus criados, mandou trazer diante de todos todo o seu mantimento e repartiu pela companhia irmãmente, sem querer nada por ele, posto que todos lho queriam pagar por valer muito, e ele não quis por ele cousa alguma, com o que ficaram contentes todos e se consolaram e sustentaram por espaço de alguns dias (BRITO, 1998).

O protagonista e seus tripulantes vivenciaram uma situação de carestia: estavam todos famintos, desconsolados, arrasados pelo temporal duradouro que castigava a nau. Mas, apesar desse cenário caótico, Jorge de Albuquerque soube priorizar o bem-estar comum, distribuindo seus mantimentos privados.

> O mantimento repartia Jorge de Albuquerque por sua mão com todos, dando a cada um maior quinhão do que tomava para si, cousa que a todos nos fazia espantar ver quão pouco comia e quanto trabalhava de noite e de dia; e entendia-se nele que mais sentia as necessidades de seus companheiros, assim doentes como sãos, que as próprias de sua pessoa, por não ter possibilidade para as remediar, como eles haviam mister e ele desejava (BRITO, 1998).

O herói, no caso, atuava como instrumento da Providência:

> Mas o demônio, que não sofre ver ninguém contente, semeou entre os marinheiros e passageiros que vinham na dita nau brigas e discórdias, com que se houveram se perder de todos; e quis Nosso Senhor por sua piedade que fosse sabedor disso Jorge de Albuquerque, para meter a mão entre eles (como fez) e os apaziguou e pôs em paz, com a qual sentíamos menos os trabalhos que passávamos (BRITO, 1998).

Insatisfeito com a resistência dos tripulantes, o demônio tenta semear desacordos. Seu papel se assemelha ao de Lêmnio, divindade mitológica que, em *Prosopopeia*, busca impedir o sucesso da nau dos Albuquerques. Em ambas as situações, as personagens agiram como representantes do corpo social português, priorizando o bem-comum e os costumes católicos. Isso fica evidente, por exemplo, quando se mostram avessos ao consumo de carne humana:

> [...] e foi tanta a necessidade da fome que padecíamos que alguns dos nossos companheiros se foram a Jorge de Albuquerque e lhe disseram que bem via os que morriam e acabavam de pura fome, e os que estavam vivos não tinham cousa de que se sustentar; e que pois assim era, lhes desse licença para comerem os que morriam, pois eles vivos não tinham outra cousa de que se manter (BRITO, 1998).

Diante da proposta de necrofagia, Jorge de Albuquerque apiedou-se de seus homens sem, contudo, deixar de repreendê-los, por tratar-se de ideia tão nefasta. Reação similar ocorreu quando os marinheiros cogitaram abreviar suas vidas:

> E com assaz melancolia e agastamento se pôs Jorge de Albuquerque entre eles e os começou a repreender do diabólico conselho que aceitavam em se quererem ir ao fundo do mar, e juntamente, estando em estado tão piedoso, quererem ter brigas, que era cousa vergonhosa; e sabida a razão por que as queriam ter, não era alguma mais que cizânia que o demônio entre eles semeava (BRITO, 1998).

Mais uma vez, o demônio entra em cena para espalhar a discórdia e sugerir atitudes perversas.

Pedro Custódio (1992) afirma que os elogios dispensados ao protagonista são frutos de uma relação interessada:

> Este pequeno enxerto poderá explicar, em parte, muita da atenção dada, ao longo do relato, à figura de Jorge de Albuquerque. Não só porque este teve acesso ao conteúdo do relato, antes de ser impresso como, por outro lado, parece ser esta uma figura bem simpática ao narrador, para além de ser ainda o principal da companhia.

O pesquisador tomou duas tópicas discursivas como elementos da psicologia do autor: o lugar da modéstia, perceptível no momento em que o narrador discorre sobre as limitações de sua memória, que foi emendada pela intervenção do herói, e o lugar da amizade, a partir do qual o dedicatário toma para si o lugar de amigo, o que supõe a fidedignidade do relato. Entretanto, os lugares-comuns devem ser encarados como argumentos que visam a *captatio benevolentiae*, a captação da benevolência do leitor que identifica, na postura do narrador, duas virtudes nucleares: humildade e fidelidade.

De modo geral, o relato de naufrágio propõe o *éthos* do navegante português com base na virtude ético-política da prudência. Essa forma de proceder se ajusta à "retórica prudencial", ou seja, à promoção de um comportamento racional capaz de impedir novos naufrágios. A enumeração das negligências cometidas ao longo da travessia marítima coaduna-se num projeto providencial, pois valorizam a reta razão (na mesma medida em que censuram a sua falta) enquanto virtude incontornável. Sacrificar-se, tombar em campo de batalha por uma causa nobre, valorizar o bem-comum em detrimento das vontades particulares, navegar com prudência pelos mares bravios, temer a Deus, crer em Sua divina misericórdia: estas são algumas das ações associadas à *personae* prudentes e caridosas sobre as quais os narradores de naufrágios discorreram, como forma de deixar entrever não somente a miserável condição em que o homem poderia se encontrar, mas também a possibilidade de se compreender as venturas e desventuras da expansão portuguesa nos quadros de uma história salvífica da qual os portugueses seriam coautores.

Como lembra Guilherme Luz, não foi Bento Teixeira quem mandou editar *Prosopopeia*, mas Antônio Ribeiro, que "parece ter compreendido bem o capital simbólico contido na homenagem de um herege arrependido a um varão português cuja notabilidade aumentava pelos feitos no ultramar". Além disso, o livreiro teria notado que "[...] os Albuquerques, tais como apresentados nos versos de Teixeira, poderiam encarnar exemplarmente uma 'nova' nobreza lusitana, sem palácio, cuja dignidade fazia-se dispersa nas aldeias e nas margens do Império". Sendo assim, o editor foi capaz de "mobilizar este capital em benefício de sua aproximação com um potencial mecenas e protetor, Jorge de Albuquerque Coelho" (LUZ, 2011). Para compreender melhor a recepção de *Prosopopeia*, seria oportuno investigar os fundamentos de um relato de naufrágio, analisando suas características enquanto gênero discursivo que se consolidou e circulou com frequência entre os séculos XVI e XVIII.

O gênero dos naufrágios

Antes de mais nada, é preciso recordar que a descrição de tempestades marítimas e naufrágios é um procedimento antigo. Na poesia épica, por exemplo, o temporal muitas vezes deriva de um agravo contra deuses que, ofendidos, buscam punir a *hýbris* (ação soberba passível de castigo severo). Tal recurso perdurou nas letras cristãs, como forma de assegurar o cumprimento da justiça divina. No canto XXVI do *Inferno*, Dante Alighieri retratou um Ulisses ávido por descobertas, que ultrapassou as colunas de Hércules para singrar o *mare tenebrarum*. Quando avistou a montanha do Purgatório no hemisfério sul, foi fulminado por um temporal. No século XVI, com a expansão marítima e colonização das Américas, o discurso sobre naufrágios ganhou autonomia e se converteu em gênero discursivo, identificado como "relação" que, segundo Rafael Bluteau (1728), significa narração de alguma coisa que sucedeu. Presume-se, portanto, um parentesco com a historiografia.

Vários relatos de naufrágio portugueses foram coligidos por Bernardo Gomes de Brito, que contou com o amparo da Academia Real da História Portuguesa para editar os dois tomos de sua *História Trágico-Marítima*, publicados em 1735 e 1736. As informações sobre os narradores, no geral, são escassas, mas alguns deles gozam de notoriedade, muitas vezes em razão de outros escritos: é o caso de Diogo de Couto, que continuou a escrita das *Décadas da Ásia* após a morte de João de Barros. João Batista

Lavanha, por sua vez, foi cosmógrafo-mor de Portugal e, além de tratados sobre a arte da navegação, escreveu genealogias de reis. Manuel de Mesquita Perestrelo, que chegou a ser capitão da fortaleza de Maluco por três anos, deixou-nos, em 1576, um roteiro de viagem que orienta no trecho situado entre o Cabo da Boa Esperança e o Cabo das Correntes. Sobre Henrique Dias, Manuel Rangel, Gaspar Afonso, Melchior Estácio do Amaral e Manuel Godinho Cardoso, pouco se sabe (MONIZ, 2001).

As relações de naufrágio apresentam algumas características em comum: adoção da narrativa *in ordo naturalis*; moderação dos encômios; opção por uma narrativa clara e verossímil; valorização do sentido da visão em detrimento da audição; uso de digressões, exemplos, descrições e amplificações; prática de um gênero humilde ou tênue; retratação de uma história de caráter providencialista; domínio de termos náuticos, latinos, astrológicos; emulação de *auctores* consagrados pela tradição retórico-poética. Quanto à disposição, Giulia Lanciani sugere o seguinte arranjo: (1) antecedentes-partida, (2) tempestade, (3) naufrágio-arribação, (4) peregrinação e (5) retorno-salvamento (LANCIANI, 1979). A sugestão é pertinente no sentido de orientar a leitura dos relatos, mas nem todos eles reproduzem, sistematicamente, esse ordenamento.

José Cândido de Oliveira Martins (2011) elaborou um verbete sobre a *História Trágico-Marítima*, no qual afirma que os relatos de naufrágio são um misto de "crônica" e "reportagem jornalística". Integrante da "literatura de viagens", marginal em relação ao "sistema literário instituído" e eivado por "uma mundividência maneirista ou mesmo barroca", essas narrativas seriam contrárias à "ideologia das descobertas". Martins assegura que a *História* de Brito deve ser lida como "anti epopeia das descobertas", o reverso da medalha das gestas heroicas dos portugueses. A inclinação crítica e antiépica, portanto, aparece como reação ou sintoma da decadência que assolava Portugal e como fundamento de uma "literatura anti-heroica e anti-imperial". Vislumbra-se uma "retórica da decadência", de tom mais realista, escuro e trágico, contraparte de uma "retórica historiográfica ou ideológica", vertente "acrítica" de exaltação do empreendimento português.

A leitura proposta por Martins é recorrente entre os estudiosos. Para Giulia Lanciani (1979), por exemplo, a *História Trágico-Marítima* seria o "reverso da medalha das exaltantes crônicas oficiais". Tratar-se-ia de uma literatura não imperialista direcionada ao consumo, semelhante às reportagens jornalísticas. Pedro Custódio (1992), por sua vez, afirma que se trata de uma "antiepopeia" com nova "mentalidade estética", esboço de um retrato "original" dos navegantes numa conjuntura de crise. De acordo com Christine Zurbach (1996), o relato de naufrágio seria uma espécie de "anti epopeia dos Descobrimentos" destinada ao "consumo de massas", tratando-se de um objeto literário "híbrido" e disfórico, por relatar o "fracasso" da empresa lusitana. José Antônio Costa Ideias (1996) reforça a hipótese de que o gênero apresenta conotação "trágico-disfórica", configurando uma "anti epopeia dos descobrimentos". Angélica Madeira (2005), por fim, destaca o aspecto híbrido da narrativa, escrita de forma "livre" se comparado aos cânones da retórica. Antecipando as personagens alegóricas do assim chamado "Barroco", o relato de naufrágio apresenta, segundo a autora, um cenário de crise que não abrange apenas Portugal, mas a Europa como um todo.

Como se pode ver, existem três abordagens recorrentes: uma delas concebe a narrativa como sendo um gênero novo, noticioso, marginal, híbrido, escrito com maior "liberdade" em relação aos protocolos retóricos se comparado aos gêneros "canônicos"; outra costuma associar os textos à estética maneirista ou barroca para justificar a presença de uma "retórica da decadência"; a última destaca seu teor "disfórico", espécie de contraparte "realista" da fantasiosa "euforia" épica. Em outras palavras, as relações são analisadas (1) a partir de um suposto "realismo" e de um compromisso em noticiar sem o uso de artifícios retóricos, (2) por meio de categorias românticas que supõem termos anacrônicos como "estética", "trauma", "decadência", (3) como gênero antiépico, ou seja, que contraria a "ideologia" portuguesa propagada, por exemplo, pela epopeia lusíada e pela historiografia de João de Barros.

É preciso evitar três equívocos ao lidar com relatos de naufrágio: partir de um conceito ingênuo de retórica; filiar textos dos séculos XVI-XVII a movimentos literários do Oitocentos, como se fosse possível "ajustar" suas particularidades às teorizações românticas e psicologistas que supõem a naturalidade de categorias como "literatura", "estética", "pessimismo"; utilizar pares de conceitos como "euforia/disforia", "épico/antiépico", "crítico/acrítico", pressupondo uma dicotomia ("literatura oficial" *versus* "literatura marginal") que, dificilmente, acomodaria a diversidade dessas narrativas.

Sugere-se, na contramão dos pressupostos supracitados, que os relatos poderiam ser lidos a partir das regras discursivas de seu tempo. Dessa maneira, eles não seriam apreendidos como exteriores à sua própria história (reflexo da realidade, pessimismo, oposição ideológica à empresa descobrimentista, prenúncio do Barroco, originalidade estética e/ou ressentimento psicológico). Como afirmou João Adolfo Hansen (2004) em estudo sobre as sátiras atribuídas a Gregório de Matos, termos como "pessimismo", "ressentimento", "plágio", "imoralidade", "realismo", "oposição nativista crítica", "libertinagem" e "revolução" podem até apresentar "algum valor metafórico de descrição de um efeito particular de sentido produzido pela recepção"; mas não dão conta, historicamente, do seu funcionamento como prática discursiva de uma época. As tópicas retóricas não correspondem à empiria, pois essa leitura desconsidera as particularidades histórico-retóricas do discurso.

É possível conceber o relato de naufrágio não como desdobramento de uma "retórica da decadência" ou "anti epopeia dos descobrimentos", mas como narrativa amparada em uma "retórica prudencial" que reafirma o *status quo*, disseminando virtudes e retratando os desconcertos do mundo.

O gênero historiográfico e a retórica prudencial

No prefácio do *Naufrágio* afirma-se: "assim como a memória dos dias alegres, e felizes, conforme a opinião de alguns Filósofos, causa tristeza, e dor em outros estados diferentes, assim a memória dos males, e dos trabalhos, fora deles, causa deleite, e contentamento". É possível que, dentre os filósofos aludidos, o narrador inclua Aristóteles, que recorreu à seguinte passagem da *Odisseia*: "O homem, muito depois, experimenta o prazer mesmo ao preço/ De recordar os sofrimentos, se houver muito suportado e mourejado".[2] O Estagirita assegura que o "prazerosamente memorável não é apenas o que, quando efetivamente presente, era prazeroso, mas também algumas coisas que não eram, desde que seus resultados

1. Trata-se de uma fala de Eumeu, que acolheu Odisseu em sua tenda quando este retorna disfarçado para casa. HOMERO. *Odisseia*. Tradução de Carlos Alberto Nunes. Rio de Janeiro: Ediouro, 2001, canto XV, vv. 380-401, p. 265.

posteriormente revelaram-se nobres e bons". É prazeroso, diz ele, "o simples estar livre do mal".[3]

Trata-se de um expediente comum em relatos de naufrágio, como é possível constatar na narrativa de Gaspar Afonso sobre o incidente que acometeu a nau *São Francisco*. No exórdio, para justificar o texto, o autor afirma que escreveu com "dobrado interesse". Para manifestar sua motivação, ele invoca Sêneca e Macróbio para sustentar que é coisa natural "folgar" cada um com o fim de seus males, transmitir a memória de infortúnios e "pôr diante dos olhos alheios" o ocorrido. Nota-se que a vivacidade do relato é tida como critério de verossimilhança, como meio de transmissão de uma "pintura" por intermédio de palavras. Trata-se do *ut pictura poesis* horaciano, que assegura a equivalência entre os ofícios de poetas e pintores. Essa tópica foi evocada de forma ainda mais explícita no prólogo de *Prosopopeia*, quando Bento Teixeira, com humildade, afirma que seu poema não passa de um rascunho a ser esmerilhado no futuro, caso haja aprovação do destinatário.

Gaspar Afonso afirma que a outra parte interessada, isto é, o leitor, o estaria convidando, "como outro Anfitrião a Teseu, que o não privasse do doce fruto de meus trabalhos, os quais quanto mais duros foram de sofrer tanto mais docemente lembram, e por isso lhe contasse os horrendos casos por que passara" (BRITO, 1998). Ele requisita, implicitamente, a autoridade de Sêneca ao referir-se a um episódio do seu *Hércules furioso* envolvendo Anfitrião e Teseu:

Anfitrião. Deus, que tem o poder, favoreça o meu desejo e assista minhas fraquezas. Ó magnânimo companheiro de meu

3. ARISTÓTELES. *Retórica*. Tradução, textos adicionais e notas de Edson Bini. São Paulo: EDIPRO, 2011, livro I, 11, 1370b1-10, p. 94.

grande filho, revela o elenco de suas virtudes: quão longo é o caminho que conduz aos tristes manes; como suportou duros grilhões o cão do Tártaro.

Teseu. Tu me obrigas a recordar ações horrendas mesmo para uma mente tranquila. A custo, ainda, há certeza da aura vital; turva-se a luz de meus olhos e minha vista enfraquecida apenas suporta o desabituado dia.

Anfitrião. Vence, Teseu, por completo, tudo o que de pavor resta no fundo de teu peito e não prives do melhor fruto de teus trabalhos: o que foi duro de suportar é doce de se lembrar. Conta as horrendas desventuras (MARCHIORI, 2008).

O sofrimento, portanto, não impede a obtenção de deleite.

Ao final do *Naufrágio*, depois de passar por inúmeros trabalhos e privações, Jorge de Albuquerque consegue se salvar com alguns companheiros, mas chega irreconhecível. Nem mesmo seu primo, Dom Hieronymo de Moura, pôde identificá-lo. Para comprovar quem era, o protagonista do relato precisou "mostrar-lhe sinais na pessoa". Sem dúvida, a passagem remete a uma famosa cena de reconhecimento presente no canto 19 da *Odisseia*, quando Euricleia, ao lavar os pés de um suposto forasteiro, encontra a cicatriz de Odisseu, a mesma cicatriz que ele desvela quando seu pai, Laerte, pede um sinal capaz de comprovar a identidade do herói. Essa "cobrança de indícios comprobatórios", segundo André Malta (2018), ressalta a "necessidade recorrente que tem Odisseu de fazer o papel do outro, mesmo quando não está fisicamente transformado, como se a manipulação retórica e a mudança de identidade constituíssem uma segunda pele sua". A ocultação de si, na epopeia homérica, é fruto ora a astúcia, ora da intervenção divina. No caso do relato de naufrágio, a cena de reconhecimento não decorre de uma maquinação, mas de um recurso que amplifica a fome e agruras vivenciadas a bordo da nau Santo Antônio. Salienta-se o papel desempenhado pela Providência, pois o aspecto desfigurado seria fruto da misericórdia divina, que evitou a ruína de Jorge de Albuquerque e, portanto, funciona como indício dos méritos que o herói. Depois de relatar o episódio, o narrador assegura: "A tudo isto fui testemunha de vista, por isso o contei". Trata-se de uma assertiva recorrente no gênero historiográfico: a ideia de que o exílio seria condição para a formulação de um texto preciso e verdadeiro. Aliás, o parentesco com a história vai além da sobreposição do "ver" sobre o "ouvir dizer".

Embora a concepção de *Historia Magistra Vitae* tenha sido cunhada por Cícero, a ideia de que a história corresponde a um saber privilegiado na orientação do agir é, virtualmente, tão antiga quanto a invenção da historiografia grega. De acordo com Marcelo Jasmin (2005), a:

> [...] empresa historiográfica original, verdadeira "operação contra o tempo", cuja pretensão era "salvar do esquecimento" (Heródoto) as ações dignas por sua grandeza para transformá-las numa "aquisição para sempre" (Tucídides), sugeria entre suas finalidades primordiais conhecer no passado as bases adequadas para o agir presente. Conhecer a história, supunha-se, poderia levar os homens a repetirem os sucessos anteriores sem incorrerem novamente em antigos erros. Num contexto de pensamento em que a imitação da experiência alheia era prescrita como remédio para a ausência de experiência própria, e em que se considerava o sucesso anterior dos grandes homens como bom

critério na avaliação do possível êxito das ações contemporâneas, a história ganhou o estatuto de saber indispensável à formação dos homens públicos.

O autor destaca, ainda, a vocação pedagógica, pragmática e paradigmática da história mestra da vida: pedagógica porque orienta o agir no presente a partir de lições extraídas do passado; ela é também pragmática, com "seu conteúdo ético-político voltado para a ação individual à qual se creditava a força impulsionadora da política e se reservava o lugar primordial na narrativa"; por fim, ela é paradigmática porque "seu método de ensino se consubstanciava na difusão daquelas situações consideradas exemplares e que serviam, por isso mesmo, como verdadeiros modelos de conduta para todos os homens" (JASMIN, 2005).

No que diz respeito à história cristã portuguesa dos séculos XVI-XVIII, convém considerar

> [...] o modo *qualitativo* pelo qual concebem a temporalidade como emanação ou criação de Deus que inclui a natureza e a história, subordinando-as providencialmente no projeto de salvação. A representação propõe que a natureza e a história são simultaneamente efeitos criados por essa Causa e signos reflexos dessa Coisa, ou seja, que ela mesma, representação de efeitos e signos, é signo e efeito. A história, incluída no tempo como uma de suas figuras proféticas, é concebida providencialmente, pois recebe do tempo, que é criado, sua participação na substância divina, que a aconselha e orienta para um fim superior. A concepção relaciona a experiência do passado e a expectativa do futuro como previsibilidade, pois afirma-se que a Identidade de Deus, Causa Primeira, repete-se em todas as diferenças

históricas do tempo, tornando análogos ou semelhantes todos os seus momentos, desde a Criação até o presente dos intérpretes (HANSEN, 2006).

Raphael Bluteau (1712-1728), por meio da autoridade de Santo Agostinho, lembra que a Sagrada Escritura é portadora de uma história irrefutável, ou seja, não há história verdadeira que a contrarie. Logo, o conteúdo dos relatos de naufrágio inclui, necessariamente, a presença de Deus, que se repete "em todas as diferenças históricas". Se todos os momentos históricos são análogos, justamente por implicarem a identidade de Deus, deduz-se que a história pode ensinar maneiras de agir conformadas à vontade providencial. Nesse sentido, a história ensina a reta razão e demonstra como aplicá-la ao agir, a partir dos erros ou dos acertos alheios. Em outras palavras, ela ensina prudência.

Nos relatos de naufrágio existem duas grandes fórmulas em se tratando da exemplaridade da história: em uma delas, busca-se ensinar prudência por meio do relato das viagens e dos erros e acertos dos homens de outrora. Na outra, preserva-se a memória da intervenção providencial, única realmente capacitada a livrar os nautas dos grandes males ocorridos no decorrer da viagem.

Na carta dedicatória do relato de naufrágio da nau Conceição (1627), por exemplo, João Carvalho Mascarenhas declara a serventia de sua narrativa, que é fundada "sobre uma matéria de pouca estima e baixo sujeito, por serem sucessos acontecidos entre escravos e cativos", o que não deixa de ter algum espírito e curiosidade, nem deixa de "ser exemplar em história". Quanto aos trabalhos mencionados no relato, diz ele, "não perde nada sabê-los quem não os experimentou". A utilidade da matéria tratada fica ainda mais evidente no trecho seguinte: "Não se isentando ninguém por mais próspero que seja, de cuidar que lhe pode acontecer o que tem acontecido a tantos, e o que tem notícia de coisas semelhantes já sabe se há-de haver nelas" (PERES, 1937).

Padre Júlio Francisco, responsável pela licença do Ordinário presente no primeiro tomo da *História Trágico-Marítima*, afirma que Bernardo Gomes de Brito trata dos "lastimosos" e "infelices" sucessos das naus da Carreira, reunidas em um livro cuja lição, suave e agradável, não desagrada em nada os bons costumes da Santa Fé. Ele é utilíssimo "para que os que houverem de navegar, desenganados dos muitos e gravíssimos perigos de vida a que se expõem, concebam um santo temor da morte", e para "os que ficarem em terra compadecendo-se dos navegantes os ajudem com fervorosas orações a escapar de tamanhos perigos: e todos nas calamidades de sucessos tão lamentáveis aprendam a miséria e inconstância deste mundo" (BRITO, 1735). Na licença do Paço, Frei Lucas de Santa Catharina é brevíssimo ao mencionar a dignidade do trabalho do compilador, "útil aos cultivadores da História". Frei Manoel de Sá, na licença do Santo Ofício, afirma tratar-se de um "teatro da História", no qual é encenado um papel "verdadeiramente trágico" e exemplar (BRITO, 1735).

Padre José Troiano, na licença do Santo Ofício do segundo tomo da coletânea, insiste na necessidade de se relatar as ocorrências do naufrágio como paga pela salvação providencial, citando a autoridade do Eclesiástico: "Os que navegam sobre o mar contam os seus perigos [...]" (Ec 43: 26). Só experimentando a braveza do mar e a força da tormenta para "representar vivamente" uma tempestade desfeita. Dessa vez, o padre cita Virgílio para estabelecer uma analogia entre a prática antiga de pendurar no Zambujeiro (espécie de oliveira) os despojos do naufrágio e o livro de Brito, que dá a conhecer os naufrágios portugueses:

> *Forte sacer Fauni foliis Oleaster amaris*
> *Hic steterat, nautis olim venerabile lignum,*
> *Servati ex undis ubi figere dona solebant*
> *Laurenti divo et votas suspendere vestes.*
> (BRITO, 1736)

> Sagrado, acaso, a Fauno um zambujeiro
> De amargas folhas nesse campo havia,
> Lenho outrora dos nautas venerado,
> Que ao naufrágio escapando, vinham nele
> Dons pendurar ao Nume de Laurente
> E as devotadas vestes.
> (VIRGÍLIO, 2004)

A serventia do livro, portanto, é múltipla: é obra que comove e incentiva o "agradecimento a Deus Senhor Nosso" pelas misericórdias recebidas e é útil "aos que navegam às partes da Índia, e continuamente cursam aquela Carreira, para que no perigo alheio aprendam a evitar o próprio" (BRITO, 1736). A censura do Frei José da Assumpção, Qualificador do Santo Ofício, diz que o livro deve ser apreendido como

> [...] espelho em que cada um dos que neste proceloso mar deste mundo vivem, todos os dias se contemplem: pois nada menos (proporcionadamente) em a terra se encontra, do que em mar acontece: certo para a terra, e mar he este livro útil, e proveitoso, porque dos infortúnios, que em hum e outro

elemento se experimentam, e das misericórdias de Deus, que tanto em uma como em outra parte nos assistem, faz a expressam que basta para todos crerem estas já mais não hão de faltar a quem souber animosamente depreca-las: lograram-na os invictos Varões dos quais esta presente história nos faz especial menção (BRITO, 1736).

O censor menciona a grandiosidade da história narrada e dos nautas que a protagonizaram, já que "as adversidades não puderam eximi-los do amor que à virtude tinham". Em seguida, assegura que "são ditosos para o mundo aqueles a quem os perigos alheios fazem acautelados para em semelhantes não caírem". Outra utilidade do livro é a possibilidade de "aprender nele o como se alcança de Deus a sua piedade, temendo a Divina justiça, avisados de outros, antes que de si mesmos se valham". Frei Xavier de Santa Tereza, responsável pela licença do Paço, admite que o livro de Brito é o "melhor Roteiro a todos os navegantes dos mares da Índia", no qual não se pode achar nada que se oponha ao espírito das "prudentes Reais Leis" (BRITO, 1736).

No exórdio no relato de naufrágio da nau *Santo Alberto*, o narrador menciona como a narrativa pode orientar a partir da prudência, pois o naufrágio

> [...] ensina como se devem haver os navegantes em outro que lhes pode acontecer, de que remédios proveitosos usarão nele e quais são os aparentes e danosos de que devem fugir, que prevenções se farão para ser menor a perda no mar e mais segura a peregrinação por terra, como com menos perigo desembarcarão nela. E a causa da perdição desta nau (que é o quase de todas as que se perdem), a relação do caminho mostra qual devem

seguir e deixar, que apercebimentos farão para a sua grandeza e dificuldade, como tratarão e comunicarão com os cafres, com que meios farão com eles o necessário comércio, e sua bárbara natureza e costumes (BRITO, 1998).

Na sequência, ele complementa:

> E para que de cousas tão importantes e novas se tenha o necessário conhecimento, escrevo este breve tratado, resumindo nele um largo cartapácio que desta viagem fez o piloto da dita nau, o qual emendei e verifiquei com a informação que depois me deu Nuno Velho Pereira, capitão-mor que foi dos portugueses nesta jornada (BRITO, 1998).

O "cartapácio" é um livro de mão com anotações do piloto, que o narrador lê, confere e emenda com a ajuda de Nuno Velho Pereira, capitão de Sofala (Moçambique). A posição do narrador, na situação de "cosmógrafo-mor", justifica a introdução e os apontamentos sobre a utilidade dos relatos de naufrágio.

Há um sentido providencial que orienta a história. Basta retomar a licença do padre José de Assunção, qualificador do Santo Ofício, quando diz que se aprende, com essas relações, "como se alcança de Deus a sua piedade, temendo a Divina justiça, avisados de outros, antes que de si mesmos se valham". Ou seja, aprende-se a navegar, mas também a temer a justiça divina e os meios de se alcançar sua piedade. Na sequência, ele afirma que os castigos de Deus, "ensaios da sua ira", são também "prendas do seu amor", e é nesse momento que as ideias de "pessimismo" ou de "decadência" se tornam ineficazes. Não que a opinião de um censor venha a dirigir a leitura de todos os relatos, mas essa é uma noção corrente, presente em Tomás de Aquino, que as retira da *Bíblia* para representar a justiça insondável de Deus, que nem sempre é inteligível para os homens.

Aliás, a definição de prudência formulada por um dos maiores representantes da Escolástica também é esclarecedora: em diálogo com Aristóteles, Tomás de Aquino (2005) definiu essa virtude como *recta ratio agibilium* (reta razão aplicada ao agir), uma forma de razão prática que leva o homem a priorizar o bem comum em detrimento de suas vontades particulares. A premissa se afina aos dizeres de Aristóteles (2009) quando, em sua *Ética a Nicômaco*, afirmou que a sensatez corresponde à capacidade de agir com prudência e temperança, o que implica levar em consideração o bem estar geral. A valorização do bem-comum, conceito que integra a matriz das reflexões de Aquino sobre a prudência, implica o abandono das vaidades, dos laços profanos e iníquos, e a total devoção ao corpo místico da Igreja que, em tese, deveria ser regido organicamente, de modo a unir todos os seus agregados/subordinados em torno de protocolos inteiramente cristãos. Tal como o corpo humano, que deve manter seus membros em harmonia para não haver prejuízos no seu funcionamento, também a Igreja deveria unir os fiéis e expurgar ou expulsar os contrários. Pode parecer contraditório, mas o livre-arbítrio, nesse caso, deve servir à subordinação voluntária do sujeito à conformidade do bem-estar humano.

Unidade entre a relação de Naufrágio *&* Prosopopeia

Protagonizado por integrantes da família Albuquerque, *Prosopopeia* contou com leituras diversas (CHAUVIN, 2018). José Veríssimo (1977), por exemplo, considerou a poesia medíocre e o poeta, antipatriótico; para Wilson Martins (1978), Bento Teixeira foi o precursor do "ciclo de nossa vida literária propriamente dita";

José Aderaldo Castelo (1981) destacou o posicionamento "nativista" do poeta. Depois de mapear a recepção por parte da crítica, Guilherme Amaral Luz (2008) elaborou duas hipóteses referentes à sua circulação: em uma delas, as habilidades de Bento Teixeira teriam confundido seus leitores contemporâneos, inclusive a censura inquisitorial, valendo-se de um texto cifrado com mensagens cripto-judaicas contrárias à perseguição e admoestação dos judeus; na outra hipótese, o poema teria sido submetido aos constrangimentos da Coroa e da Igreja Católica, instituições que se preocupavam mais com as leituras correntes, e menos com as intenções e inclinações do autor.

A primeira hipótese poderia nos levar a conjeturar, assim como Kênia Pereira, a possibilidade de Bento Teixeira ter escrito uma obra para dois públicos diferentes. Nessa leitura, *Prosopopeia* seria um "atestado de inteligência e talento, um brado de resistência que atravessou os séculos" (PEREIRA, 1992). A segunda hipótese preocupa-se mais com a circulação de um texto que reafirmava as hierarquias, ainda que dotada de um suposto aparato subliminar heterodoxo. É possível que sua publicação atenda a "rede negociada de valores poéticos, políticos e teológicos, regulada e limitada por protocolos editoriais, mecanismos institucionais de censura, preceitos poéticos e meios de circulação" (LUZ, 2008).

Para sustentar a hipótese de que *Prosopopeia* seria um instrumento de resistência, é preciso supor um sentido romântico de autoria quando o poema, na verdade, emula autoridades como Virgílio e Camões. Se lançarmos a projeção de um Bento Teixeira angustiado, ressentido ou resistente, ou de uma narrativa de naufrágio decadentista e pessimista, ou ainda se identificarmos as personagens como desdobramentos da psicologia dos poetas que as enredaram, não levaremos em consideração a norma retórica e projetaremos o anacronismo do autor-subjetividade no discurso antigo. Quando se lê poema e relação, em conjunto, fica evidente a "retórica prudencial" que os fundamenta: retórica que orienta sobre como agir com retidão para a manutenção da *res publica*, e não para seu vitupério ou ruína. O rótulo "Bento Teixeira", no caso, não funciona como princípio explicativo "que postula um nexo de necessidade entre efeitos de sentido e seu criador, tido como identidade prévia de uma unidade de intuição, ou de pensamento, nos acidentes de uma biografia" (HANSEN, 1992), mas como unidade que busca controlar os efeitos do enunciado e os desdobramentos da recepção.

Relembre-se a existência de poemas épicos cuja matéria se ampara em naufrágios. É o caso, por exemplo, do *Naufrágio e Lastimoso Sucesso da Perdição de Manuel de Sousa de Sepúlveda*, de Jerônimo Corte-Real (1530-1588), publicado postumamente no ano de 1594. Com 17 cantos e um total de 10.457 versos, esse poema se baseou em um relato de naufrágio de 1554, que chegou até nós por meio da *História Trágico-Marítima* Por que razão uma epopeia, gênero comumente voltado para matéria alta e feitos heroicos, teria como objeto um episódio dramático que envolve o naufrágio e peregrinação de um nobre português e sua família? Haveria um desajuste entre o gênero e sua matéria? Afinal, não é recorrente a ideia de que as relações de naufrágio figuram o lado "negro" ou antiépico da empresa colonizadora portuguesa?

Ao contrário do que se poderia esperar, o poeta elaborou um canto alto, agudo e eloquente, com vivacidade descritiva, e não para figurar pessimismo, desilusão e, tampouco, uma crítica ao expansionismo português. No prólogo da versão setecentista do poema, o editor mencionou a excelência e a singularidade dos versos, tratando-se de composição digna de "lição pública". A dedicatória da *editio princeps*, escrita por Antonio de Sousa, seu genro, refere a fidalguia e a nobreza de ânimo de Corte-Real (1574). Os poetas Lope de Vega Carpio e Juan de Solórzano colocaram-no lado a lado com Camões (CORTE-REAL, 1998). Quais são as chances de um poeta com qualidades tão ilustres não passar de um bardo das misérias reinóis? À época de Corte-Real, convém lembrar, a natureza era pensada como criação divina e a poesia organizava a matéria bruta da história para tirar dela o efeito edificante capaz de efetuar a instrução e o deleite do leitor. Sendo assim, não havia drama que não fosse providencial, nem poesia desprovida de medida e cálculo. Epopeia e relato de naufrágio são componentes de um "capital simbólico" amparado em uma retórica prudencial/providencial que, em verso e prosa, inventa o herói e flagra a maneira como a Providência atua na história (FELIPE, 2018).

Conclusão

Os grandes desafios protagonizados pelos náufragos são, na maioria das vezes, males naturais, como a tempestade que devasta o navio e evidencia a limitação dos remédios humanos. Por outro lado, esses mesmos eventos naturais podem indicar castigo divino, para punir o orgulho e a cobiça dos mareantes. O incidente pode ser uma oportunidade para uma provação, em que os sobreviventes precisam demonstrar sua fé na Providência. A ideia de que as narrativas são pessimistas é redutora, pois leva em consideração o sofrimento e o fracasso humanos e deixa de lado a figura de Deus, que é central na narrativa. Não podemos nos esquecer de que os relatos afirmam o sentido transcendental da história, mesmo quando a experiência que retrata é denominada "trágica".

De acordo com Lisa Voigt (2008), tanto os relatos de naufrágio quanto os de cativeiro não fogem à ideologia imperial e católica, pois, "em vez de simplesmente mostrarem os perigos da viagem, incentivam a religiosidade e o comportamento exemplar tanto dos que ficam, como dos que se lançam à experiência ultramarina". A autora menciona, posteriormente, as iniciativas de Giulia Lanciani e Maria Alzira Seixo, que admitiram a presença da ideologia imperial e, ao mesmo tempo, uma dimensão anti épica das relações, identificando nelas elementos contraditórios e ambíguos. Voigt chega à conclusão de que essas narrativas não podem ser separadas do contexto imperial, pois não representam simplesmente uma "inversão da ideologia expansionista", "apesar da atração desta possibilidade para as nossas sensibilidades pós-coloniais". Em outras palavras, o epíteto "anti epopeia dos Descobrimentos" tende a sugerir um conjunto de equívocos quando associado aos relatos de naufrágio, pois supõe uma reação contra a política expansionista/colonial.

Para encerrar nossa reflexão sobre os sentidos do trágico, convém recordar uma antiga querela da qual participou o padre Antônio Vieira. O mundo seria mais digno de riso ou de lágrimas? Qual seria o homem mais prudente: Demócrito, que sempre ria, ou Heráclito, que chorava continuamente? Tais questões foram propostas em uma academia romana no ano de 1674, ficando Vieira responsável por defender as lágrimas de Heráclito. Na ocasião, o jesuíta afirmou que o pranto implica o uso da razão, pois é fruto de um conhecimento verdadeiro do mundo. Mundo que ele identifica como sendo um "mapa universal de misérias, de trabalhos, de perigos, de desgraças, de mortes", um "teatro imenso", trágico, funesto, lamentável (VIEIRA, 2001). Quem não se comove diante dessa cena, afirmou Vieira (2001), "mostra que não é racional". Na sequência, para provar que o riso de Demócrito não passava, na verdade, de pranto contido, ele enumerou três níveis de sofrimento: com lágrimas (dor moderada), sem lágrimas (dor agravada) e com riso (dor suma e excessiva). Note-se, portanto, que, para desconstruir a hipótese segundo a qual o mundo é mais digno de alegria, Vieira assegurou que o sorriso pode ser consequência de uma dor aguda. Logo, Demócrito sofria mais do que Heráclito perante o teatro do mundo e, em razão disso, ria sem cessar. Além disso, da lágrima é possível extrair um efeito edificante, pois "quem quer imprimir os seus afetos e a sua doutrina nos corações, não deve endurecê-los, deve abrandá-los" (VIEIRA, 2001). Tingir o rosto alheio de lágrimas poderia se converter em um eficaz instrumento de persuasão. Quem ri atenua os males; as lágrimas, pelo contrário, amplificam as dores. Pranto é natureza, diz Vieira citando Plínio, pois o homem nasce chorando e fica condenado ao eterno pranto, fruto do pecado original, que o privou da felicidade na qual foi criado. Em seu último argumento, o jesuíta contrapôs a situação inicial de felicidade plena, na qual a potência do chorar estaria ociosa, e sua atual conjuntura miserável, em que seria verossímil a ociosidade da potência do sorrir.

O pranto é uma forma de tocar a alma do fiel, de persuadi-lo quanto ao caminho a ser trilhado. Sendo, portanto, efeito de dor e sofrimento, é comum que episódios dramáticos apareçam aqui e acolá com finalidade edificante, isto é, como meio de instrução moral que visa edificar um comportamento. As lágrimas podem muito bem ser a manifestação da sabedoria do homem prudente e ajuizado, que apreende as misérias (ou desconcertos) do mundo, mas também a graça misericordiosa do perdão divino. O relato de naufrágio da nau *Santo Antônio* recupera as duas dimensões, como assegura o piloto Afonso Luiz, quando estava prestes a finalizar sua narrativa:

> Moveu-me escrever este discurso de nosso Naufrágio, querer que soubesse toda a gente os trabalhos que nas navegações se passam, e quão forte fraqueza é esta de nosso corpo, a qual se se lhe representassem para passar os trabalhos com que pode, cuido por certo que desmaiara de os ouvir, e mais para que todos vejam claro com quanta razão devemos todos esperar, e confiar na Misericórdia do Senhor, a qual não desampara ninguém em trabalhos por grandes que sejam, se a buscamos com pureza de coração, com que é necessário aparelharmo-nos para a recebermos.

Quando a prudência não basta, atua a Providência. Sendo assim, a pergunta formulada no título deste ensaio pode ser recobrada em seu desfecho: os incidentes marítimos são abordados por um gênero decadente ou um drama edificante?

O CANTO DE PROTEU OU A CORTE NA COLÔNIA EM *PROSOPOPEIA* (1601)

Guilherme Amaral Luz

Per mandado do Rei e per decreto
Proteu, no Ceo cós olhos enlevados,
Como que investigava alto secreto,
Com voz bem entoada e bom meneio,
Ao profundo silêncio larga o freio.

(Bento Teixeira. *Prosopopeia*)

Atualmente, não é nenhuma novidade afirmar que a Crítica Literária desenvolvida no Brasil desde o século XIX, até pelo menos o último quartel do século XX, tratou os textos produzidos na América portuguesa como proto literatura nacional, cuja suposta falta de "qualidades literárias" não é menos lamentada, na maior parte das vezes, do que a sua falta de "originalidade" e sua "dependência servil" aos cânones da "boa poesia" lusitana. Entre os exemplares poéticos mais vituperados pela fortuna crítica das letras quinhentistas, seiscentistas e setecentistas, encontra-se, certamente, a obra *Prosopopeia* (1601), de Bento Teixeira, considerada, por muitos, marco inaugural da "literatura brasileira".

É preciso, desde já, deixar claro que o objetivo aqui não é salvar as supostas qualidades literárias de *Prosopopeia*, tampouco corroborar os juízos negativos de valor que a cercam. Em qualquer das duas hipóteses, só estaríamos dando continuidade ao conjunto de mal-entendidos advindos de pressupostos anacrônicos que dificultam uma abordagem verossímil dos significados históricos da obra. Nossa intenção é percebê-la como exemplar de "práticas letradas" com efeitos próprios, considerando os auditórios do Império português na virada do século XVI para o XVII.

Um dos primeiros críticos da "Literatura colonial" no século XX foi José Veríssimo. No capítulo II de sua História da Literatura Brasileira, ele trata daquilo que denomina "primeiras manifestações literárias" da sociedade colonial. Entre os "primeiros versejadores", Veríssimo dá destaque a Bento Teixeira. Antes, no capítulo I, já se fazia uma primeira menção ao único texto a ele atribuído, então qualificado como "medíocre" (VERÍSSIMO, 1981). A obra é caracterizada por Veríssimo da seguinte forma: "poema de noventa e quatro oitavas, em verso hendecassílabo, sem divisão de cantos, nem numeração de estrofes, cheio de reminiscências, imitações, arremedos e paródias dos Lusíadas. Não tem propriamente ação, e a Prosopopeia de onde retira o nome está numa fala de Proteu, profetizando post facto, os feitos e a fortuna, exageradamente idealizados, dos Albuquerques, particularmente de Jorge, o terceiro donatário de Pernambuco, ao qual é consagrado" (Idem, 1981). Em seguida, continua afirmando que o poema é ruim, sem inspiração e só vale como primeira expressão literária de um "brasileiro"4 . Em suma, julga o poema como medíocre, escrito em uma época tida por ele, em geral, como pobre da "literatura" em língua portuguesa.

Alguns adjetivos e expressões utilizados por Veríssimo são significativos de sua detração de *Prosopopeia*: "gongórico antes do gongorismo"; "versos prosaicos com conceitos banais"; "repleto de efeitos mitológicos impróprios e incongruentes"; "descrições insípidas e topográficas"; "pouca originalidade"; "inclinado à bajulação dos poderosos por homens amantes do ócio"; "louvor hiperbólico e lisonja enfática"; "expressão literária áulica"... Comparações com Camões também são abundantes, sempre destacando que a imitação de Bento Teixeira não conseguia demonstrar o mesmo "gênio" do autor d'Os Lusíadas. Por fim, Bento Teixeira é tratado como mais um entre os muitos versejadores do Reino que buscavam a proteção dos grandes através de seu talento para a "adulação" (Idem, 1981). A visão negativa de *Prosopopeia* não é exclusiva de Veríssimo; constitui, pelo contrário, a regra entre os críticos da obra nos séculos XIX e XX. Não nos cabe, aqui, tratar de toda a fortuna crítica da obra. Por hora, basta-nos constatar alguns dos rótulos e preconceitos que a cercam.

Cerca de 60 anos depois de José Veríssimo, Wilson Martins, em seu primeiro volume da História da Inteligência Brasileira, utilizaria um título bastante revelador para se referir à obra de Bento Teixeira: "Sub-Camões". Curiosamente, contudo, Martins procura demonstrar algumas qualidades literárias do poema, inclusive se preocupando em citar aqueles versos que considera os melhores da obra. Martins busca mostrar que o valor da *Prosopopeia* se situa em um momento específico da literatura portuguesa em que a poética horaciana ganha força e em que a autoridade de Camões se faz muito presente, sem falar na educação retórica recebida nos colégios jesuíticos. Mas, Bento Teixeira não é Camões; Jorge d'Albuquerque Coelho não é Vasco da Gama; *Prosopopeia* não é *Os Lusíadas* e "poema épico" não é "epopeia"...

O crítico afirma que Bento Teixeira tinha consciência de sua inferioridade em relação a Camões; de que sua produção literária era modesta e se anunciava como tal; e que Jorge d'Albuquerque Coelho não é tratado tal como deveria ser um Vasco da Gama. Quanto ao seu suposto "gongorismo fora de época", como parece a Veríssimo, Martins mostra que se trata, na verdade, de preceitos horacianos em seu devido espaço-tempo. Esta constatação, aliás, permite-lhe afirmar uma vantagem, nesse quesito, de Bento Teixeira em relação a outros "autores" do século XVIII, como Basílio da Gama, ainda presos aos mesmos critérios poéticos em um momento em que supostamente já poderia haver mudanças (MARTINS, 1978).

Descontando os limites (datados) dos juízos de valor presentes tanto na apreciação de Veríssimo quanto na de Martins sobre a obra de Bento Teixeira, ambas fornecem pistas para o entendimento dos significados de *Prosopopeia* em seu momento histórico. Em primeiro lugar, não há motivos para negar que os versos laudatórios seiscentistas se ligam à formação de laços ("clientelares") entre escritores e "nobres". Os panegíricos, os encômios e as diversas formas de dedicatórias não são estranhos à sociedade de corte, na qual os valores dos varões se medem pela sua fama pública e pelos louvores aos seus feitos. Nesse sentido, o valor poético de tais exemplares textuais não se pode isolar da política personalista e palaciana do "Antigo Regime".

O anacronismo de Veríssimo não está na constatação da dependência do louvor à obtenção de favores políticos, mas do pressuposto que isso diminui o "valor literário" do encômio, quando, antes, deveria ser exatamente o contrário. Quanto mais um elogio consegue produzir a boa vontade do homenageado em relação ao panegirista, mais isso demonstra a eficácia da produção de efeitos simbólicos relativos aos valores políticos que estão em jogo.

Isto quer dizer que a "boa literatura" seria aquela que mais edifica o leitor discreto, fazendo-o reconhecer os modelos de virtude (emulados no homenageado exemplar) que veicula. Conseguintemente, quanto mais o homenageado reconheça valores políticos em seu retrato poético, maior sua lisonja e sua gratidão com o "poeta". A questão que se coloca, portanto, não é se as virtudes do homenageado correspondem ou não às suas atitudes efetivas, mas se elas correspondem ou não ao que se espera de alguém da sua posição em uma cultura política particular. No caso de Jorge d'Albuquerque Coelho e de seu irmão, Duarte Coelho, homenageados de *Prosopopeia*, devem-se buscar retratos de virtudes, desenhados *ut pictura poesis*, capazes de produzir efeitos sobre os leitores discretos aos quais se destinam. É preciso perceber as "personagens" como espelhos da nobreza e não como indivíduos psiquicamente singulares.

Mais do que isso, no caso, é necessário percebê-los como retrato moral exemplar da nobreza portuguesa ultramarina no momento da União Ibérica: uma nobreza que, alijada de sua cabeça, recria sua identidade nas glórias coletivas e nos feitos de uma corte sem palácio, seja na aldeia ou nas colônias... É preciso reconhecer, nos irmãos Albuquerque, enfim, a auto representação gloriosa da saga lusitana no cumprimento de sua missão no mundo.

A saga dos nobres, representada em *Prosopopeia*, é a história mítica de uma coroa sem cabeça, de uma monarquia sem rei ou de um Império sem cidade-capital. Língua, costumes, valores e honras dos portugueses não se perderam em Alcácer-Quibir no ano de 1578, ou nos tempos subsequentes a 1580. O sentimento de suas persistências alimenta a crença na pertença comum ao Império português, no retorno do rei e na futura restauração. *Os Lusíadas*, de 1572, será o grande modelo poético para a *auto representação* dessa nobreza lusitana. Se Bento Teixeira é um "sub-Camões", então toda a nobreza lusitana do início dos seiscentos é um "sub-Vasco da Gama"; ou toda história do Império português, entre 1578 e 1640, é um "sub-*Lusíadas*". Evidentemente, a imitação de Camões em *Prosopopeia* não constitui (somente) simples subordinação servil a um modelo prestigioso, mas emulação de modelos de excelência (ética, poética, política e militar), epicamente construídos, que precisam ser salvaguardados pelas "colunas" do Império.

A unidade de Prosopopeia *e a questão do gênero*

Para analisar a obra de Bento Teixeira, gostaríamos de pensar, primeiramente, alguns dos possíveis sentidos do seu título: *Prosopopeia Dirigida a Jorge D'Albuquerque Coelho, Capitão, e Governador de Pernambuco, Nova Lusitana*. O termo Prosopopeia parece-nos um equívoco. Primeiramente, conforme já mencionado, para Veríssimo, o termo refere-se a uma figura de retórica que consiste em dar vida, ação, movimento e/ou voz a pessoas ausentes, seres inanimados ou mesmo aos mortos. Em outros termos, trata-se de uma forma de personificação, em que se cria uma personagem para narrar ou proferir um discurso de autoridade. Para Quintiliano, no sexto livro de *Instituição Oratória*, a Prosopopeia é uma figura considerada eficaz em discursos judiciais, como fórmula exordial em que o advogado poderia se dirigir ao auditório falando como se fosse aquele que está a defender. No caso do texto de Bento Teixeira, especialmente no "Canto de Proteu", esta figura aparece, sobretudo, através das falas proféticas de uma deidade mitológica do panteão grego (Proteu) sobre os feitos de Jorge d'Albuquerque e Duarte Coelho.

Por outro lado, também na Instituição Oratória, livro segundo, Quintiliano se refere à Prosopopeia como discurso imaginado, em contraposição aos gêneros deliberativo e judicial. Neste sentido, não se trata aqui de figura, mas de um gênero retórico (demonstrativo) ou mesmo de um exercício poético útil àquele que deseja dominar as artes da eloquência. No caso de Bento Teixeira, a referência ao termo "Prosopopeia" indica, equivocamente, tanto o uso de uma figura de ornato quanto um exercício retórico-poético: discurso figurado, no caso, horaciana e aristotelicamente destinado ao desenho de um retrato poético de excelência, narrado ecfrástica e vividamente.

Nesse sentido, é digno de nota que nos pareceres da Inquisição e da Mesa Censória à edição de 1601 de *Prosopopeia*, o termo apareça como designação genérica. Frei Manuel Coelho diz que "vai junto a ele" (ao relato de naufrágio de 1564 que envolveu Jorge d'Albuquerque Coelho) "uma *Prosopopeia* feita por Bento Teixeira". Marcos Teixeira e Bartolomeu da Fonseca dizem que "pode-se imprimir este *Naufrágio* e a *Prosopopeia* a ele junta" (TEIXEIRA, 1972). Se assumirmos que a figura Prosopopeia é adequada exatamente para a amplificação e para dar vivacidade ao discurso, é justo pensar que ela se volta muito propriamente ao louvor. Nesse caso, seu emprego para caracterizar um tipo de discurso pode ser visto como metonímia do gênero demonstrativo ou de diversas formas encomiásticas de caráter poético.

Para Martins, *Prosopopeia* não é exatamente uma "epopeia"; mas "poema épico", como sugere o crítico, também não nos agrada como a mais adequada classificação. Tem-se aqui um problema de determinação do gênero (ou subgênero, se preferirmos), aparentemente não resolvido pela fortuna crítica da obra. Em comum com o gênero épico, *Prosopopeia* tem seus objetivos: "celebrar as virtudes dos heróis e ensinar aos homens, com o seu exemplo, a forma correta de se conduzir à vida" (VILÀ

i TOMÀS, L.). Tais objetivos são comuns também a outros gêneros retórico-poéticos encomiásticos, como a História, o Panegírico, a Hagiografia, as Vidas... Em comum com a épica quinhentista e seiscentista (em especial no mundo católico), o exemplar de Bento Teixeira tem também a forma de representar o seu herói como excelente no plano militar, na cortesia, na generosidade e na piedade. Além disso, *Prosopopeia*, como exemplar épico, apresenta argumentos históricos em prol da dignidade do Império e da exaltação da fé; subordina os efeitos de deleite e de maravilhamento ao seu intuito didático e moral; inicia-se com uma evocação e tem como modelo de imitação as mesmas autoridades, no caso, Homero, Virgílio, Ovídio, Ariosto, Tasso e Camões etc. A postura hesitante, mesmo vacilante, da crítica literária quanto à classificação do gênero de *Prosopopeia* é observável no sem número de expressões utilizadas para caracterizá-lo: "poema heroico", "poemeto laudatório", "panegírico", "poema laudatório e narrativo", "poemeto em oitavas heroicas", "poema épico", "poema em verso hendecassílabo", "canto heroico de exaltação", "poemeto épico-laudatório", "poemeto epicizante", "poema encomiástico"... Há de se destacar nessas expressões que ora o metro heroico (derivado da tradição épica), ora o objetivo encomiástico (derivado da retórica epidítica) são preponderantes na caracterização genérica. Além disso, todas essas expressões têm em comum uma deliberada imprecisão, temerosa de enquadrar a obra em um cânone poético mais preciso. Algumas características da obra e de sua reputação levam a esse temor. Em primeiro lugar, a sua já mencionada suposta falta de qualidades literárias leva ao apelo dos diminutivos e à dissociação (ou sua associação tímida e em um nível inferior) da "grande épica quinhentista" (de Tasso ou de Camões, por exemplo). Em segundo lugar, os críticos tomam como obra orgânica a edição de 1601, impressa em Lisboa, o que é cheio de implicações.

A edição original de 1601 de Prosopopeia apresenta, além do texto por esse título conhecido, o relato de um naufrágio pelo qual teria passado Jorge d'Albuquerque Coelho em 1565. A edição traz, assim, dois textos possivelmente escritos em momentos diferentes e por pessoas distintas, tendo como eixo comum uma personagem: Jorge d'Albuquerque Coelho. Outra questão interessante a ser pensada diz respeito à data da escrita do "poema". Capistrano de Abreu assume a hipótese de ele ter sido escrito por volta do ano de 1593 e não depois disso. Considerando que o "poeta" pode ter sido o mesmo Bento Teixeira preso pela Inquisição por cerca de cinco anos até sua morte em 1600, não é impossível, assim, que a obra tenha circulado no Brasil ou mesmo no Reino na forma de manuscrito (e em diferentes versões) antes de vir a ser impressa e que alterações tenham sido feitas para a versão "definitiva" de 1601. É possível pensar que as suas partes sejam, na verdade, textos escritos em momentos diferentes, alterados e agrupados com certa unidade para a impressão.

O que estamos a sugerir é que as diferentes "partes" do que veio a ser editado sob o título de *Prosopopeia Dirigida a Jorge D'albuquerque Coelho, Capitão, e Governador de Pernambuco, Nova Lusitana* são, na verdade, textos diferentes agrupados com vistas a gerar o efeito de alguma unidade (e aspecto de *epopeia*). Isso torna sua classificação difícil, cujo hibridismo formal mescla elementos da épica com outros subgêneros retórico-poéticos de teor encomiástico. O "Prólogo" é uma epístola dedicatória, comum às obras que se fazem imprimir no período; os dezesseis primeiros cantos do poema, dividido em exórdio e narração, e a "Descrição do Recife de Pernambuco" formam, em conjunto, como que uma preparação para o canto épico que lhes segue; "O canto de Proteu", por si só, forma um poema épico, e, por fim, o "Soneto per ecos ao mesmo Senhor Jorge d'Albuquerque Coelho", como o próprio nome diz, é um soneto por ecos de teor encomiástico.

Pensando no conjunto da edição, José Aderaldo Castello afirma que Prosopopeia forma uma "unidade discutível" de divisões "precárias" e "desequilibradas" que não demonstram mais do que "um esboço ainda mal alinhavado". Segundo o crítico, tal "esboço", que se anuncia como tal no próprio texto, é sinal de má aplicação de preceitos horacianos. Nesse sentido, a "publicação" do texto seria contraditória em relação à boa poesia. Castello sugere que a impressão de uma obra com tamanhas imperfeições deve-se aos intuitos meramente adulatórios de Bento Teixeira e à sua suposta intenção de fazer o texto circular na colônia, local em que o lustre pálido de poética horaciana da obra já seria suficiente para impressionar (CASTELO, 1981).

Por outro lado, Sérgio Buarque de Holanda reconhece no "Canto de Proteu" uma "unidade à parte no conjunto da obra", atendendo um preceito épico e panegírico de louvor aos mortais, o temporibus tribus, ou seja, uma sequência de enaltecimento em que primeiro se elogiam os antepassados, em seguida os feitos juvenis e, por último, como desfecho, os da idade madura (HOLANDA, 1991). Se o "Canto de Proteu" forma uma unidade à parte, como é justo considerar, não é impensável que, sendo inclusive parte maior do texto, ele possa ter circulado isoladamente. Assim, os demais cantos de Prosopopeia, seu prólogo e o soneto por ecos podem ter sido adições posteriores compostas com vistas à impressão, atendendo, assim, protocolos editoriais e de leitura, além de preceitos poéticos de disposição próprios da épica quinhentista.

Seria, portanto, interessante considerar e explorar a hipótese de que a impressão de *Prosopopeia* não atendeu somente a interesses de seu "autor", fosse para adquirir reconhecimento de excelência poética, fosse para conquistar a proteção de um nobre poderoso. Essa hipótese pode ser fortalecida se considerarmos, como já dito, que o eixo comum da edição do texto ao lado do relato de naufrágio é Jorge d'Albuquerque Coelho e não Bento Teixeira. É preciso, portanto, entender a "autoria" não como autoridade que dá unidade psicológica, religiosa ou social à obra, mas como cumprimento de uma "função de autor" específica no conjunto da edição. Isso implica levar em conta que Prosopopeia, em sua versão impressa de 1601, não é o resultado da vontade de seu suposto "autor", mas de uma rede negociada de valores poéticos, políticos e teológicos, regulada e limitada por protocolos editoriais, mecanismos institucionais de censura, preceitos poéticos e meios de circulação.

Especulações sobre a recepção de Prosopopeia

Um dos argumentos exordiais mais decisivos de *Prosopopeia* está na caracterização do *aedo*. Se, na épica, em termos gerais, é o aedo inspirado que, com o seu engenho, canta os feitos do herói, transformando-os em modelos de virtudes, em *Prosopopeia*, ele dissimula honestamente uma rusticidade e cria, por figura de personificação, uma outra voz, superior, capaz de enunciar com maior autoridade os sentidos engendrados nas ações exemplares do homenageado. No caso de Bento Teixeira, esta voz superior é a de Proteu com suas profecias. Assim, o *topos* da modéstia afetada, aliado ao *ut pictura poesis* horaciano e à figura retórica da personificação (voltada à amplificação e à vivacidade), produz, como efeito, a imagem da obra como um rascunho inacabado, porém destinado a pintar o retrato de um herói que estancará (como os heróis de Camões), com seus feitos e valores, "a Lácia e Grega lira" (TEIXEIRA, 1972).

Se assumirmos a força do efeito da rusticidade do aedo como forma de garantir sua fidedignidade, as próprias imperfeições métricas, as impropriedades formais e os desvios de preceitos poéticos que se identificam ao longo da tradição crítica do poema ganham outro significado. Ao invés de significarem imperícia pueril do "autor", passam a significar uma estratégia retórica deliberada e planejada com vistas a produzir efeitos que, de um lado, opõem a suposta falta de letras do encômio à grandiosidade de seu homenageado e, de outro, a vulgaridade do orador (ou escritor, no caso) à discrição de seus leitores.

Há, portanto, um efeito de dupla fidedignidade de Bento Teixeira,sob a máscara de rusticidade. Por um lado, ela faz com que se reconheça no homenageado e não no panegirista os valores engendrados no texto, por outro, ela denota a incapacidade do "autor" de mentir convincentemente ou de simular fantasias com ares de verdade. Nesse segundo aspecto, há de se considerar a grande possibilidade de Bento Teixeira ser o mesmo sujeito homônimo que, um ano antes da impressão da obra, morrera assolado por uma doença contraída durante seu cárcere nas prisões do Santo Ofício. Ou seja, a obra só seria autorizada pela Inquisição, como foi, caso o texto não contivesse nada que contrariasse os dogmas da Santa Igreja e não fosse considerado desonesto ou nocivo à cristandade. Portanto, a tópica da *fidedignidade do rústico* pode ter sido decisiva para a própria impressão.

A partir disso, duas hipóteses podem ser sustentadas. A primeira é que Bento Teixeira, ao contrário de ser um escritor medíocre, dominava muito bem a escrita a ponto de conseguir confundir seus leitores contemporâneos, disseminando mensagens sefarditas e contrárias a perseguição dos judeus pelos Felipes (especialmente Felipe II e III da Espanha, ou Felipe I e II de Portugal), sob o véu de um encômio ingênuo e mal-acabado a Jorge d'Albuquerque Coelho. Um dos trabalhos que mais reforçam esta possibilidade é o de Lúcia Costigan, que cruzou a leitura de *Prosopopeia* com a dos depoimentos de Bento Teixeira em seu processo inquisitorial.

Assim, Costigan pode identificar, no texto poético, passagens alegóricas capazes de ser lidas em analogia com episódios autobiográficos do seu "autor" ou de seu "povo" (COSTIGAN, 2003). Contudo, vale ressaltar que o mesmo arsenal interpretativo disponível a Costigan não deveria ser acessível aos leitores contemporâneos de *Prosopopeia* e que esses poderiam ler, nas alegorias supostamente judaizantes e resistentes à perseguição antissemita de Felipe II, não mais que um reforço de valores próprios à nobreza lusitana e à Igreja. A hipótese de Castigan, pois, embora historicamente verossímil no que se refere à composição do texto, parece frágil no que diz respeito à sua recepção. A segunda hipótese é que Prosopopeia, ainda que à revelia das "verdadeiras" inclinações políticas e religiosas de Bento Teixeira, submeteu-se aos constrangimentos dogmáticos da coroa e da Igreja.

Neste caso, a rusticidade ajudaria a convencer as autoridades que a obra era, de fato, honesta. Essa leitura parece ter sido a dos censores da edição, especialmente os da Inquisição. Se, por um lado, tais censores podem ter se enganado quanto às supostas intenções verdadeiras de Bento Teixeira, por outro, eles certamente sabiam o que estavam fazendo quando autorizaram a circulação do texto impresso. Neste caso, temos que levar em conta o caráter *preventivo*, e não punitivo, da censura inquisitorial. A preocupação do Santo Ofício, neste caso, é mais com as possíveis leituras do texto do que com suas intenções "subterrâneas". Controle de leitura e não de "autoria" é o que faz a censura. Se nesta economia escapam mensagens subliminares de resistência com interesse especial para os historiadores do futuro, isto não importa ou simplesmente não está no horizonte da Inquisição. Importa-lhe, sim, fornecer aos leitores da época um 40 texto que seja lido como reforço de valores aos quais se busca adesão, com o mínimo de risco para a Santa Igreja.

As reflexões sobre as duas hipóteses acima aventadas leva-nos a perguntar como Prosopopeia circulou, foi recebida e lida em seu tempo. Metodologicamente, contudo, é difícil sondar a questão para além de especulações. Isso porque não se conhece o suficiente sobre a história da obra, que foi muito pouco comentada até o século XIX e da qual restaram pouquíssimos exemplares. Sabe-se, pelo que consta na própria edição, que a sua tiragem deve ter sido de algo em torno de mil livros (CUNHA; DURVAL, 1972). Um desses livros encontra-se, hoje, na Biblioteca Nacional do Rio de Janeiro, como parte integrante da Coleção Barbosa Machado. Isso quer dizer que sua aquisição pela Real Biblioteca se deu entre 1770 e 1772 e que, àquela época, o texto era visto como parte de um monumental acervo enaltecedor da monarquia lusitana, do Império e de seus varões ilustres.

Pelo que se vê na Bibliotheca Lusitana, o próprio abade de Server não sabia muito bem quem era o "autor" de Prosopopeia, a quem chama de Bento Teixeira Pinto e a quem atribui outros textos cuja autoria não é sua, como se sabe hoje. Barbosa Machado afirma também que Bento Teixeira Pinto nasceu em Pernambuco, o que seduziu nossa Crítica Literária mais nacionalista, mas não parece verdadeiro, e não menciona qualquer informação sobre sua passagem nos cárceres do Santo Ofício (CUNHA; DURVAL,

1972). Cerca de 170 anos, portanto, depois de ser impressa, Prosopopeia era uma obra bastante desconhecida e de Bento Teixeira não restava mais sequer uma pálida lembrança de suas facetas de "cristão-novo". Ao que interessa a Barbosa Machado, Prosopopeia não é mais do que um texto poético enaltecedor de Jorge d'Albuquerque Coelho.

Seguindo pistas fornecidas por Lúcia Costigan, podemos fazer um exercício útil de interpretação de passagens da obra de Bento Teixeira com vistas a sondar diversas possibilidades de leituras que ela permite. Propomos, assim, tomar em consideração as passagens citadas pela estudiosa que, segundo aponta, podem ser mensagens metafóricas de resistência à perseguição antijudaica de Felipe II. Nosso papel, por outro lado, será aventar leituras mais ortodoxas para os mesmos trechos, demonstrando que seus sentidos não são necessariamente estranhos ou perigosos, pensando na cultura política do Antigo regime e nas convenções do gênero épico. O primeiro desses trechos são quatro versos retirados da penúltima estrofe da "Descrição do Recife de Pernambuco", em que está dito:

Mas quem por seus serviços bons não herda
Desgosta de fazer cousa lustrosa,
Que a condição do rei que não é franco
O vassalo faz ser nas obras manco

Para Costigan, a passagem "rei que não é franco", cruzada com os depoimentos de Bento Teixeira, pode significar, particularmente, Felipe II (COSTIGAN, 2003). Contudo, no canto em questão, Bento Teixeira está descrevendo a entrada da barra de Pernambuco, segundo ele, um local desprotegido de piratas. Disso, deduz-se que, se ela está desprotegida, é porque as obras dos súditos ultramarinos daquelas partes não estão sendo devidamente reconhecidas, deixando-os desgostosos do rei. Antes de qualquer coisa, Bento Teixeira está reforçando o pacto político de uma monarquia corporativa em que os súditos devem ser recompensados com justiça pelo rei, na forma de honras e mercês, por seus serviços a favor da coroa. Não se trata, portanto, de uma ofensa à monarquia ou a um monarca em particular, mas de uma maneira legítima de negociar lugares mais privilegiados para súditos que se veem rebaixados em determinada hierarquia social mediada pelo rei.

Ainda em referência a Felipe II e à sua perseguição aos cristãos-novos portugueses, Costigan (2003) interpreta uma estrofe do canto de Proteu, da qual seleciona os seguintes versos:

> Mas quando virem que do Rei potente
> O pai por seus serviços não alcança
> O galardão devido e glória digna,
> Ficarão nos alpendres da Piscina

Também aqui, o que se percebe é um apelo para o verdadeiro reconhecimento dos feitos de Jorge d'Albuquerque e Duarte Coelho pelos seus feitos a favor da monarquia e do bem comum. Trata-se de uma advertência ajuizada no que toca à prudência e à justiça no reconhecimento dos valorosos súditos da coroa. O trecho se faz perfeitamente inteligível, sem qualquer referência a Felipe II ou aos cristãos novos. Além disso, se há qualquer referência a Felipe II nesses cantos, isso não se deve necessariamente à sua perseguição contra os cristãos-novos. Antes, a menção a um rei que não compensa seus súditos pelos serviços merecidos pode estar fundada sobre a própria distância que se constituiu entre a "cabeça" e as demais partes do corpo místico depois da União Ibérica. A presença e a proximidade da "cabeça", conforme lembra Luís Filipe Lima, são vistas, neste momento, como necessárias para a manutenção do ordenamento hierárquico da res-publica e para "permitir a justa distribuição entre as partes para o bem comum e a felicidade da nação" (LIMA, 2005). Costigan refere-se, ainda, a uma outra estrofe do "Canto de Proteu" que interpreta como "mensagem de esperança e de resistência para os seus confrades sefarditas". Segundo ela, os "feitos dos antigos" referidos no trecho apontam para as adversidades e os sofrimentos passados de seu grupo étnicocultural (COSTIGAN, 2003). Vamos ao trecho:

> Os heroicos feitos dos antigos
> Tende vivos e impressos na memória:
> Ali vereis esforço nos perigos,
> Ali ordem na paz, digna de glória.
> Ali, com dura morte de inimigos,
> Feita imortal a vida transitória,
> Ali, no mor quilate de fineza,
> Vereis aposentada a Fortaleza

Lidos conforme a tradição da épica quinhentista, os versos acima emulam lugares comuns relativos à fortuna e à memória dos heróis. Isto se faz mais claro nas estrofes que antecedem o trecho selecionado, que, em si, é parte de uma arenga de Jorge d'Albuquerque Coelho dirigida aos seus homens quando 43 enfrentavam dificuldades no mar. No canto LVIII, por exemplo, Jorge d'Albuquerque Coelho exorta seus "companheiros leais" a se espelharem naquele que "no coro das musas tem a fama entronizado" e a se mostrarem "mais firmes contra a sorte do que ela contra nós se mostra forte"

(TEIXEIRA, 1972). No canto LX, o capitão promete "grande gozo e doce glória" aos que tiverem passado por tantos perigos e puderem contá-los no futuro, depois de vencerem o mar e as batalhas. No conjunto, o discurso de Jorge d'Albuquerque Coelho, do qual o canto destacado é parte, conclama seus homens para o enfrentamento corajoso do infortúnio que os espera, prometendo a glória heroica para aqueles que, estando "todos concordes e num ânimo", vencerem "o furor do mar bravíssimo, até que já a fortuna, d'enfadada, chegar os deixe à Pátria desejada" (TEIXEIRA, 1972). Enfim, os "antigos", aqui, podem ser lidos como os heróis cantados em Homero, Virgílio ou Camões, que venceram a sorte e se tornaram imortais pela memória de seus grandes feitos.

Não defendemos que tenha sido impossível, no século XVII, uma leitura sefardita dos fragmentos acima conforme proposto por Costigan. O que nos interessa demonstrar é que, levando em conta a polissemia de alguns termos, há outras leituras possíveis, provavelmente mais familiares ao público letrado da época que não advinha de origens judaicas. Para esses leitores, Prosopopeia não deve ter sido recebida de maneira muito diferente daquela que tomou Barbosa Machado em meados do século XVIII. Isto é: como encômio dirigido a Jorge d'Albuquerque Coelho, destinado à exaltação da Fé e do império.

Para este público, os versos citados acima não são mais do que lugares comuns próprios ao gênero épico e ensinamentos prudentes marcados por anti maquiavelismo político, no contexto da União Ibérica. Eles ensinam que os feitos grandiosos dos súditos do rei devem ser recompensados pelo mesmo, com o seu reconhecimento e favor, e pela memória, através do canto em louvor daqueles que bravamente venceram a sorte em nome da *virtu* política e da dilatação do império.

No entanto, os riscos de leitura que *Prosopopeia* poderia acarretar, em seu tempo, não se resumem às suas possíveis mensagens subliminares de crítica à perseguição aos judeus. O Santo Ofício, naquele momento, preocupava-se também com o messianismo profético, muito ligado ao fenômeno do sebastianismo. Nesse sentido, a Prosopopeia (como figura de linguagem) que dá título ao texto – a voz de Proteu – precisa ser problematizada. Para que se compreenda os sentidos políticos dos versos dedicados a Jorge d'Albuquerque Coelho é necessário avaliar o que a personificação representa em termos mitológicos. Filho da nereida Tétis com o titã Oceanos, Proteu é uma divindade do panteão grego que tem como atributo fundamental predizer o futuro. Contudo, evita ao máximo revelar os segredos da fortuna aos homens e assume formas monstruosas para tentar fugir dos apelos mortais em relação ao conhecimento do devir. *Prosopopeia* coloca, assim, em evidência, dois elementos perigosos: mitologia e profecia. Como esses elementos se organizam no texto de modo a não configurarem heresias é uma questão fundamental para que os sentidos historicamente verossímeis do texto sejam elucidados.

O uso da mitologia em *Prosopopeia* deve ser avaliado tendo em vista um momento histórico em que se discute a questão naquela que é a principal autoridade emulada por Bento Teixeira: Luís de Camões. Segundo Bianca Morganti, havia, nos séculos XVI e XVII, basicamente três maneiras de se entender a presença da mitologia em *Os Lusíadas*. Em uma delas, a mitologia serviria como mero ornamento do discurso, figuras empregadas com vistas a gerar deleite. Uma outra forma de entendê-la é a partir da chave segundo a qual os "deuses" dos Antigos eram heróis, cujos feitos foram imortalizados por poetas e historiógrafos. A terceira maneira seria alegórica, compreendendo o mito em analogia com a mística cristã (MORGANTI, 2003).

É provável que essas três maneiras também tenham sido as que dirigiram as leituras da mitologia em Prosopopeia. Proteu, portanto, pode personificar, ao mesmo tempo, uma figura de 45 ornato, um herói sábio e um profeta cristão. Como figura de ornato, com suas transmutações monstruosas, ele é a própria metáfora da metáfora ou da pluralidade de formas sensíveis imperfeitas assumidas pela verdade. Como sábio, detém o conhecimento da virtude dos heróis e dos desafios impostos pela fortuna. Como profeta cristão, anuncia a fatalidade das ações na direção dos seus resultados já sabidos de antemão.

Mas o profeta de *Prosopopeia* é também uma figura, sua sabedoria é artificial e sua voz é tão somente a personificação da fala épica. O profeta de Bento Teixeira prediz um futuro que, para o leitor, já é passado e memória. Sua sabedoria não é mais que um espelho do repertório de valores do leitor discreto. Sua voz não diz mais do que o gênero épico e que o panegírico pode dizer. Predizer o passado como se fosse futuro é uma forma de dar sentido à memória, apresentando os feitos heroicos dos Albuquerques como necessários (não contingentes), verossímeis (não verdadeiros), universais (não particulares). Projetar, neste tempo da memória, o conhecimento sobre a fortuna e a virtude é, pois, universalizá-lo. Cantar a grandeza dos feitos heroicos é criar formas monstruosas e imperfeitas de colocar em evidência aquilo que o discurso é incapaz de representar em sua plenitude. Dessa forma, o canto de Proteu sacraliza valores de fidalguia, anunciando, com ares de profecia, o que já é sabido.

Sua voz não faz mais do que repetir convenções e lugares comuns. Sua eficácia simbólica se dá pela simulação de fábulas verossímeis ornadas mitológica e "profeticamente".

Assim, não há qualquer profecia no canto de Proteu que não seja figura de elocução. Isso afasta a possibilidade de identificação, por parte do Santo Ofício, de impostura herética em suas "previsões", pois elas na verdade não são feitas. Por outro lado, a personificação da sabedoria épica na voz de um "profeta" é sintomática de um fenômeno político-cultural português típico da virada do século XVI para o XVII: o sebastianismo. Segundo estudos como os de Jacqueline Hermann, este fenômeno se alimentou de tradições oriundas do messianismo judaico, tendo, nas Trovas de Gonçalo Anes, Bandarra, a sua principal referência histórica. Depois de Alcácer-Quibir, as *Trovas* de Bandarra seriam apropriadas como profecias do retorno do rei e, ao longo do século XVII, assumiriam diversas feições, sendo exemplares as formulações de Vieira sobre o Quinto Império e o messianismo joanino (HERMANN, 1998).

Portanto, se a profecia é perigosa para a ortodoxia, por outro lado, ela exercia uma força retórica singular junto aos auditórios da época, veiculando projetos teológico-políticos caros à nobreza lusitana, então alijada de sua cabeça. Nesse sentido, há de se cogitar, inclusive, a possibilidade da autoridade de Bento Teixeira, como cristão-novo perdoado pela Inquisição, emular a figura de Bandarra, porém sob o restrito controle de uma economia cristã, à qual a Inquisição se via atenta.

A Corte na Colônia

Prosopopeia é um texto mais ou menos contemporâneo de *Corte na Aldeia* (1618), de Francisco Rodrigues Lobo. Este é um diálogo escrito a partir do modelo de Baldassare Castiglione, que simula a conversação de fidalgos em uma "graciosa aldeia" lusitana situada entre a capital e o "mar Oceano" durante noites de inverno. Na dedicatória do diálogo, dirigida a D. Duarte, Marquês de Frechilla, Francisco Rodrigues Lobo diz que:

> Depois que faltou a Portugal a Corte dos Sereníssimos Reis (...), retirados os títulos polas vilas e lugares do reino e os fidalgos e cortesãos por suas quintãs e casais, vieram a fazer Corte nas Aldeias, renovando as saudades da passada com lembranças devidas àquela dourada idade dos Portugueses; e até que V. Excelência, que, na Espanha, podia aventajar toda sua grandeza, escolheu para morada essa cidade de Évora (...), cujos caídos muros e edifícios, desamparados paços e incultos jardins parece que, agradecidos à assistência e favores de V. Excelência, ressucitam agora; e não somente os mosteiros antiguos, a que faltava aquela grandeza que os enobrecia, se reedificaram à sua sombra, mas ainda, encostados ao amparo dela, se fabricaram outros de novo, com maior perfeição (LOBO, 1945).

"Fazer corte nas aldeias", no sentido apresentado, é um ato de memória de fidalgos que, na ausência da realeza lusitana, preferem transferir as virtudes que possuem para províncias do reino a tomar parte nos ambientes palacianos da união com a Espanha. Tais virtudes são relativas "àquela dourada idade dos portugueses" e enchem de lume, dignidade e vida o cotidiano das vilas e de suas casas de nobres. "Fazer corte nas aldeias" sugere a imagem da dispersão da dignidade imperial que irradiava da capital do reino para suas diversas partes. É como se a unidade do corpo político da aristocracia se visse agora desigualmente distribuída em províncias até que, com a passagem do inverno, pudessem voltar a vigorar com força no centro de onde irradia o poder. Saudade do rei e esperança de seu retorno: eis as tópicas políticas sebastianistas que a "corte na aldeia" evidencia.

Prosopopeia é bastante diferente de *Corte na Aldeia*, mas compartilha com esse o que poderíamos chamar de ethos imperial disperso pelas províncias. Aquilo que a crítica literária brasileira denominou muitas vezes por "nativismo" de Bento Teixeira, justificando seu status de primeiro poeta do Brasil, parece-nos uma leitura anacrônica deste *ethos*. A cidade de Olinda, que chora a morte de Duarte Coelho e aguarda seu consolo em Jorge d'Albuquerque, ou o porto de Pernambuco, no qual Proteu "larga o freio do silêncio" por "mandado do Rei" e após "investigar os altos segredos" que seus olhos elevados buscavam no Céu, podem ser vistos como lugares imaginários e periféricos do reino que, à sombra dos Albuquerques, mantêm viva a memória da monarquia portuguesa e de seus valores. Duarte Coelho morreu no Oriente, onde lutava ao lado de Dom Sebastião contra os mouros. Jorge d'Albuquerque sobreviveu ao mesmo contexto bélico, onde passou por grandes perigos e demonstrou enorme lealdade ao rei (TEIXEIRA, 1972). Olinda, como "aldeia" dos Albuquerques, reveste-se, com isso, de grande dignidade.

Prosopopeia faz, assim, "corte na colônia", modelando exemplos de homens e lugares que resguardam os valores de uma nobreza sem palácio. Ou, para fazer um último jogo de palavras, uma nobreza que vive em palácios de memória. Pode-se reivindicar, assim, para Prosopopeia, o estatuto de exemplar retórico-poético, que propaga, em seus "rústicos versos", a grandeza da memória de uma "cabeça política" que, ao subsumir-se ou, antes, distanciar-se de seu "corpo", salvaguarda-se em recantos do império que construiu e ordena. O canto de Proteu em louvor aos Albuquerques, visto assim, é mais do que por merecimento ou por adulação; ele se dá por necessidade política de memória. Não custa, assim, finalizar lembrando que foi "per mandado do Rei e per decreto" que Proteu "ao profundo silêncio" largou o freio...

REVISÃO DE BENTO TEIXEIRA

Por Jean Pierre Chauvin

> [...] *é excelente e evita a vulgaridade aquela* [elocução] *que usa palavras estranhas. Por* estranha *entendo a palavra rara, a metáfora, a palavra alongada e tudo que for contra o que é corrente* (Aristóteles).

> *Deus o fade bem para que os poetas, em vez de imitarem o que leem, se inspirem da poesia que brota com tanta profusão do seio do próprio país, e sejam antes de tudo originais – americanos* (Francisco Adolfo de Varnhagen).

Durante muito tempo, discorrer sobre o letrado Bento Teixeira (1561-1600) incorreu em risco. Em primeiro lugar, porque era considerado autor de um poema menor, espécie de arremedo camoniano de segunda ou terceira categoria. Praticamente ignorado pela crítica portuguesa, e espinafrado pela crítica brasileira, *Prosopopeia* foi convertido de obra (a ser lida) a baliza temporal imprecisa: o início do "Barroco" nas bandas de cá. Sabe-se que *Prosopopeia* é pouco citado; calcula-se que seja raramente lido e (quase) nunca apreciado com maior objetividade e menor anacronismo. Julgada como se se tratasse de obra curta, defeituosa e de qualidade inferior, que revelava intenções "ideológicas" em prol do governador de Pernambuco, o leitor substitui o contato com o texto pela opinião tomada de empréstimo a críticos que não dedicaram maior atenção à disposição do poema, ao teor dos seus versos, tampouco ao tema, estilo e artifícios aplicados pelo poeta.

O segundo motivo, percebido em outra parcela da crítica, negligencia a análise do poema e recai no biografismo puro e simples. Bento Teixeira era filho de judeus portugueses, fugidos das malhas e martírios prometidos pelo Tribunal do Santo Ofício. Como se sabe, desde a instalação administrativa da Santa Inquisição em Portugal, em 1536, as famílias de origem semita lidaram com os caprichos do Trono e do Vaticano. Na síntese de Jairo Luna:

> Sofrendo a família perseguições por parte da Santa Inquisição por motivo de prática de judaísmo, ao Brasil chegaram em 1567, sendo o menino Bento ainda muito criança. Era filho de Manuel Álvares de Barros, cristão-novo e Lianor Rodrigues, cristã-nova. Depois de passarem pelo Espírito Santo e Rio de Janeiro, veio a perder os pais na Bahia, por volta de 1759. Casou-se com Filipa Raposa, cristã velha em 1583, e em 1584 estabeleceu-se como professor de retórica em Olinda. Em 1588, por motivos financeiros, transfere-se para Iguaraçu. A esposa começou a traí-lo e acusava-o de "mau cristão e judeu". Sendo acusado de blasfêmia, foi a auto-de-fé em 31/07/1589, conseguindo a absolvição. Voltou para Olinda. Em 1594 matou a esposa devido a adultério e sendo também levado a processo por judaísmo. Em 1599, confessou e abjurou o judaísmo, obteve

liberdade condicional, mas morreu ainda na prisão em julho de 1600 (LUNA, 1997).

Em terceiro lugar, cumpre mencionar o aparente desinteresse dos pesquisadores, em geral, sobre a sua obra. Em consulta ao acervo da Universidade de São Paulo, foram localizados menos de quinze trabalhos a seu respeito, somando-se livros, capítulos ou separatas, dissertações e teses. Talvez seja motivo de algum constrangimento para o professor ou pesquisador, mencionar a *Prosopopeia* – como acidente literário, protocolo didático, obrigação etc. –, sem jamais ter dedicado maior tempo na análise dos versos que lá vão. Jairo Luna convida-nos a estabelecer relações entre o gênero e o narrador fantasioso do poema, atrelado aos preceitos retórico-poéticos:

> Notemos a habilidade de Proteu em mudar de forma e sua relação com o jogo retórico. Portanto, extrair múltiplas significações da fala de Proteu é já algo sugerido pela figura deste narrador – "o velho Proteu, que vaticina / Vem numa, e noutra forma peregrina / mudando a natural propriedade" (LUNA, 1997).

Embora resultantes do engenho do poeta, esses lances foram praticamente ignorados não só pelos manuais panorâmicos de literatura. O poeta e seu "poemeto" parecem ter se convertido em meros demarcadores temporais do que se convencionou nomear "Barroco", no final do século XIX (HANSEN, 2004). Item de abstração cuja obra, dita "menor", encerraria (ou alimentaria) a equivocadamente chamada "literatura de informação": batismo do demasiado e longo setecentismo luso-brasileiro, como pretendia Afrânio Coutinho em 1959:

> Pero Vaz de Caminha, Anchieta, Nóbrega, Cardim, Bento Teixeira, Gandavo, Gabriel Soares de Sousa, Fernandes Brandão, Rocha Pita, Vicente de Salvador, Botelho de Oliveira, Itaparica, Nuno Marques Pereira são exemplos da série de cantores da "cultura e opulência", ou autores de "diálogos das grandezas", que constituem essa singular literatura de catálogo e exaltação dos recursos da terra prometida. Essa literatura, diga-se de passagem, não deveria estar longe de emergir de motivos econômicos de valorização da terra aos olhos europeus. A maioria dessas obras não pertence à literatura no sentido estrito, e sua importância decorre de participarem desse ciclo de literatura do descobrimento e de se inclinarem para a terra brasílica, na ânsia que domina a consciência do brasileiro do século XVIII, de conhecê-la, de revelá-la, de expandi-la (COUTINHO, 1983).

Repare-se: Bento Teixeira é comparado com autores de outros tempos e lugares, sem qualquer mediação. Quanto à *Prosopopeia*, o poema é equiparado a gêneros em prosa que não guardam relação – temática, estilística e formal – com os seus versos. Daí a conclusão equivocada de que aquela "literatura" não estava "longe de emergir de motivos econômicos de valorização da terra aos olhos europeus". Avancemos com paciência pela senda dos manuais didáticos. O poeta sequer é mencionado no capítulo que o futuro "imortal" da ABL, Domício Proença Filho, reservou ao "Barroco" – em estreita paráfrase dos pressupostos de Heinrich Wölfflin. De todo modo, anote-se como o historiador descreve o *ethos* do poeta "brasileiro", durante o século XVII:

> *Culto da solidão*. O poeta, mais que outros, é um raro, que cria o seu mundo particular e nele se isola. Neste sentido, o Barroco

> está na raiz do futuro movimento romântico, e convém lembrar que as tendências barrocas penetram pelo controvertido século XVIII, século de entrecruzamento ideológico (PROENÇA FILHO, 1984 – grifo do autor).

Três anos depois, Alfredo Bosi alargaria um pouco os predicados do poeta: "[Bento Teixeira] pode ser considerado o primeiro e conhecido exemplo de maneirismo nas letras da colônia (...) A imitação de *Os Lusíadas* é assídua, desde a estrutura até o uso de chavões da mitologia e dos torneios sintáticos" (BOSI, 2004). Porém, não há análise do teor dos versos; tampouco foi relativizada a noção de originalidade, que não se aplicaria ao período. Por esses e outros motivos, frequentemente se depara com colegas que esquecem o nome do poeta ou confundem-no com "aquele outro" (que nasceu mais de meio século depois) de que resultam esdrúxulas sínteses: "Bento... de Oliveira" ou "Manuel Botelho... Teixeira"? O maior problema não está na fuga do nome à memória, mas no gesto de saltar sobre os versos de quem se fala. Como disse Guilherme Amaral Luz:

> [...] a crítica literária desenvolvida no Brasil desde o século XIX até pelo menos o último quartel do século XX tratou os textos produzidos na América portuguesa como proto-literatura nacional, cuja suposta falta de "qualidades literárias" não é menos lamentada, na maior parte das vezes, do que a sua falta de "originalidade" e sua "dependência servil" aos cânones da "boa poesia" lusitana (LUZ, 2008).

Isso resulta em uma percepção rasa e mecânica sobre o que se produziu no Estado do Brasil, durante o chamado período colonial.

Acresce que desconsiderar o poeta e seus versos – devido ao suposto grau de artificialismo, à falta de sinceridade e ao caráter imitativo do poema – permite supor que tão ou mais artificial, desonesto e raso será desprezar, sem ler, a obra considerada "inaugural" do "Barroco brasileiro". Dentre outros fatores que supuseram autorizar os especialistas em severos juízos, a matéria principal se refere a dois senões. Um ético; outro, estético. No que diz respeito ao primeiro, durante séculos se afirmou categoricamente que *Prosopopeia* não passava de imitação menor e ruim da epopeia de Luís Vaz de Camões. Como alerta Adma Muhana:

> Devido à principal característica da poesia dos séculos XVI a XVIII, qual seja, pautar-se pela noção de imitação, uma das maiores dificuldades enfrentadas pelos estudiosos é poder desconsiderar fatores de originalidade e subjetividade como critérios de valor para análise dessa poesia, encontrando nos pressupostos da época suas próprias condições de validade (MUHANA, 2003).

Não se negam as correspondências, por demais evidentes, com *Os Lusíadas*. O problema consiste em restringir a análise de *Prosopopeia* a uma comparação formal e depreciativa com a épica de Camões. É curioso que isso tenha acontecido: os entendidos em poesia sabem que a imitação e a emulação de modelos foram procedimentos usuais (e nada tinham de pejorativo), pelo menos entre a Antiguidade e o final do século XVIII de nossa era. Teria uma parcela da crítica procedido com má-fé ou negligência, pura e simples?

Ao lado da suposta falta de "originalidade" do poeta, residiria outro "defeito", este relativo à composição interessada. O tal "arremedo" de Camões não passaria de um "poemeto" (a forma no diminutivo é emblemática) duplamente inferior: 1. seria a versão mirrada da maior epopeia em língua portuguesa; 2. tratar-se-ia de obra "postiça" porque plena de lugares-comuns e escrita sob encomenda e proteção de Jorge de Albuquerque Coelho, governador e capitão-mor da capitania de Pernambuco.

Estaríamos diante de um poema sem predicados, nem substância, que não despertaria qualquer interesse nos leitores de nosso tempo? Há que se contextualizar o ambiente que o poeta viveu e as circunstâncias de produção da sua obra. Não se perca de vista que Bento Teixeira residiria "no núcleo de uma sociedade de corte em que o homem culto é signo de representação da sabedoria do governo da monarquia" (CARVALHO, 2007). Essa maneira de ver os homens de outro tempo sob as lupas do anacronismo tende a trazer mais prejuízos e reforçar equívocos do que estimular a curiosidade e aprimorar a capacidade interpretativa dos leitores a caminho.

Sedimento

Transcorreu muito tempo até que essas posições cristalizadas pela crítica fossem, senão corrigidas, relativizadas. É emblemático que o poema tivesse acumulado raras edições, ao longo de quatro séculos. A falta de exemplares para consulta dificultou a leitura do poema na íntegra, o que favoreceu o contato com os mesmos fragmentos da *Prosopopeia* – muitas vezes, reproduções de reproduções. Se não, examinem-se os excertos "selecionados" com que topamos, ao ler os editores do poema e os críticos tardios. Para Antônio Ribeiro, primeiro editor do poema: tratava-se de "algumas rimas de ânimo mais afeiçoado, que poético" (RIBEIRO Apud LUNA, 1997). Segundo

Francisco Adolfo de Varnhagen, que ainda não tomara contato com Bento Teixeira: "Manoel Botelho de Oliveira foi o primeiro brasileiro, que do Brasil mandou ao prelo um volume de poesias" (VARNHAGEN, 1946). Em acordo com Ramiz Galvão, em 1873: "não é grande o mérito poético da *Prosopopeia*" (GALVÃO Apud LUNA, 1997). Conforme José Veríssimo (1914), após discorrer sobre o poema que não teria "mérito algum de inspiração, poesia ou forma":

> O poeta ou era de si medíocre, ou bem novo e inexperiente quando o escreveu. Confessa aliás no seu Prólogo, já gongórico antes do gongorismo (tanto o vício é da nossa raça) que eram as suas "primeiras primícias" (...) A língua não tem a distinção ou relevo, e o estilo traz já todos os defeitos que maculam o pior estilo poético do tempo, e seriam os distintivos da má poesia portuguesa do século seguinte, o vazio ou o afetado da ideia e a penúria do sentimento poético, cujo realce se procurava com efeitos mitológicos e reminiscências clássicas, impróprios e incongruentes, sem sombra do gênio com que Camões, com sucesso único, restaurara esses recursos na poesia de seu tempo (VERÍSSIMO, 1963).

Para Ronald de Carvalho (1919), *Prosopopeia* não passaria de:

> [...] um poema de medíocre feitio, composto em verso hendecassílabo, em louvor dos feitos e das virtudes do terceiro donatário de Pernambuco. Nas suas noventa e quatro estrofes, em oitava rima, não se percebe um grande sopro de inspiração, nem, ao menos, qualquer relevo de estilo. É uma fraca imitação dos processos camonianos, sem o brilho e sem a elevação dos Lusíadas. Há frequentes indecisões na expressão, muita

mesquinhez de estro e de linguagem, e raras partes de boa poesia. Em todo caso, atendendo-se ao acanhamento do meio, não se deve desprezar esse primeiro fruto, enfezado e insípido, da literatura brasileira (CARVALHO, 1968).

Em acordo com Manuel Bandeira (1946): "Nenhum valor literário apresenta, quer pelo conteúdo, mera sucessão de lisonjas bombásticas ao 'sublime Jorge', que o autor, pelos olhos de Proteu, vê 'com braço indômito e valente, / A fama dos antigos eclipsando', quer pela forma, canhestro decalque das dicções camonianas" (BANDEIRA, 2009).

Conforme Galante de Sousa:

Do ponto de vista estético, a *Prosopopeia* não resiste a uma análise menos superficial. Talvez por isso mesmo, salvo neste ou naquele particular, sua fortuna crítica tem sido pouco acidentada. Não tivesse o poema por si a marca de primeira manifestação, em letra de forma, da literatura no Brasil e a suposta nacionalidade brasileira do autor, cuja incógnita biográfica desafiou a pesquisa por tanto tempo, e teria passado ao esquecimento sem grave prejuízo para o nosso patrimônio literário (SOUSA, 1972).

Na década de 1980, Luiz Roberto Alves foi um dos primeiros a vislumbrar outros aspectos, para além da condenação prévia:

O texto épico é dirigido aos influentes, sim, porque não poderia, naquele contexto, ser dirigido aos pobres. Ora, o poeta que reclama da falta de acomodação dos meios entre o rei e seus notáveis servidores e faz notadas injustiças cometidas contra réus da Inquisição não é capaz de ter "abertura de alma" maior para apontar em seus escritos a chacina dos índios e a escravidão dos negros (ALVES, 1983).

Nos anos de 1990, o pesquisador Jairo Luna percebeu que "a crítica desde Varnhagen tem visto no poema uma mera peça laudatória à exceção, talvez, somente de Afrânio Peixoto e Sílvio Romero. Mas o poema tem elementos a demonstrar uma habilidade retórica em favor de um poeta em difícil situação política" (LUNA, 1997). Kênia Pereira leva em conta a criticidade do poeta:

> Podemos mesmo afirmar que Bento Teixeira, com toda sua ousadia e "heresias", acabou por se impor como um dos primeiros e autênticos representantes do pensamento crítico no Brasil, numa época hostil a todo questionamento que fugisse ao controle religioso. Declarava abertamente suas preferências literárias e religiosas. Representava, portanto, um indivíduo perigoso nessas plagas católicas. Cristão-novo, professor, comerciante, advogado, polemista, Bento Teixeira sacudiu a sonolência da pacata colônia (PEREIRA, 1998).

Em 2007, Alexei Bueno reverberou uma das vertentes críticas: "Apesar da grande dívida camoniana e dos objetivos encomiásticos, a *Prosopopeia*, composta por 94 oitavas, é menos fraca do que a fama que deixou, possuindo mesmo algumas estrofes admiráveis" (BUENO, 2007). Embora reconheça a qualidade de algumas estrofes, não procede a uma análise detida das partes a que se referira. A amostra talvez seja pequena, mas diz a que os estudiosos vieram. Durante séculos, *Prosopopeia* correu o risco de se tornar caricatura: poema a servir de chacota pseudo analítica.

Acometidos pela síndrome do muito de que se diz e pouco se lê, raros tiveram acesso ao poema e, quando isso aconteceu, restituíram a apostila ou o manual de "literatura brasileira" com a sensação de que os versos confirmavam o que de pior se havia dito: pequena qualidade estética, ética questionável do autor etc. Durante séculos, ecoaram os conhecidos lugares-comuns, repisados com força desde meados do Oitocentos: poema "artificial", "rebuscado", com "excesso" de metáforas – espécie de réplica subserviente e piorada de *Os Lusíadas*. Ora, a metáfora era ingrediente desejável no fazer poético, entre os letrados do século XVI e XVII. Será possível estipular métricas que permitam afirmar qualidades ou retirar o mérito de um poeta daquele tempo?

Há que se ressaltar que a tradição retórico-poética estava no horizonte dos poetas, como salienta João Adolfo Hansen:

> Horácio valoriza a visão em detrimento da audição e, confirmando-o, Possevino afirma que a poesia, arte de imitação como a pintura, e imagem: assim como o pincel imita os *topoi* narrativos das écfrases de autoridades, também a pena deve imitar o pincel, produzindo metáforas visualizantes de efeitos maravilhosos, simultaneamente adequados à utilidade e ao prazer. Lembra, neste sentido, que os gregos chamavam de *graphein* o verbo relativo a faculdade do desenho, significando com ele tanto o figurado pela mão na forma de letras e linhas, quanto o expresso pela voz em palavras. Possevino entende "desenho" como o resultado exterior do desenho interno ou conceito. Na doutrina do engenho seiscentista, que opera a invenção retórico-dialética do desenho, a tópica de Possevino é intensificada (HANSEN, 1997).

Quer dizer, além de Bento Teixeira ser menos conhecido, ele também costuma ser julgado severamente a partir de um punhado de versos (quase sempre os mesmos) que os antologistas reproduziram – talvez inclinados pela obediência à tradição, porventura com o intuito de engrossar uma espécie de cânon de segunda ordem, sem lugar para o poema/imitação. É irônico que os mesmos detratores do poeta, a proclamar a "falta de originalidade" e "autenticidade" do poema (o que também diria respeito ao caráter do autor) – valores inaplicáveis para a poesia produzida no século XVII – procedam de modo similar ao copiarem o que disseram seus colegas de ofício. A ironia maior está em constatar que cada crítico pretende apresentar as "melhores" obras ou as mais "representativas" ao consulente. Terá havido trabalho de seleção? Ou mera reapropriação do que se disse, sem detido exame?

Análise

Ao reverberar o que possíveis leitores registram desde meados do século XIX – a exemplo de Francisco Adolfo de Varnhagen, Sílvio Romero e José Veríssimo – critérios aplicados a outros poemas foram desprezados na leitura deste. Ora, as lentes da crítica oitocentista parecem desconsiderar o contexto em que o poema foi composto. Maria Fernandes de Carvalho avalia que:

> No âmbito da poesia do século XVII, tanto as composições líricas quanto suas contrafações jocosas alimentam o sistema retórico-poético em que são compostas. Fundamentada na concepção de arte em que a imitação (*imitatio*) é a base da composição poética, a poesia seiscentista reproduz os padrões da cultura letrada. Com efeito, a prática das letras cultas em

que se inscreve persegue certo modelo preceptivo de realização aguda, que busca a perfeita congruência entre coisas e sua representação por palavras, princípio previsto na *Poética* de Aristóteles (CARVALHO, 2007).

De que trata *Prosopopeia*? A que gênero o poema pertence? De que modo o poeta estruturou os versos? Como se combinam as rimas? Há variações na metrificação? Como o poeta ressalta o ritmo, de maneira a assegurar o andamento dos versos? Como avaliar o intertexto com a epopeia de Camões? De que maneira o poeta manifesta seu suposto apreço pelo governador?

Comecemos pelo "Prólogo" ao poema:

> [...] eu, querendo dibuxar com obstardo pincel de meu engenho a viva imagem da vida e feitos memoráveis de vossa mercê, quis primeiro fazer este rascunho, para depois, sendo-me concedido por vossa mercê, ir mui particularmente pintando os membros desta imagem, se não me faltar a tinta do favor de vossa mercê, a quem peço, humildemente, receba minhas rimas, por serem as primícias com que tento servi-lo.

Lê-se, em diversos manuais de "literatura", que o próprio poeta teria confessado a sua incapacidade em compor poesia de melhor qualidade, tendo em vista a afirmação de que se trataria de um "rascunho", desenhado com "limitado pincel do engenho". Deve-se ressaltar que o texto alude a Horácio, que propunha analogias entre a pintura e a a poesia. Em diálogo com Robert Klein, João Adolfo Hansen ressalta que:

> Generalizando-se as conclusões de [Robert] Klein, pode-se estabelecer a homologia dos procedimentos técnicos de produção

das empresas e emblemas de seu estudo com os da poesia, da oratória ou da pintura do século XVII. E, com isso, propor-se que as doutrinas da agudeza conceituosa tem por primeiro postulado, também na América portuguesa e espanhola, o caráter universal do *disegno*. O *disegno* é, no trocadilho italiano, *segno de Dio*, signo de Deus na mente, mais ainda nos lugares contra reformados, em que a doutrina católica da luz natural da Graça infusa na natureza e na história, difundida então principalmente pela Companhia de Jesus, orienta a representação com as analogias de proporcionalidade, de proporção e de atribuição da Substância participada nas linguagens (HANSEN, 1997).

Evite-se, portanto, a leitura aligeirada e parcial, que desconsidera as fórmulas previstas para captação da benevolência (*captatio benevolentiae*), utilizadas pelos autores na composição de suas obras, por sinal, situadas em determinado tempo e lugar. Como observou Marcelo Moreira:

> O *topos* "modéstia afetada" instaura-se por meio de um símile apresentado no "Prólogo": assim como dista o rascunho da pintura já acabada, distam as primeiras rimas do poeta de um poema consumado. As "primícias" que o poeta oferece, por serem primícias, são aceitas devido à benevolência que caracteriza o sujeito a quem são dedicadas. A benevolência e a brandura de Jorge de Albuquerque Coelho são retoricamente constituídas anteriormente ao efeito que se deseja produzir, ou seja, a aceitação da dedicatória por parte do mesmo Jorge de Albuquerque Coelho (MOREIRA, 2008).

Afinal, como assegurar que era o "homem" Bento Teixeira que estava a confessar a sua reduzida incapacidade em escrever? Seria este um convite eficaz, se lido com as lentes moralistas do século XIX e XX? Ainda que aceitássemos a ressalva do poeta como verdadeira, sua deficiência não o teria impedido de endereçar a *Prosopopeia* ao governador?

Talvez fosse mais consistente com as preceptivas daquele tempo interpretar o que diz o "Prólogo" como discurso afetado, produzido por uma *persona* humilde, que reafirma o seu modesto lugar na hierarquia do reino. Sob essa perspectiva, ao fingir defeitos de composição, a voz (delegada pelo poeta à *persona* assumida no poema) ressaltaria, justamente por contraste, os grandes feitos (*épos*) do governador – narrados em seguida:

E vós, sublime Jorge, em quem se esmalta
A estirpe d'Albuquerques excelente,
E cujo eco da fama corre e salta
Do carro glacial à zona ardente,
Suspendei por agora a mente alta
Dos casos vários da olindesa gente,
E vereis vosso irmão e vós supremo
No valor abater Querino e Remo.

Denominado como "sublime" – portanto, situado acima dos homens ordinários –, Jorge de Albuquerque Coelho refletiria (o verbo "esmaltar" assume essa conotação) a excelente procedência de seus antecessores. O *éthos* heroico do governador suscitaria o emprego de hipérboles, como previa o gênero épico. A sua fama já seria tamanha que o seu nome cobriria do Polo Norte ao Trópico de Câncer. Homem de feitos heroicos, ao lado de seu irmão, superaria o valor de Rômulo e Remo (fundadores de Roma) e seus feitos facultariam esquecer episódios que se passaram em Olinda.

As Délficas irmãs chamar não quero,
Que tal invocação é vão estudo;
Aquele chamo só, de quem espero
A vida que se espera em fim de tudo.
Ele fará meu verso tão sincero,
Quanto fora sem ele tosco e rudo,
Que per rezão negar não deve o menos
Quem deu o mais a míseros terrenos.

Simultaneamente, a voz que entoa os versos recusa-se a invocar as musas, como mandava a tradição poética, por se tratar de procedimento feito em vão. Segundo Marcelo Moreira, "declara-se o catolicíssimo propósito de não apelar às délficas irmãs, pois só se pode esperar inspiração, já compreendida cristãmente, como a participação na graça infusa" de Deus (MOREIRA, 2008). Desse modo, em vez de referir-se à morada de Apolo, em Delfos, recorre à figura solitária de Deus, no Céu, que poderia conceder afetada sinceridade, gravidade e elegância aos versos. Ao interpretar a segunda oitava rima de *Prosopopeia*, Jairo Luna refletiu sobre o repertório do poeta, que teria se recusado em invocar as musas – como rezava a tradição poética – também como forma de resistir à perseguição católica:

> O poema de Bento Teixeira já abre com uma pequena novidade, o poeta recusa as musas da tradição em favor de uma inspiração de fonte católica, o que segundo Anazildo Vasconcelos é só um jogo retórico. Observemos, porém, que o poeta deve realmente ter utilizado e muito dos seus conhecimentos de retórica, tendo em vista a sua situação real, sempre de tensão, provocada pela Santa Inquisição (LUNA, 1997).

A aparente negativa em invocar as deusas do Olimpo é ratificada a seguir:

> Não quero no meu canto alguma ajuda
> Das nove moradoras de Parnaso,
> Nem matéria tão alta quer que aluda
> Nada ao essencial deste meu caso.
> Porque, dado que a forma se me muda,
> Em falar a verdade serei raso,
> Que assim convém fazê-lo quem escreve,
> Se à justiça quer dar o que se deve.

Referindo-se às nove musas de Apolo, a voz que narra sugere estar mais preocupada em dizer verdades de modo humilde ("serei raso"), como "convém" a "quem escreve". Ao pronunciar-se deste modo, a estrofe alude ao decoro poético. Ou seja, o poeta aplica à matéria que escreve a modéstia que convém ao narrador, também como sinal de sua pretensa fidelidade aos fatos. No transcorrer da "Narração" (terceira parte do poema), sucedem-se numerosas metáforas que, entre outras coisas, visam a demonstrar o engenho do poeta, capaz de promover analogias agudas:

> A lâmpada do sol tinha encoberto,
> Ao mundo, sua luz serena e pura,
> E a irmã dos três nomes descoberto
> A sua tersa e circular figura.
> Lá do portal de Dite, sempre aberto,
> Tinha chegado, com a noite escura,
> Morfeu, que com sutis e lentos passos
> Atar vem dos mortais os membros lassos.

A luz da lua ("irmã dos três nomes") cheia ("tersa e circular figura") substitui a luz diurna ("serena e pura"). É durante a noite que o discreto Morfeu, filho de Hipnos, concede descanso aos mortais (de "membros lassos"), através do sono reparador. A viagem prossegue. Dois cantos à frente, já em alto-mar, os navegantes parecem trilhar o céu – refletido na água:

As luzentes estrelas cintilavam,
E no estanhado mar resplandeciam,
Que, dado que no céu fixas estavam,
Estar no licor salso pareciam.
Este passo os sentidos comparavam
Àqueles que d'amor puro viviam,
Que, estando de seu centro e fim absentes,
Com alma e com vontade estão presentes.

Bento Teixeira denomina o Oceano de "estanhado mar", a sugerir a imediata associação entre mar, estrela e estanho – novo exemplar de agudeza. Para que a água adquirisse feição "estanhada" deve-se supor que o céu estivesse bastante limpo, o que permitiria aos tripulantes enxergar grande quantidade de estrelas. Reunidos em cópia, os astros não só se refletem no oceano; emprestam-lhe a coloração do metal estanho. A imagem não só provoca admiração dos navegantes; afeta os sentidos, a ponto de evocar o estado do homem apaixonado (excêntrico no comportamento; centrado espiritualmente). O rebaixamento programático da *Prosopopeia* parece injusto, também, quando se atenta para a explicação metrificada do nome dado a Pernambuco:

É este porto tal, por estar posta
Uma cinta de pedra, inculta e viva,
Ao longo da soberba e larga costa,
Onde quebra Netuno a fúria esquiva.
Antre a praia e pedra descomposta,
O estanhado elemento se deriva
Com tanta mansidão, que uma fateixa
Basta ter à fatal Argos aneixa.

Em o meio desta obra alpestre e dura,
Uma boca rompeu o mar inchado,
Que, na língua dos bárbaros escura,
Paranambuco de todos, chamado.
de Para'na, que é Mar; Puca, rotura,
Feita com fúria desse mar salgado,
Que, sem no derivar cometer míngua,
Cova do Mar se chama em nossa língua.

Um cinturão de rochas quebra a força das ondas, suspende a direção das correntes e divide o mar (da cor do estanho) a se dividir, de maneira que com apenas uma âncora se interrompe o curso da embarcação. Repare-se que, na boca de Proteu, seres da mitologia grega ganham relevo, o que evidencia o contraste com o que prometia o poeta, nos versos iniciais, de não invocar as musas; apenas o Senhor. A narração está em disputa. O poema figura a gradativa aproximação dos tripulantes à costa pernambucana. A seguir, a antiga tópica da inconstância do mundo é evocada. Não se trata de mera reprodução de Camões, mas da presença constante de modelos retirados da *auctoritas*, ou seja, de invocar os gregos e latinos (especialmente Homero e Virgílio). Eles autorizariam o versejador luso-brasileiro a se referir ao repertório comum aos demais poetas e, por extensão, dos leitores experimentados em versificação.

Ó sorte tão cruel, como mudável,
Por que usurpas aos bons o seu direito?
Escolhes sempre o mais abominável,
Reprovas e abominas o perfeito,
O menos digno fazes agradável,
O agradável mais, menos aceito.
Ó frágil, inconstante, quebradiça,
Roubadora dos bens e da justiça!

A aventura prossegue. Como se disse, Rômulo e Remo estão redivivos nos irmãos Albuquerque. A comparação decorre da intenção de elogiar o protagonista. A hipérbole não implica defeito; sugere que o poeta segue os protocolos do gênero encomiástico. Virtuosos, devido à bravura que os aproxima moralmente, os irmãos serão resgatados do cativeiro não pela grande quantidade de dinheiro, mas pelo destino fatal reservado a Duarte Coelho.

Eis ambos os irmãos em captiveiro.
De peitos tão protervos e obstinados,
Por cópia inumerável de dinheiro
Serão (segundo vejo) resgatados.
Mas o resgate e preço verdadeiro,
Por quem os homens foram libertados,
Chamará neste tempo o grão Duarte,
Para no claro Olimpo lhe dar parte.

Os principais tratados de poética da Antiguidade – localizados e reeditados ao final da Idade Média –, ensinavam que a metáfora era um dos esteios da composição em versos que se pretendesse aguda. Esse é um dos pilares para melhor compreender a concepção, o método e os objetivos de Bento Teixeira, ao redigir a *Prosopopeia*:

> A existência da *Poética* [de Aristóteles] impõe para o século XVI o reconhecimento de que, para além dos recursos retóricos (comuns aos discursos históricos, epistolares e panegíricos), a poesia dispõe de uma identidade que regula e autoriza o discernimento entre um poema perfeito e outro imperfeito. A questão que o ressurgimento da *Poética* de Aristóteles coloca para o quinhentismo é a do aparecimento de uma preceptiva acerca da poesia, que, no trívio medieval, não detinha lugar próprio, oscilando entre os campos da gramática e da retórica. No caso da poética, sendo ela uma *tekhné*, seu fim é apreender a composição da poesia (MUHANA, 1996).

Como esclarece Maria Fernandes Carvalho: "O efeito da metáfora é equiparado ao de um silogismo específico, o entimema. Sua eficiência depende assim da rapidez de sua estrutura não-comparativa; além disso, se a metáfora portar uma relação de antítese é melhor apreendida e, por último, melhor ainda se sua expressão gerar imagens realçantes" (CARVALHO, 2007). Na *Prosopopeia*, vários são os momentos em que a arte, ou seja, a soma de procedimentos (artifícios) aplicados conscientemente pelo poeta, resultaram na aproximação de coisas maximamente distantes. De acordo com Adma Muhana:

> Todas as agudas e encarecedoras construções metafóricas que o poema apresenta visam assim evidenciar o conhecimento que

o poeta tem da arte, isto é, sua familiaridade com a técnica poética, ao mesmo tempo que provam sua condição de letrado (embora morador da capitania de Pernambuco...), êmulo dos poetas latinos antigos e do já grande poeta português moderno. Isto é, Bento Teixeira, poeta, escreve para leitores cultos, ledores de Virgílio, Ovídio e, principalmente, Camões (MUHANA, 2003).

Um dos critérios para se aferir qualidade técnica ao poema consistia em demonstrar ao leitor/ouvinte a seleção e combinação de palavras que provocassem estranhamento, do ponto de vista material, sonoro e semântico. Longe de revelar obsessões (ou neuroses anacrônicas) do poeta, acometido pela dicotomia religiosa ou pelo exílio forçado no Estado do Brasil, a reincidência de alguns termos reitera as imagens pretendidas. De um lado, o poema reafirma o pacto de sujeição entre o homem letrado e a Coroa; de outro, reelabora a fidelidade do poeta aos preceitos católicos. Como salienta Maria do Socorro Fernandes de Carvalho:

> Postulado de determinada representatividade social, a excelência nas letras é primeiramente perfeição retórica. Sabemos que esse espelho de virtudes funda-se na definição de que todo belo é virtuoso, fonte da prática oratória do elogio (...) na prosa ou na poesia, confere-se amplo respaldo ao domínio da locução letrada, veiculada pelo ensino e emulação de autoridades. Indicativo da prudência de todo autor é conhecer as ocasiões quanto a lugar, matéria, fins, destinatário e artifícios para a construção das agudezas (CARVALHO, 2007).

A simultaneidade de intenções não impediria que o poeta compusesse versos de qualidade. Graças ao seu engenho, *Prosopopeia* não só logra o acabamento calculado por Bento Teixeira; contempla os protocolos de leitura dos raros homens letrados que viveram naquele tempo. Um exame mais detido dos versos facultaria ao leitor rever a má vontade dos críticos e reposicionar-se diante do texto. Comecemos pelo título, que responde por um verdadeiro anedotário, na experiência dos professores, dentro e fora da sala de aula. Costuma-se traduzir *Prosopopeia* como a personificação de seres irracionais. Raramente se considera estar diante de uma modalidade discursiva em que a palavra se coloca sob o domínio e a voz de entidades sobre-humanas, porque o poeta equipara o herói (Jorge de Albuquerque) aos deuses greco-latinos. Segundo Adma Muhana:

> [...] o *Prosopopeia* se constitui uma "Prosopopeia" de Proteu: figura de linguagem pela qual o poeta faz falar seres fictícios. Descrição do recife de Pernambuco, matança de índios, naufrágio, fracasso na guerra, tudo se unifica não na "vida" de Jorge de Albuquerque, mas, projetado sempre para o futuro, no relato fantástico feito por Proteu de fundação da Nova Lusitânia, iniciada com um épico que só se realizará quando novos feitos forem cumpridos. Ainda que no presente o que se vê seja barbárie, desordem, derrota (MUHANA, 2003).

Poema em que o artifício faz máxima morada, resultaria daí a impressão de que a matéria do poema é indigna e que o texto resulte frio ou sem cor. Como atribuir impessoalidade e plágio a um poema em que o propósito de ser pessoal e original jamais esteve em questão? Passemos às cinco partes de que o poema se compõe. Em acordo com a edição publicada por Ivan Teixeira em 2008, sabe-se que *Prosopopeia* divide-se em seções, com número "irregular" de estrofes. A maneira como o poema foi estruturado dialogaria com o teor de seus versos? Parece que sim. Dirigido ao governador da capitania de Pernambuco, *Prosopopeia* se articula em torno do caráter e das ações atribuídas ao governante.

As principais figuras evocadas no poema são os heróis portugueses, empenhados em proteger o reino e expulsar os holandeses, com vistas a fortalecer o comércio açucareiro com a metrópole e preservar o território, estratégico para a circulação dos missionários e o "acrescentamento" da fé – premissa encontrada desde os primeiros relatos de viagem sobre o Brasil. Igualmente parco e rasteiro será atribuir ao poema épico intenções que provavelmente não ocorriam ao autor e aos homens letrados de seu tempo. Ao fazer de Albuquerque protagonista de seus versos, Bento Teixeira não procedeu de modo nem indigno, nem "inovador". A prática de dedicar obras a autoridades da extensa hierarquia reinol pressupunha a composição encomiástica, gênero adequado ao elogio. Como notou Guilherme Amaral Luz:

> [...] a "boa literatura" seria aquela que mais edifica o leitor discreto, fazendo-o reconhecer os modelos de virtude (emulados no homenageado exemplar) que veicula. Por conseguinte, quanto mais o homenageado reconheça valores políticos em seu retrato poético, maior sua lisonja e sua gratidão com o "poeta". A questão que aqui se coloca, portanto, não é se as virtudes do homenageado correspondem ou não às suas atitudes efetivas, mas se elas correspondem ou não ao que se espera de alguém da sua posição em uma cultura política particular. No caso de Jorge d'Albuquerque Coelho e de seu irmão, Duarte Coelho, homenageados de *Prosopopeia*, deve-se buscar retratos de virtudes, desenhados *ut pictura poesis*, capazes de produzir efeitos sobre

os leitores discretos aos quais se destinam. É preciso perceber as "personagens" como espelhos da nobreza e não como indivíduos psiquicamente singulares (LUZ, 2008).

Isso tanto ocorreu nos relatos de viagem, quanto nos poemas de José de Anchieta, que utilizavam a língua geral; tanto se percebe nos sermões do conselheiro real de Dom Pedro IV, Antônio Vieira, quanto nos versos de Basílio da Gama, dedicados ao Marquês de Pombal; tanto no *Caramuru*, de Santa Rita Durão, quanto nos indianíssimos versos, longamente declamados pelo cosmopolita Gonçalves de Magalhães ao Imperador Dom Pedro I do Brasil, seu mecenas. Portanto, Bento Teixeira não pode ser depreciado à luz de sua menor "originalidade", tampouco pelo fato de ter produzido versos atinentes aos preceitos do encômio, como previam os manuais de retórica e poética, largamente conhecidos e seguidos por diversos homens letrados de seu tempo e depois dele. Guilherme Amaral Luz adverte ainda que:

> [...] não há motivos para negar que os versos laudatórios seiscentistas se ligam à formação de laços ("clientelares") entre escritores e "nobres". Os panegíricos, os encômios e as diversas formas de dedicatórias não são estranhos à sociedade de corte, na qual os valores dos varões se medem pela sua fama pública e pelos louvores aos seus feitos. Nesse sentido, o valor poético de tais exemplares textuais não se pode isolar da política personalista e palaciana do "Antigo Regime" (LUZ, 2008).

Não haverá seriedade, nem consistência, em denominar Bento Teixeira como "sub-Camões" (MARTINS, 1978), mesmo porque seria difícil provar que o poeta exilado em Pernambuco tivesse alguma pretensão de soar exatamente como o poeta do rei Dom Manuel. *Prosopopeia* dialoga com a longa tradição épica (sem se restringir a *Os Lusíadas*), o que explica a presença de seres mitológicos e a emulação com os autores que vieram antes. Talvez fosse mais viável compreender o poema como um exercício de cortesia ao governador José de Albuquerque Coelho: pequena virtude de homem letrado, que aludia às referências culturais do período em que viveu.

ÉCFRASE E VISUALIDADE EM PROSOPOPEIA

Por Barbara Faria Tofoli e Leni Ribeiro Leite

As Letras luso-brasileiras, e em especial o gênero épico no Brasil em seu período colonial, sofrem, como boa parte da produção letrada dos séculos XVI ao XVIII, o fado de serem pouco discutidos, se comparados às pesquisas relativas à literatura do século XIX em diante. A épica, além de ser pouco lida, é de fato um gênero morto em nosso presente (HANSEN, 2005). Chamá-lo de gênero morto, porém, não denota depreciação, mas reconhecimento de que esse tipo de produção poética já não é mais atual em nossa contemporaneidade. Com João Adolfo Hansen (1995), entendemos que considerar as representações coloniais como mortas é o "a priori irônico da condição de fala" a respeito delas, uma vez que os restos do passado brasileiro chegam até nós como vestígios, e só podemos abordá-los se os considerarmos integrantes de um período histórico diferente do nosso, quando o que hoje chamamos Brasil se vinculava ao Império lusitano.

Dentre a vasta produção épica luso-brasileira, destacamos *Prosopopeia* (1601), um poema atribuído a Bento Teixeira e dedicado a Jorge de Albuquerque Coelho, donatário da capitania de Pernambuco. Em suas noventa e quatro estrofes em oitavarima, a obra trata dos feitos dos membros da família Coelho, principalmente Jorge d'Albuquerque Coelho, que moveu guerra aos indígenas na costa brasileira, esteve no naufrágio da nau Santo Antônio e participou da Batalha de Alcácer-Quibir em Marrocos, com o monarca Dom Sebastião. O poema é composto por "Prólogo", "Narração", "Descrição do Recife de Pernambuco", "Canto de Proteu" e, ao fim, um soneto intitulado "Soneto por Ecos ao Mesmo Senhor Jorge d'Albuquerque Coelho". Devido ao seu tamanho diminuto – se comparada a outras épicas da tradição clássica ou até mesmo a épicas modernas – pode ser classificada como um epílio, isto é, uma épica de pequenas proporções.

Diversas estruturas textuais características da épica antiga são retomadas e dispostas no epílio de Bento Teixeira, como o uso do metro heroico, a invocação, o concílio dos deuses, a interferência divina nos fatos e a écfrase, esta última, o objeto deste trabalho. Nossa proposta é realizar uma leitura de *Prosopopeia*, tendo em vista a recepção da écfrase enquanto figura retórica responsável por deslocar componentes textuais de seu aspecto verbal para o não verbal, a partir da visualização das cenas discursivas. A écfrase foi sistematizada nos discursos antigos, e, proveniente da Antiguidade, através de recuperações e modificações, integrou também as produções letradas modernas.

Visualidade na Antiguidade

Na Grécia e na Roma Antigas, a visualidade tinha papel preponderante em todos os níveis da vida social, marcada por manifestações, experiências e interações visuais (HÖLSCHER, 2018). Isso se observa não apenas nas festividades e comemorações religiosas, civis e militares, ou seja, no olhar público, mas também e principalmente nos espaços do que hoje chamamos privado . Esta centralidade do visual se faz presente, claro, nos elementos plásticos, a exemplo dos mosaicos e pinturas característicos de casas tais como as que se encontram em Pompeia, mas também nos elementos verbais daquela sociedade. Cerimônias fúnebres, rituais e festividades para os deuses e deusas, o cortejo triunfal de um general romano, todas são situações sociais marcadas por elementos performáticos e imagéticos que por sua vez seriam depois estampados em mosaicos e moedas, bem como nos discursos, narrativas historiográficas e nos poemas que então circulavam, revivendo no meio verbal aquilo que pertence ao campo do visual.

Em sua *Descrição da Grécia* (*Helados Periegesis*), Pausânias (5.11-6.18) oferece um interessante exemplo dessa transformação do visual para o verbal nas Letras Antigas. Ao descrever o Santuário de Zeus em Olímpia, ele não produz uma narrativa espacial técnica, em que altares, estátuas e prédios nos seriam descritos em sua relação no espaço, de forma que o leitor construísse uma imagem mental de um complexo de construções, vazio e, ainda que espetacular, mais próximo de uma planta arquitetônica. O autor busca a representação da imagética social, ou da performance social, para a qual aquele espaço foi criado, e no qual o leitor se veria caso estivesse vendo com seus próprios olhos aquele ambiente. Assim, Pausânias nos fornece quatro caminhadas pelo espaço, como visitas turísticas guiadas que o leitor poderia fazer caso estivesse em Olímpia: primeiro ele nos apresenta os templos e altares; depois, as estátuas de deuses; em terceiro lugar, as oferendas votivas; e, por último, as estátuas que representavam os atletas vitoriosos. A organização textual de Pausânias mostra uma relação com o visual que não é a recepção passiva do que a vista alcança em um dado espaço, mas uma relação ativa com os elementos visuais, com escolha, método e propósito (HÖLSCHER, 2018), em que um ator interfere e se relaciona com o que se vê da mesma maneira que uma pessoa faria naquele espaço. Pausânias nos inclui no espaço do complexo arquitetônico de Olímpia como se este se desenvolvesse diante de nossos olhos conforme caminhamos pelo espaço, em visitas com fins específicos, inclusive intercalando informações e descrições das atividades ali ocorridas, de modo que o visitante ali se encontrasse durante a festividade religiosa. É o caso, por exemplo, da descrição dos Jogos a Hera (Paus. 5.16.2), que se dá logo após a descrição do templo de Hera Olímpica, como se o leitor tivesse chegado ao local durante as comemorações, observasse os detalhes do templo e depois tivesse seu olhar levado às performances sociais e religiosas de importância naquele local. Após a descrição dos jogos e uma digressão etiológica e mitológica, retornamos ao templo, como se, conduzidos por um guia turístico que parasse junto ao monumento para uma explicação de suas origens, novamente fôssemos convidados a observá-lo, desta vez contemplando as estátuas de Zeus, Hera, Têmis e outras divindades. A visualidade do texto é dinâmica, narrativa e ativa, elementos que, não exclusivos de Pausânias, foram observados como característicos e contemplados de forma teórica. Isso porque a relação entre o verbal e o visual foi não apenas praticada, mas também teorizada pelos antigos, em conceitos de uso corrente entre prosadores e poetas gregos e romanos. No entanto, conforme aponta Hansen (2006), a teorização é muito posterior ao uso dos elementos de visualidade nas Letras, dado que o primeiro e mais famoso exemplo de poema com altos níveis de visualidade, a Ilíada, é em muitos séculos anterior às teorizações sobre visualidade, que só se realizam plenamente entre os séculos I e IV EC. Ou seja, há que se compreender que a relação entre o fazer poético e a organização teórica dos seus elementos não é de mão única, prescritivamente determinada da teoria para a prática; ao contrário, a teoria nasce descritiva e pode ser depois usada prescritivamente; a prática dá origem à teoria, mas vai posteriormente ser balizada, avaliada e repensada a partir da teoria. Em suma, há uma relação dinâmica e retroalimentar entre essas duas faces de uma mesma *práxis* social e cultural. Em que pese esta observação, buscaremos aqui uma breve exposição dos conceitos antigos relacionados à visualidade na obra de arte, dado que eles tiveram impacto significativo na compreensão, reformulação e reutilização desses dispositivos verbais na Primeira Modernidade, dentre os quais a écfrase, que aqui nos interessa em especial.

Evidência e écfrase na Antiguidade

Não temos nenhuma teorização explícita sobre a écfrase, considerada especificamente com esta denominação, antes do século I EC. Talvez até mesmo depois disso não haja referência categórica ao termo, a depender do que se pensa sobre a datação das obras de Teão. No entanto, é possível traçar uma compreensão teórica sobre a visualidade nas Letras, anterior ao conceito de écfrase. Em Roma, os primeiros manuais de Retórica que chegaram a nós, tais como a anônima *Retórica a Herênio* e as obras de Cícero, trazem discussões sobre a questão da vivacidade do discurso, e a virtude de um discurso que põe o que descreve diante dos olhos, figurativo, e que desperta uma imagem mental do que diz (MARTINS, 2016). Quintiliano, no século I de nossa era, não usa o termo écfrase, mas aponta essas mesmas qualidades, e dá notícia das dificuldades terminológicas em sua definição. O autor usa em especial o termo euidentia, que, segundo ele, é o equivalente latino do grego *fantasía* (Quint, *Inst.* 8.3.61-4). Nas palavras de

Quintiliano:

> Itaque ἐνάργειαν enargeian, cuius in praeceptis narrationis feci mentionem, quia plus est evidentia vel, ut alii dicunt, repraesentatio quam perspicuitas, et ilud patet, hoc se quodam modo ostendit, inter ornamenta ponamus. Magna virtus res de quibus loquimur clare atque ut cerni videantur enuntiare. Non enim satis efficit neque, ut debet, plene dominatur oratio si usque ad aures valet, atque ea sibi iudex de quibus cognoscit narrari credit, non exprimi et oculis mentis ostendi. (Quint. Inst. 8.3.61-2)

Por isso, colocamos entre os instrumentos [do discurso] a ἐνάργεια enargeia, que mencionei entre as regras para a narração, porque a evidência [*evidentia*] ou, como dizem alguns, a representação [*representatio*] é algo mais do que clareza, pois aquela é o que é visto, enquanto esta, de algum modo, mostra a si mesma. É uma grande virtude ser capaz de enunciar as coisas das quais falamos de forma clara e que pareçam ser vistas. Pois de fato o discurso não é eficiente o bastante, e nem se coloca claramente como vencedor, se ele só funciona até os ouvidos, e se o juiz apenas crê que os fatos que deve conhecer são narrados para ele, e não apresentados e mostrados para os olhos da mente.

Para Quintiliano, a *enargeia* é um instrumento muito importante do discurso – este último aqui entendido da sua forma mais lata –, pois é a *enargeia* que provê ao discurso *evidentia*, que é mais do que simplesmente clareza, mas talvez um brilho especial ao que se diz, posto que *apresenta aos olhos da mente* aquilo que é transmitido verbalmente. O termo *enargeia* é frequentemente traduzido por *vivacidade* (RODOLPHO, 2014), mas ele é de fato um termo bastante amplo, e que faz parte do efeito de uma série de tropos e figuras, como a metáfora, o símile, a hipérbole, a Prosopopeia e a alegoria (RODOLPHO, 2014). A écfrase é, portanto, um dos elementos que usa da evidentia, mas tem significado mais restrito.

A écfrase, sistematizada como conceito, surge entre autores de *progimnásmata* já no período da Roma Imperial, em especial Teão, Astônio e Hermógenes. Segundo Teão (118) a écfrase é uma composição periegética que expõe em detalhe e apresenta o objeto claramente diante dos olhos. Ainda que esta última parte iguale écfrase e evidência, é o elemento periegético que caracteriza e diferencia a primeira. Esse elemento periegético é o que insere a écfrase em um espaço que liga a descrição à narração, ambos polos dos quais a écfrase ora se aproxima, ora se afasta. Definida como periégese, a écfrase é uma descrição vívida e que põe diante dos olhos, mas uma descrição – termo que soa passivo e mesmo secundário, como discute Martins (2016).

No entanto, essa separação entre o que é narrado e o que é descrito, segundo Webb (1999), não se observava na Retórica Antiga. Logo, a écfrase se encontra em algum ponto entre a descrição e a narração, podendo incluir descrição e elementos narrativos ao mesmo tempo. Com frequência, porém, os exemplos mais famosos de écfrase, legados pela tradição e exaustivamente estudados, imitados e emulados, são oriundos das narrativas, e em especial da épica, gênero em que a écfrase ganhou especial destaque. A série de escudos, que começa com o de Aquiles na *Ilíada* e passa pelo de Héracles em *Hesíodo*, de Eneias na *Eneida*, de Aníbal nas *Punica*, e tantos outros, foi um duradouro exemplo de écfrases como descrições de belos objetos em um ambiente épico. Em que pese a importância, e quiçá a primazia dos epigramas ecfrásticos, e portanto da écfrase independente – paratática nos termos de Martins (2016) – foi a écfrase vinculada à narrativa, a écfrase hipotática, que pareceu ganhar maior tração, em especial durante a Modernidade.

Visualidade na Modernidade

Essa écfrase oriunda da Retórica Antiga chega, com algumas modificações, à Modernidade, quando passou a ser compreendida como descrição de uma obra de arte (pintura ou escultura), associando-se, assim, à representação verbal de uma imagem visual (WEBB, 2009). No século XX, o termo passou a designar "descrição de obra de arte", desvinculando-se de seu significado anterior e, atualmente, se refere a "qualquer efeito visual", para além do conceito antigo (HANSEN, 2006). Apesar de ter se pormenorizado a partir da Modernidade enquanto descrição verbal especificamente de uma obra visual, a écfrase em sua acepção antiga foi a que chegou aos escritos modernos, já que a produção letrada até o século XVIII, enquanto durou a instituição retórica, era feita em imitação e emulação de modelos de variados gêneros, e não artificialismos. Ela se difere da arte retórica, visto que esta faz menção à retórica enquanto técnica, presente nas 86 emulação das categorias da Antiguidade clássica. Desse modo, a écfrase permaneceu integrando as produções poéticas, em especial as épicas, na Modernidade, porém em associação às concepções de imagem e de visualidade do próprio período. Em meio às representações poéticas da sociedade de corte, os elementos visuais se destacam como persuasivos e instrutivos. O movimento reformista protestante do século XVI, adverso às imagens, foi contestado pela Igreja católica, que ampliou o uso das imagens cristãs, a partir das resoluções provenientes do Concílio de Trento, em 1563 (OLIVEIRA, 2006).

Em oposição ao protestantismo, Inácio de Loiola, fundador da Companhia de Jesus, empenhou-se em modificar a hierarquia dos sentidos, ressaltando a importância da visão nas práticas religiosas, que seria responsável por fundar, em contexto contrarreformista, uma arte da memória baseada em um saber que chega através da imagem, reconhecida como tradicional e classificada conforme uma cenografia conhecida *a priori*, como em "compartimentos de um teatro interior" (OLIVEIRA, 2006). Essas características imagéticas decorrentes da contrarreforma se expandiram num movimento de destaque ao visual, cujo apogeu se deu na arte seiscentista (OLIVEIRA, 2006). Nos Estados católicos, como Portugal, assim como em suas colônias, a composição de imagens por meio do enunciado é ressaltada enquanto procedimento persuasivo que permite a visualização do objeto ou da cena verbalmente apresentada. Em conformidade ao que procuramos demonstrar, esses preceitos não são pautados somente na contrarreforma, mas provêm da Antiguidade, tendo sido retomados e dispostos na produção épica da Modernidade, quando se estabeleceu em contexto ibérico um conjunto de doutrinas retórico-poéticas pautadas nas preceptivas de autores antigos como Aristóteles, Cícero, Quintiliano e Horácio (MORGANTI, 2004). As categorias da Retórica e da Poética clássicas alcançaram as Letras Modernas em associação a acepções particulares e pertinentes, no caso do Brasil, ao expansionismo português. Dentre os diversos elementos antigos recuperados e dispostos nas épicas modernas ibéricas, está a écfrase, que nos remete à relação entre pintura e poesia, proposta por Horácio

(Ars. 361)8 na Antiguidade e retomada em profusão a partir do Renascimento (LICHTENSTEIN, 2005).

De acordo com Lichtenstein (2005), o *ut pictura poesis* se reconstruiu por meio de uma inversão em seu sentido antigo, de modo que a poesia se tornou o elemento comparativo e a pintura, o comparado, correspondendo às novas exigências surgidas no campo artístico de legitimação do pintor enquanto artista culto e letrado, e não só um operário. Em meio aos lusos, a recuperação da doutrina horaciana pode ser observada através do tratado de Manuel Pires de Almeida intitulado "Poesia e pintura ou pintura e poesia", datado de 1633. Nele, o autor privilegia o dístico *muta poesis, eloquens pictura* (pintura é poesia muda, poesia é pintura que fala); logo, a poesia não é considerada apenas similar à pintura, a poesia é pintura e vice-versa (MUHANA, 2002). Essa apropriação do preceito é percebida nas epopeias pela descrição vívida de afetos e personagens que alcança o olhar do ouvinte e remete a uma cena pintada, como veremos.

Écfrase em Prosopopeia

Em *Prosopopeia*, o prólogo é dirigido a Jorge d'Albuquerque Coelho e se inicia em referência explícita ao "*ut pictura poesis*":

Se é verdade o que diz Horácio que poetas e pintores estão no mesmo predicamento, e estes, para pintarem perfeitamente uma imagem, primeiro na lisa tábua fazem rascunho, para depois irem pintando os membros dela extensamente, até realçarem as tintas e ela ficar na fineza de sua perfeição; assim eu, querendo debuxar com bastardo pincel de meu engenho a viva imagem da vida e feitos memoráveis de vossa mercê, quis primeiro fazer este rascunho, para depois, sendo-me concedido por vossa mercê, ir mui particularmente pintando os membros desta imagem (TEIXEIRA. *Pros*. Prol.).

A partir da alusão à tópica horaciana, estabelece-se uma relação entre poetas e pintores, que estariam na mesma categoria, por serem ambos encarregados de retratar uma imagem, seja esta verbal, através da poesia, ou não verbal, por intermédio da pintura. Com o intento de delinear a imagem de Jorge d'Albuquerque Coelho a partir do retrato de seus feitos, o poeta situa seu poema como uma obra pictórica, que seria primeiramente rascunhada e só então retratada em pintura até alcançar a magnitude das proezas heroicas do donatário. É feito uso poético da pintura por conta de sua eficácia, uma vez que a incorporação de um elemento visual a um discurso, tendo em vista sua finalidade didático-persuasiva, corrobora a assimilação deste (OLIVEIRA, 2006). O aspecto pictórico do poema é evidenciado pela sua composição ecfrástica, resultando em uma grande descrição da imagem de Jorge d'Albuquerque Coelho. Logo no início da narração, o poeta descreve a aparição de Tritão, em uma écfrase que nos remete às composições épicas antigas:

Quando ao longo da praia, cuja areia
É de marinhas aves estampada,
E de encrespadas conchas mil se arreia,
Assim de cor azul, como rosada,
Do mar cortando a prateada veia,
Vinha Tritão em cola duplicada,
Não lhe vi na cabeça casca posta

(Como Camões descreve) de lagosta.

Mas uma concha lisa e bem lavrada
De rica madrepérola trazia,
De fino coral crespo marchetada,
Cujo lavor o natural vencia.
Estava nela ao vivo debuxada
A cruel e espantosa bateria,
Que deu a temerária e cega gente
Aos deuses do céu puro e reluzente.]

Um búzio desigual e retorcido
Trazia por trombeta sonorosa,
De pérolas e aljôfar guarnecido,
Com obra mui sutil e curiosa.
Depois do mar azul ter dividido,
Se sentou numa pedra cavernosa,
E com as mãos limpando a cabeleira
Da tortuosa cola fez cadeira.

A descrição nos é oferecida ao olhar mediante a localização espacial (praia; mar; pedra), os adjetivos (encrespadas; lisa; fino; tortuosa) e às referências a cor (azul; rosada; prateada), responsáveis por conferir maior vividez ao poema. Graças ao detalhamento descritivo, elaboramos fantasiosamente a imagem de uma praia, repleta de aves marinhas e conchas, de cujo mar advém Tritão. Ele porta uma concha dessemelhante à descrita por Camões, bem como um búzio desigual e retorcido, utilizado como trombeta, e, após dividir o mar, senta-se em uma pedra, fazendo de sua cauda um assento. Essa écfrase emula a mesma imagem presente em *Os Lusíadas*, mas se diferencia dela quando o poeta afirma não ver o que Camões descreveu, mas o que descreve nos versos seguintes. Enquanto Camões vincula Tritão ao reino da natureza, Teixeira o traz para o reino da cultura, o que se evidencia pela concha retorcida portada em *Os Lusíadas* e a concha lisa e lavrada de madrepérola utilizada em *Prosopopeia*, poema em que a imagem de Tritão é elevada (NASCIMENTO, 2016).

No epílio, a concha de Tritão serve de base para outra écfrase, em que há a representação de uma cena de batalha referente aos episódios da Titanomaquia e da Gigantomaquia, narradas por Hesíodo e Apolodoro (NASCIMENTO, 2016). Dessa maneira, Tritão, em *Prosopopeia*, é luminoso e "funciona como estrutura modelizante duma *ekphrasis* (a guerra mitológica entre os deuses e os gigantes), com a componente de vividez que esta tradicionalmente comporta" (ALVES, 2012). A menção à Titanomaquia e à Gigantomaquia poderia ser compreendida como um elogio à monarquia ibérica católica, que seria tão forte para enfrentar os conflitos empreendidos na África e na América como fora Zeus a combater Titãs, Gigantes e Tifeu (NASCIMENTO, 2016). Após a alusão a Tritão, assiste-se à chegada das divindades ao concílio, até o aparecimento de Proteu. Diante disso, inicia-se a descrição do recife de Pernambuco:

> Para a parte do sul, onde a Pequena
> Ursa se vê de guardas rodeada,
> Onde o céu luminoso mais serena
> Tem sua influição, e temperada;
> Junto da Nova Lusitânia ordena

A natureza, mãe bem atentada,
Um porto tão quieto e tão seguro,
Que para as curvas naus serve de muro.

É este porto tal, por estar posta
Uma cinta de pedra, inculta e viva,
Ao longo da soberba e larga costa,
Onde quebra Netuno à fúria esquiva.
Antre à praia e pedra decomposta,
O estanhado elemento se deriva
Com tanta mansidão, que uma fateixa
Basta ter à fatal Argos aneixa.

Os mecanismos ecfrásticos estão nas adjetivações (pequena; serena; quieto; curvas; larga; decomposta; estanhado); nos verbos no presente (vê; ordena; serve, é; quebra; deriva), assim como na referência ao brilho e à luminosidade do céu e ao cinturão de rochas que reduz a força das ondas. A descrição é oferecida ao olhar: avistamos a constelação Ursa Menor e as demais estrelas que a rodeiam e o litoral pernambucano, cujo recife não permite que navios de grande porte alcancem o território, sendo, portanto, um porto seguro. A segurança característica da Capitania de Pernambuco é evidenciada não somente pela formação rochosa próxima à costa litorânea, mas pela conduta exemplar de seu governante, que resguarda o território das ameaças gentílicas. A descrição do recife prossegue nos cantos seguintes, nos quais verificamos por onde chegam os diversos deuses. Dentre estes, está Proteu, que interrompe o silêncio, dando início ao seu canto, no qual afirma ver a atuação de Duarte Coelho Pereira, fundador da cidade de Olinda e pai de Jorge d'Albuquerque Coelho, na Capitania de Pernambuco:

O braço invicto vejo com que amansa
A dura cerviz bárbara insolente,
Instruindo na fé, dando esperança
Do bem que sempre dura e é presente;
Eu vejo co rigor da tesa lança
Acossar o francês, impaciente
De lhe ver alcançar uma vitória
Tão capaz e tão digna de memória.

O narrador narra o esforço empreendido pelo primeiro donatário de Pernambuco contra os indígenas, na tentativa de convertê-los; e contra os franceses, que afastou do litoral brasileiro, de forma a estabelecer a fé católica e a regência lusitana como hegemônicas no território colonial. Sua atuação heroica é louvada, enquanto a dos indígenas e franceses é vituperada, sendo a audiência aconselhada sobre a conduta em favor dos princípios reinóis portugueses. A narração prossegue com uma descrição em que o poeta retrata imageticamente os confrontos na colônia, porém agora referentes à atuação de Jorge d'Albuquerque Coelho e seu irmão Duarte Coelho d'Albuquerque:

O princípio de sua primavera
Gastarão seu distrito dilatando,
Os bárbaros cruéis e gente austera,
Com meio singular, domesticando.
E primeiro que a espada lisa e fera
Arranquem, com mil meios d'amor brando,
Pretenderão tirá-la de seu erro,
E senão porão tudo a fogo e ferro.

Os braços vigorosos e constantes
Fenderão peitos, abrirão costados,
Deixando de mil membros palpitantes
Caminhos, arraiais, campos juncados;
Cercas soberbas, fortes repugnantes
Serão dos novos martes arrasados,
Sem ficar deles todos mais memória
Que a qu'eu fazendo vou em esta história.

Quais dois soberbos rios espumosos,
Que, de montes altíssimos manando,
Em Tétis de meter-se desejosos,
Vem com fúria crescida murmurando,
E nas partes que passam furiosos
Vem árvores e troncos arrancando,
Tal Jorge d'Albuquerque e o grão Duarte
Farão destruição em toda a parte.

Esse incidente é retratado por meio de uma écfrase, que simboliza uma das principais temáticas do poema. O aspecto descritivo se vincula às adjetivações (lisa; brando; vigorosos; repugnantes; espumosos; altíssimos), assim como às referências espaciais (caminhos; campos; rios; montes) e materiais (espada; troncos). As diversas imagens, associadas às ações narrativas, são expostas de forma que conseguimos avistar a tentativa de domesticar e catequizar os indígenas. Não sendo todos convertidos, cabe aos irmãos Albuquerque praticar a guerra justa, a fim de efetivar a colonização lusa, mediante braços que "Fenderão peitos, abrirão costados, / Deixando de mil membros palpitantes / Caminhos, arraiais, campos juncados", de maneira que a morte dos nativos e a destruição da natureza apaga o que restaria da memória indígena.

Essas imagens representam uma acusação à conduta dos autóctones, por não acatarem a catequização, assim como um elogio à atitude exemplar dos fidalgos na colônia, ao combaterem os indígenas, expurgando seus traços culturais e instituindo o catolicismo e o domínio português. Outro acontecimento narrado por Proteu é a participação dos irmãos Albuquerque na Batalha de Alcácer-Quibir, na qual enfrentaram os mouros, em Marrocos. O combate se deu em conjunto com o Rei Dom Sebastião, cuja participação é destacada por um trecho ecfrástico:

> Entre armas desiguais, entre tambores
> E som confuso, rouco e redobrado,
> Entre cavalos bravos corredores,
> Entre a fúria do pó, que é salitrado;
> Entre sanha, furor, entre clamores,
> Entre tumulto cego e desmandado,
> Entre nuvens de setas mauritanas,
> Andará o rei das gentes lusitanas.
>
> No animal de Netuno, já cansado
> Do prolixo combate, e mal ferido,
> Será visto por Jorge sublimado,
> Andando quase fora de sentido.
> O que vendo o grande Albuquerque ousado,
> De tão trágico passo condoído,
> Ao peito fogo dando, aos olhos água,
> Tais palavras dirá, tintas em mágoa":

Tão infeliz rei, como esforçado,
Com lágrimas de tantos tão pedido,
Com lágrimas de tantos alcançado,
Com lágrimas do reino, enfim perdido.
Vejo-vos c'o cavalo já cansado,
A vós, nunca cansado, mas ferido,
Salvai em este meu, a vossa vida,
Que a minha, pouco vai em ser perdida.

As imagens associadas à atuação do Rei são descritas de forma que as percebemos no ato de leitura, a partir da pormenorização de especificidades tais quais os utensílios de guerra (armas; tambores; setas), as caracterizações (desiguais; bravos; cansado; ferido) ou ainda a referência aos cavalos, à fúria e ao tumulto, responsáveis por conferir maior vividez à cena. A participação de Dom Sebastião no combate simboliza a dedicação da nobreza nas conquistas portuguesas, associando-se a "uma espécie de missão civilizadora/cristianizadora da 'nação portuguesa' por obra da providência" (LUZ, 2007). A cena é avistada por Jorge, que glorifica o desempenho de Dom Sebastião e lhe oferece seu cavalo, fazendo com que o Rei prometa o fazer grandíssimo caso sobreviva, "Mas té nisto lhe será avara a sorte, / Pois tudo cobrirá com sombra a morte" (TEIXEIRA. *Pros.* 78).

O panegírico ao imperador personifica as virtudes imperiais, de forma que o soberano é elogiado em relação ao que é considerado conduta exemplar no Império. É possível associar esse tipo de elogio ao enaltecimento do rei, que, em *Prosopopeia*, é lembrado por suas façanhas na Batalha de Alcácer-Quibir, na qual D. Sebastião, que não tinha herdeiros, desapareceu, suscitando uma crença messiânica a seu respeito em meio à perda da soberania lusitana para Castela (HERMANN , 2006). Assim, o elogio à figura do rei, bem como dos fidalgos que lhe são subordinados, representa um panegírico aos princípios do reino e se associa ao sebastianismo, movimento político-cultural português – tomado do mito do *Encoberto*, presente nas trovas de Gonçalo Annes Bandarra – que se tornou uma doutrina baseada na esperança, em que todos aguardavam o retorno de um rei salvador, Dom Sebastião (FELIPE, 2011). Portanto, o caráter elogioso da épica de Bento Teixeira, embora associado ao louvor de Jorge d'Albuquerque Coelho, a quem o poema é dedicado, representa, muito além de um louvor a uma figura de fidalguia, uma honraria ao rei e, consequentemente, ao Império português, pelo qual o herói se empenha mediante a catequização dos autóctones e a conduta em favor do expansionismo.

Tem início um novo excerto descritivo, no qual se relata a captura de Jorge d'Albuquerque Coelho, posteriormente à morte do Rei Dom Sebastião:

> Com lágrimas d' amor e de brandura,
> De seu senhor querido ali se despede,
> E que a vida importante e mal segura
> Assegurasse bem, muito lhe pede.
> Torna à batalha sanguinosa e dura,
> O esquadrão rompe dos de Mafamede,
> Lastima, fere, corta, fende, mata,
> Decepa, apouca, assola, desbarata.
>
> Com força não domada e alto brio,
> Em sangue mouro todo já banhado,
> Do seu vendo correr um caudal rio,
> De joelhos se pôs, debilitado.
> Ali dando a mortais golpes desvio,
> De feridas medonhas trespassado,

Será cativo, e da proterva gente
Manietado em fim mui cruelmente.

Nesse trecho, acompanhamos as ações do herói, despedindo-se do Rei, retornando à batalha e sendo capturado pelos mouros. Os mecanismos ecfrásticos são acionados por meio das adjetivações (sanguinosa; caudal; medonhas; proterva) e dos verbos no presente nos versos "Lastima, fere, corta, fende, mata, / Decepa, apouca, assola, desbarata". A descrição representa a devoção do fidalgo, que, mesmo após a morte do Rei, resiste guerreando e sacrificando-se pelo Império português, chegando a ser preso pelos seus inimigos. Posteriormente a esse acontecimento, Jorge d'Albuquerque Coelho é resgatado e retorna ao território brasileiro, porém seu irmão padece em infortúnio (TEIXEIRA. *Pros.* 89). Embora derrotados, o poema exulta o esforço lusitano frente aos mouros, de forma que a conduta de Jorge d'Albuquerque Coelho se situa como exemplar, corajosa e justa, digna de canto e louvor. Proteu, então, retrata a imagem de Olinda, que chora a morte de Duarte Coelho:

Mas enquanto te dão a sepultura,
Contemplo a tua Olinda celebrada,
Coberta de fúnebre vestidura,
Inculta, sem feição, descabelada.
Quero-a deixar chorar morte tão dura
'Té que seja de Jorge consolada,
Que por ti na Ulisséia fica em pranto,
Enquanto me disponho a novo canto.

Os mecanismos ecfrásticos são desencadeados pela referência à visão, pelos verbos no presente (dão; Quero; disponho) e pelas adjetivações (celebrada; fúnebre; Inculta; descabelada). Assim, é como se Proteu avistasse a cidade metaforizada como uma mulher enlutada e em prantos, prestes a ser consolada por Jorge d'Albuquerque Coelho, que assumiria a posição de seu irmão na condição de donatário. O retrato dos fidalgos nos trechos ecfrásticos destacados se dá como uma exaltação à figura do rei, que enquanto personificação dos valores imperiais faz com que o próprio Império seja também elogiado. O desaparecimento de Dom Sebastião na Batalha de Alcácer-Quibir seguido pela crença messiânica em relação ao seu retorno representa um panegírico aos princípios do reino, de forma que o caráter elogioso da épica de Bento Teixeira, embora vinculado aos heróis lusitanos, se configure como uma honraria ao próprio Dom Sebastião, já que "uma das tópicas políticas recorrentes nos exemplares épico-panegíricos dos domínios ultramarinos portugueses é a da articulação orgânica das ações do homenageado com a vontade do Rei" (LUZ, 2007). Assim, mais uma vez, a écfrase, para além de um elemento descritivo belo, *ornamento* do poema, é de fato instrumento necessário à expressão do louvor ao rei e, portanto, aos valores imperiais, finalidade político-retórica do poema.

Conclusão

Como *ornamentum* (Quint, *Inst.* 8.3.61) do discurso, a écfrase é um instrumento – não um mero ornamento, como entendemos o termo hoje – para que se alcancem efeitos específicos e desejados de sentido em um poema. Em *Prosopopeia*, de Bento Teixeira, vemos um exemplar de poesia de gênero épico moderno, e, portanto, alinhado com os preceitos emulativos poético-retóricos do seu período. Dentre os elementos emulados e retrabalhados pelo autor, os dispositivos de visualidade cumprem papel essencial na composição do poema em afiliá-lo à tradição oriunda da Antiguidade, mas aceita e propalada no seu presente, assim como em atingir efeitos de sentido próprios dos sistemas de significação ibéricos contrarreformistas. Como procuramos demonstrar, a écfrase em *Prosopopeia* contribui com o louvor dos heróis lusitanos, do rei e, ao cabo, dos ideais imperialistas e expansionistas portugueses, aos quais se associam autor e leitores da obra, através de uma filiação retórico-política, poético-teológica aos princípios católicos e portugueses. A écfrase é, portanto, um instrumento verbal de ação social e política preciso e sofisticado, nas mãos de um poeta capaz.

VEROSSIMILHANÇA POÉTICA E VERDADE HISTÓRICA EM PROSOPOPEIA

Por Marcelo Lachat

Os quatro últimos versos de *Prosopopeia*, poema épico de Bento Teixeira impresso pela primeira vez em 1601, em Lisboa, podem causar estranhamento devido à sua aparente inverossimilhança:

> Eu, que a tal espetáculo presente
> Estive, quis em verso numeroso
> Escrevê-lo, por ver que assim convinha
> Para mais perfeição da musa minha.

O "espetáculo" ao qual o poeta supostamente esteve presente é o canto de Proteu, que ocupa a maior parte da obra (71 das 94 estâncias) e que se dá em um consílio de deuses, à semelhança daquele d'*Os Lusíadas*. De início, é preciso assentar que o poeta, no caso, não é o homem empírico Bento Teixeira – sobre quem, aliás, pouco se sabe –, e sim a *persona* épica que narra o poema. Essa *persona* é que teria presenciado o canto de Proteu, deus marinho que, conhecido como "o velho do mar" e responsável por guardar os rebanhos de Poseidon, possuía o dom da profecia e era capaz de metamorfosear-se quando e no que quisesse. Por ter assistido ao referido espetáculo, o poeta-*persona* pôde escrevê-lo em verso numeroso para aperfeiçoar sua musa.

Nesse sentido, é importante lembrar que no prólogo de *Prosopopeia*, "dirigido a Jorge d'Albuquerque Coelho, capitão e governador da capitania de Pernambuco, das partes do Brasil da Nova Lusitânia", segue-se o preceito horaciano *ut pictura poesis*, "com o objetivo de comparar procedimentos compositivos de que lançam mão pintores e poetas para atingir a consecução dos fins a que se propuseram" (MOREIRA, 2008). Por isso, Bento Teixeira afirma nesse texto preambular que, "querendo debuxar com obstardo pincel de meu engenho a viva imagem da vida e feitos memoráveis de vossa mercê, quis primeiro fazer este rascunho, para depois, sendo-me concedido por vossa mercê, ir mui particularmente pintando os membros desta imagem"; isto é, o poema seria rascunho insuficiente para retratar a vida e os feitos memoráveis de Jorge de Albuquerque Coelho, amplificando-se, desse modo, a imagem do retratado.

Nota-se ainda no prólogo o emprego da tópica da modéstia afetada, visto que "assim como dista o rascunho da pintura já acabada, assim distam as primeiras rimas do poeta de um poema consumado" (MOREIRA, 2008). As "primícias" de Bento Teixeira, para serem aceitas, dependem da benevolência e da brandura de Jorge de Albuquerque Coelho, a quem são oferecidas, mas também de leitores benevolentes, pois "o poema é apresentado como 'rascunho', 'esboço', 'projeto' que, por conseguinte, deve ser lido, apropriado como tal" (MOREIRA, 2008). Esse *topos* da modéstia afetada é retomado, portanto, no epílogo do poema, mais especificamente naqueles versos citados, nos quais se sugere que a composição de *Prosopopeia* teria sido um exercício poético: "(...) quis em verso numeroso / Escrevê-lo, por ver que assim convinha / Para mais perfeição da musa minha".

Todavia, isso não resolve a possível inverossimilhança da presença do poeta em um consílio de deuses pagãos, tendo em vista que tudo na obra aponta "para valores professados pelo cristianismo contra reformado do final do Quinhentos" (MUHANA, 2003), mesmo que seu autor fosse cristãonovo. Tais valores evidenciam-se, por exemplo, na estância II do poema, na qual, contrariando-se as preceptivas e os modelos épicos antigos, não são invocadas as "délficas irmãs" (ou seja, as musas pagãs), mas o Deus cristão:

As délficas irmãs chamar não quero,
Que tal invocação é vão estudo;
Aquele chamo só, de quem espero
A vida que se espera em fim de tudo.
Ele fará meu verso tão sincero,
Quanto fora sem ele tosco e rudo,
Que por razão negar não deve o menos
Quem deu o mais a míseros terrenos.

Nessa invocação, Deus é chamado para que torne o verso do poeta sincero. A proposta da *persona* épica, então, "é oferecer a 'verdade', e não narrativas fabulosas e inverossímeis. A energia poética da verdade, nesse sentido, superaria o fingimento ficcional dos versos antigos" (FELIPE, 2009). No entanto, como conciliar tal sinceridade ou verdade com aquele fingimento do fim do poema? Consoante Sérgio Buarque de Holanda (1991), os "ornatos que servem ao autor para engrandecer os sucessos narrados e alçá-los sobre a tosca realidade (...) têm de fato o mesmo valor que se deve atribuir a artifícios tais como aquele, nas linhas finais da *Prosopopeia*, onde o poeta se finge testemunha da assembleia dos deuses marinhos". Ou ainda, articulando essa presumida sinceridade do verso com aquela modéstia afetada do prólogo, pode-se inferir que:

> Há, portanto, um efeito de dupla fidedignidade de Bento Teixeira sob a sua máscara de rusticidade. Por um lado, ela faz que se reconheça no homenageado e não no panegirista os valores engendrados no texto, por outro, ela denota a incapacidade de o "autor" mentir convincentemente ou simular fantasias com ares de verdade (LUZ, 2013).

Dessa maneira, é poeticamente verossímil a *persona* épica de *Prosopopeia* ter testemunhado o consílio dos deuses e o canto de Proteu, pois tal fingimento está de acordo com o propósito do poema e com o *ethos* do poeta. Ademais, relacionam-se assim poesia e história, sendo agudamente confundidas verossimilhança poética e verdade histórica. Isso porque, como esclarece Jacques Le Goff (2016):

> A palavra "história" (em todas as línguas românicas e em inglês) vem do grego antigo ἱστορίη, em dialeto jônico. Esta forma deriva da raiz indo-européia wid-, weid-, "ver". Daí o sânscrito *vettas*, "testemunha", o grego ἵστωρ, testemunha no sentido de "aquele que vê". Esta concepção da visão como fonte essencial de conhecimento leva-nos à ideia de que ἵστωρ, "aquele que vê", é também "aquele que sabe"; ἱστορεῖ, em grego antigo, é "procurar saber", "informar-se". Ἱστορίη significa, pois, "procurar". É este o sentido da palavra em Heródoto, no início de suas *Histórias*, que são "investigações", "pesquisas". Ver, *logo* saber, é um primeiro problema.

Mais ainda, como salienta Reinhart Koseleck, na concepção antiga de história (predominante até fins do século XVIII), é essencial a menção às testemunhas (às vezes, o próprio historiador) que presenciaram o fato para dar veracidade ao relato histórico. Daí serem utilizadas, frequentemente, metáforas que remetem "a uma verdade nua e sem adornos, a ser reproduzida de forma precisa e objetiva"; e tais metáforas, "que contêm em si um realismo ingênuo, alimentam-se mais dos testemunhos oculares do que dos testemunhos auditivos que atestariam a verdade da história" (KOSELLECK, 2006). Nesse sentido, no capítulo 28 do livro V da *História do Brasil*, de Frei Vicente do Salvador – obra composta, aproximadamente, entre 1619 e 1630, e que só foi impressa no último quartel do século XIX –, o autor, para tratar verossimilmente "dos navios que os holandeses tomaram na Bahia e o que fizeram da gente que cativaram", relata sua experiência como cativo dos holandeses:

Entre estes navios tomados foi logo dos primeiros um o dos padres da Companhia, em que costumam visitar os colégios e casas que têm por esta costa, e nesta ocasião vinha do Rio de Janeiro o padre Domingos Coelho, seu provincial que ia já acabando, e o padre Antônio de Matos que lhe havia de suceder, e outros padres e irmãos da Companhia, que por todos eram dez. Vinham também quatro religiosos de São Bento, e eu e meu companheiro da ordem de nosso padre são Francisco. (...) E assim estive na prisão do mar quatro meses, os quais passados me pediu Manuel Fernandes de Azevedo, um dos moradores portugueses que ficaram na cidade, e concederam que viesse pera sua casa e pudesse andar em sua companhia pela cidade, contanto que não chegasse aos muros e fortificações. Donde me ocupei em confessar os portugueses, em forma que nenhum morreu sem confissão (SALVADOR, 1982).

Nesse excerto, verifica-se aquilo que prescreve Quintiliano na *Institutio Oratoria* (IV, II, 125): *"Neque ilud quidem praeteribo, quantam adferat fidem expositioni narrantis auctoritas; quam mereri debemus ante omnia quidem uita, sed et ipso genere orationis, quod quo fuerit grauius ac sanctius, hoc plus habeat necesse est in adfirmando ponderis"*. Ou seja, a credibilidade da *narratio* provém da auctoritas daquele que narra, sendo essa autoridade merecida, antes de tudo, pela "vida exemplar" (*uita*). Por esse motivo, a experiência e a vida exemplar de Frei Vicente do Salvador tornam-no digno de fé, uma verdadeira autoridade histórica.

Discutindo a noção antiga de história – cujo marco inicial é Heródoto (o "pai da história" segundo Cícero) – e como ela se diferencia da poesia e do mito, José Carlos Reis (2000) realça que a verdade histórica depende do testemunho ocular e da escrita na primeira pessoa:

> O poeta ouvia as musas; o historiador quer a "verdade" e interroga e ouve os que viram os fatos ou escreve sobre o que ele próprio viu. "Ver" é prioritário sobre o "ouvir dizer". Diferente do mito e da poesia, o conhecimento histórico é escrito, o que permite a comparação, a correção de contradições, a incredulidade em relação ao fabuloso e maravilhoso. Conhecimento escrito do que foi visto, a história pretende dizer a verdade sobre o mundo dos homens. Ao contrário do mito, que é oral e pessoal, a história é escrita e pessoal. É o próprio historiador a garantia

da verdade: a sua assinatura o torna responsável pelo que escreveu. Ele escreve na primeira pessoa e a "verdade histórica" confunde-se com a sua assinatura.

O poeta de *Prosopopeia*, ao afirmar, na primeira pessoa, que viu o "espetáculo" de Proteu e, então, quis escrevê-lo, mostra-se como um historiador que, com sua assinatura, garante a veracidade histórica de um episódio poético. Como Heródoto em suas *Histórias*, ele expõe sua "investigação" (*historíe*) sobre o passado e, consequentemente, registra os feitos grandiosos e maravilhosos – no caso do poema, aqueles de Jorge de Albuquerque Coelho e de seu irmão, Duarte Coelho de Albuquerque – para que não fiquem sem glória:

> Esta é a exposição da investigação de Heródoto de Túrio, para que os acontecimentos passados não sejam extintos entre os homens com o tempo, e para que os feitos grandiosos e maravilhosos, uns realizados por helenos e outros por bárbaros, não fiquem sem glória, e expor os motivos pelos quais guerrearam uns contra os outros (HERÓDOTO, 2015).

Posto isso, é pertinente recordar ainda, quanto à verossimilhança poética e à verdade histórica, que Aristóteles, no capítulo IX de sua *Poética*, ao diferenciar poesia e história, estabelece que não é ofício do poeta "narrar o que aconteceu; é, sim, o de representar o que poderia acontecer, quer dizer: o que é possível segundo a verossimilhança e a necessidade". Logo, não se distinguem o historiador e o poeta por escreverem em prosa ou em verso, mas porque o primeiro "diz as coisas que sucederam" e o segundo "as que poderiam suceder", o que leva à conclusão de que "a poesia é algo de mais filosófico e mais sério do que a história, pois refere aquela principalmente o universal, e esta, o particular" (ARISTÓTELES, 2008). Porém, essa divisão aristotélica não parece tão evidente se se 110 considera, como propõe François Hartog (2001), que a história "procede da epopeia: vem dela e dela se separou. O dispositivo da palavra épica, a memória do aedo, uma certa descoberta da historicidade são as condições que possibilitam o que, alguns séculos mais tarde, será nomeado, por Heródoto, história (*historíe*)".

No que diz respeito ao poema *Prosopopeia*, os vínculos entre poesia épica e história são fundamentais, uma vez que na editio princeps dos versos de Bento Teixeira (aquela impressa em 1601, em Lisboa, por Antônio Álvares), eles aparecem como um apenso de um texto do gênero histórico: a relação do *Naufrágio, que passou Jorge d'Albuquerque Coelho, Capitão, & Governador de Paranambuco* . No prólogo dessa edição seiscentista que reúne os dois escritos, Antônio Ribeiro explicita o caráter acessório do poema: "Também vão juntas a ele [ao relato do *Naufrágio*] algumas rimas, de ânimo mais afeiçoado que poético". Na hipótese de Sergio Buarque de Holanda (1991):

> Como a Relação do Naufrágio trata de acontecimentos que antecedem de 20 ou 30 anos essa composição [Prosopopeia], pode-se supor que já então estivesse redigida e circulasse ao menos em versão manuscrita. E embora se tenha pretendido o contrário, não é de todo impossível que a conhecesse o autor da Prosopopeia quando elaborou seu poema.

A *persona* histórica que se constrói nessa relação sobreviveu ao naufrágio e, por isso, tem a experiência e a autoridade necessárias para relatá-lo. Sendo testemunha ocular do evento trágico narrado, conquanto sua memória não lhe permita representar todos os detalhes (o que acaba por amplificar a catástrofe), ela atesta a verdade histórica da narração:

> Posso afirmar com verdade a todos o que isto lerem, que não escrevo aqui a metade de tudo o que passamos, porque nem quando passei estes trabalhos, tinha lembrança, nem comodidade pera os escrever, nem depois de passados me sofria a memória querer que se lhe representassem: mas somente é aquilo que me pode lembrar do muito que padeci nesta viagem.

Assim, essa *persona* que relata, no gênero histórico, o naufrágio de Jorge de Albuquerque assemelha-se àquela que narra, no gênero épico, a Prosopopeia de Proteu, pois ambas tratam de acontecimentos que afirmam ter presenciado, visando assegurar a verdade da história e a verossimilhança da poesia – e, no caso do poema de Bento Teixeira, confundi-las. Entretanto, isso não se restringe à *persona* narradora de *Prosopopeia*, já que também se observa tal desígnio na invocação que Proteu faz em seu canto:

> Não quero no meu canto alguma ajuda
> Das nove moradoras de Parnaso,
> Nem matéria tão alta quer que aluda
> Nada ao essencial deste meu caso.
> Porque, dado que a forma se me muda,
> Em falar a verdade serei raso,
> Que assim convém fazê-lo quem escreve,
> Se à justiça quer dar o que se deve.

Conforme Guilherme Amaral Luz (2013), o deus-profeta de *Prosopopeia* "prediz um futuro que, para o leitor, já é passado e memória. (...) Predizer o passado como se fosse futuro é uma forma de dar sentido à memória, apresentando os feitos heroicos dos Albuquerques como necessários (não contingentes), verossímeis (não verdadeiros), universais (não particulares)". E, como acrescenta Cleber Vinicius do Amaral Felipe (2014), não sendo propriamente profético, o canto de Proteu insere-se na concepção de *historia magistra uitae* , de história exemplar: "A ordenação da memória, portanto, indica um modelo de ação futuro". Daí cantar o deus marinho que os "bárbaros cruéis e gente austera" e suas "cercas soberbas, fortes repugnantes" serão arrasados pelos irmãos Albuquerque ("novos Martes"), "Sem ficar deles todos [os bárbaros e suas fortificações] mais memória / Que a qu'eu fazendo vou em esta história". Ou ainda, asseverar sobre a morte de Duarte em Alcácer-Quibir: "No mundo gozarás de larga história, / Ficando no lustroso e rico templo / Da ninfa Gigantea por exemplo" Dessa forma, Proteu faz da poesia história e da história poesia para imortalizar os grandes feitos dos irmãos Albuquerque, pautando seu canto (escrito) pela verdade, a fim de obedecer à justiça poético-histórica: "Em falar a verdade serei raso, / Que assim convém fazê-lo quem escreve, / Se à justiça quer dar o que se deve".

No "prólogo ao leitor" da *História da Província Santa Cruz a que vulgarmente chamamos Brasil*, Pero de Magalhães Gandavo menciona essa imortalização pela "escritura" (chamada por ele "vida da memória", um dos epítetos que Cícero atribui à história) e aponta como virtude do seu discurso histórico a verdade, buscada por meio de "um estilo fácil e chão", adequado ao seu "fraco engenho" (tratando-se aqui, evidentemente, do topos da modéstia afetada):

> Como pois a escritura seja vida da memória, e a memória uma semelhança da imortalidade a que todos devemos aspirar, pela

> parte que dela nos cabe, quis movido destas razões, fazer esta breve história, para cujo ornamento não busquei epítetos esquisitos, nem outra formosura de vocábulos de que os eloquentes oradores costumam usar, para com artifício de palavras engrandecerem suas obras. Somente procurei escrever esta na verdade, por um estilo fácil e chão, como meu fraco engenho me ajudou, desejoso de agradar a todos os que dela quiserem ter notícia (GANDAVO, 2008).

Ficam patentes, destarte, as correlações entre os gêneros épico e histórico. Contudo, é preciso discutir o próprio gênero do poema de Bento Teixeira. Para Adma Muhana (2003), não há dúvidas de que *Prosopopeia* é poesia épica – especificamente, uma "epopeia de derrotas" – e a análise da obra "mostra que, de fato, é uma imitação d'*Os Lusíadas* de Camões, e, por conseguinte, da *Eneida* de Virgílio, em todas as três partes essenciais do poema identificadas pela retórica, quais sejam, a invenção, a disposição e a elocução". Já para Marcelo Moreira (2008), a composição de Bento Teixeira é um "exemplo do gênero prosopopéico". Por fim, de acordo com Guilherme Amaral Luz (2013), a classificação dessa composição é difícil, porquanto há nela um "hibridismo formal [que] mescla elementos da épica com outros subgêneros retórico-poéticos de teor encomiástico". A esse debate deve-se acrescentar a seguinte observação de Alcir Pécora (2018):

> (...) o gênero não tem de ser puro ou inalterável em suas disposições, assim como o objeto não é idêntico à aplicação de um conjunto de prescrições encontradas em determinada preceptiva do período: paráfrases de manuais de retórica não dão conta dos sentidos específicos dos objetos. Ao contrário, a

tendência histórica básica dos mais diferentes gêneros é a de desenvolver formas "mistas", com dinamicidade relativa nos distintos períodos, que impedem definitivamente a descrição de qualquer objeto como simples coleção de aplicações genéricas.

Em vista disso, é razoável pensar o gênero de *Prosopopeia* não como algo puro ou inalterável, mas predominantemente épico e que apresenta importantes traços da *ars* histórica. O poema de Bento Teixeira pode ser caracterizado, enfim, como uma epopeia, sem que dele se excluam, no entanto, elementos de outros gêneros. E, particularmente a respeito da poesia épica, vale destacar que, embora "o poeta possa tanto escolher o argumento do poema épico, extraindo-o da história, quanto inventá-lo, fingi-lo, é muito melhor, segundo Torquato Tasso, que o extraia da história" (MOREIRA, 2008). O argumento da composição de Bento Teixeira é extraído da história luso-brasileira do século XVI, o que o torna verossímil; e a fantasia poética amplifica e universaliza essa matéria histórica pelo uso, em especial, da Prosopopeia, uma "figura de pensamento" (*figura sententiae*) que Quintiliano define deste modo:

> *Ila adhuc audaciora et maiorum (ut Cicero existimat) laterum, fictiones personarum, quae προσωποποιΐαι dicuntur. Mire namque cum uariant orationem, tum excitant. His et aduersariorum cogitationes uelut secum loquentium protrahimus (qui tamen ita demum a fide non abhorrent, si ea locutos finxerimus, quae cogitasse eos non sit absurdum), et nostros cum aliis sermones et aliorum inter se credibiliter introducimus, et suadendo, obiurgando, querendo, laudando, miserando personas idoneas damus. Quin deducere Deus in hoc genere dicendi et inferos excitare concessum est; urbes etiam populique uocem acipiunt (Institutio Oratoria, IX, II, 29-31)*

Ao introduzir a Prosopopeia de Proteu, o poeta, assumindo o *ethos* de moderno em querela com os antigos, questiona a verossimilhança dessa *fictio personae*:

> Vem o velho Proteu, que vaticina
> (Se fé damos à velha Antiguidade)
> Os males a que a sorte nos destina,
> Nascidos da mortal temeridade.

Consoante Heinrich Lausberg (1994), pode acontecer de a "verdadeira realidade" (*uera*) não ser verossímil, o que resulta, em termos retóricos, no *genus admirabile*. A técnica da "verossimilização" consiste, por conseguinte, na confissão e no reconhecimento da realidade da inverossimilhança e na expressão do assombro ante a realidade do inverossímil. O assombro converte-se, então, em meio de fazer verossímeis as ficções (inverossímeis e falsas), como no caso da fictio personae. É precisamente essa técnica que o poeta de Prosopopeia emprega para, pelo assombro, tornar verossímil a antiga ficção de Proteu. Outro procedimento que avaliza a verossimilhança do poema de Bento Teixeira é a écfrase (*ekphrasis*):

> Nos *progimnasmata*, exercícios preparatórios de oratória escritos por retores gregos entre os séculos I e IV d.C., *ekphrasis* (de *phrazô*, "fazer entender", e *ek*, "até o fim") significa "exposição" ou "descrição", associando-se às técnicas de amplificação de tópicas narrativas, composição de etopeias e exercícios de qualificação de causas deliberativas, judiciais e epidíticas. Aélio Theon diz que *ekphrasis* é discurso periegético – que narra em torno – pondo sob os olhos com *enargeia*, "vividez", o que deve ser mostrado. Nos seus Progymnasmata, Hermógenes a define

de maneira semelhante: técnica de produzir enunciados que têm enargeia, presentando a coisa quase como se o ouvido a visse em detalhe (HANSEN, 2006).

A *persona épica* de Prosopopeia, na "Descrição do Recife de Pernambuco", põe diante dos olhos dos leitores, com *enargeia*, a coisa presentada, entrelaçando verossimilhança poética e verdade histórica:

Pela a parte do Sul, onde a pequena
Ursa se vê de guardas rodeada,
Onde o céu luminoso mais serena
Tem sua influïção, e temperada;
Junto da Nova Lusitânia ordena
A natureza, mãe bem atentada,
Um porto tão quieto e tão seguro,
Que para as curvas naus serve de muro.

É este porto tal, por estar posta
Uma cinta de pedra, inculta e viva,
Ao longo da soberba e larga costa,
Onde quebra Netuno a fúria esquiva.
Antre a praia e pedra descomposta,
O estanhado elemento se deriva
Com tanta mansidão, que uma fateixa
Basta ter à fatal Argos aneixa.

Em o meio desta obra alpestre e dura,
Uma boca rompeu o mar inchado,
Que, na língua dos bárbaros escura,

Paranambuco de todos, chamado.
De Para'na, que é Mar; Puca, rotura,
Feita com fúria desse mar salgado,
Que, sem no derivar cometer míngua,
Cova do Mar se chama em nossa língua.

Com base na preceptiva hermogeniana, pode-se considerar essa "Descrição do Recife de Pernambuco" uma écfrase de lugar; e é em tal lugar, descrito assim vivamente, que os deuses se reúnem para assistir ao canto de Proteu, sendo tudo presenciado pelo poeta, *persona* épica que se finge *histor*: aquele que viu e, consequentemente, tem a autoridade para escrever. Além disso, a verossimilhança poética da composição de Bento Teixeira também decorre da emulação dos antigos, explicitada em diferentes versos do poema: "A fama dos antigos coa moderna / Fica perdendo o preço sublimado"; "Estes [os irmãos Albuquerque] se isentarão da cruel sorte, / Eclipsando o nome à romana gente, / De modo que esquecida a fama velha / Façam arcar ao mundo a sobrancelha"; "A fama dos antigos eclipsando; (...) É Jorge d'Albuquerque mais invicto / Que o que desceu ao reino de Cocito" "Sei mui certo do fado (prosseguia) / Que trará o lusitano por designo / Escurecer o esforço e valentia / Do braço assírio, grego e do latino"; "Os heróicos feitos dos antigos / Tendes vivos e impressos na memória".

Em *Prosopopeia*, os feitos heroicos de Jorge e Duarte são poeticamente verossímeis e historicamente verdadeiros porque emulados de antigos modelos poéticos e históricos, os quais, posto que seguidos, se veem eclipsados pela nova fama dos Albuquerques.

A revisão que Jean Pierre Chauvin (2018) faz da fortuna crítica de *Prosopopeia* constata que, durante séculos, esse poema foi mal lido ou sequer lido, sendo apropriadamente estudado apenas nas últimas décadas. Tais estudos têm demonstrado, entre outras coisas, que a composição de Bento Teixeira não é mero arremedo d'*Os Lusíadas*. A isso é possível adicionar, portanto, que a persona épica de *Prosopopeia*, êmula de poetas e historiadores antigos e modernos, entra em disputa com eles para engrandecer as *res gestae* dos heróis Albuquerque e atestar a verossimilhança poética e a verdade histórica desses feitos grandiosos. Descritas e louvadas vivamente, as *res gestae* de Jorge e Duarte são postas sob os olhos dos leitores para ficarem impressas na memória, imortalizadas, enfim, entre história e poesia.

O RIO DE JOÃO CABRAL, OU: A DANÇA DAS PROSOPOPEIAS

Por Pedro Marques

Quem navega a obra de João Cabral de Melo Neto (1920-1999), cedo ou tarde, chega à enseada das *Duas águas* (1956). À primeira vista, os poemas curto-médios, destacados pela elaboração semântica e formal, pouco afeitos à pronúncia ou à percepção sonora. Os textos médio-longos, pensados para auditório, seriam da outra água, versos "de expressão mais auditiva", abertos à performance, traço menos relevante quando a escrita exige o silêncio da reflexão. Para Benedito Nunes, em termos de volume, esta seria a casa anexa da arquitetura cabralina que, no prumo de Stéphane Mallarmé (1842-1898) e Paul Valéry (1871-1945), visaria a autonomia da linguagem poética. Ou, para Haroldo de Campos, algo mesmo de qualidade inferior, uma poesia de estrutura moderníssima, calculada pelo engenheiro urbano, mas infiltrada pela garapa do velho engenho rural. À parte a "hierarquia entre esses dois modos", sabendo-os, com Solange F. C. Yokozawa, "frutos de intenções distintas" (2014), a poesia de Cabral, de sólido alicerce literário, suporta a comunicação oratória e oral. Em que pese a confusão desses conceitos, às vezes aplicados como equivalentes, a bússola da crítica localizou a questão que busco responder. Sobre que ruínas clássicas O *rio* reacomoda sedimentos oratórios? E, em seguida, que tipo de oralidade, propriamente, ressoa do poema?

Vulgarizado a partir do século XVIII, o livro impresso como espaço singular de criação, leitura e autorreflexão encontra-se naturalizado em João Cabral, que tanto produziu poemas concluídos numa página, quanto textos extensos, alguns remetendo a práticas pré-editoriais. O *cão sem plumas* (1950), *O rio* (1954) e *Morte e vida severina* (1955), dentre outros, perfazem trajetórias, distendendo-se como corpo poético movente, "rompendo, como anota Alcides Villaça, a quadratura do papel da página" (1996). São enredos ligados a narrativas de viagens e cortejos religiosos, tradições úteis para figurar a peregrinação de águas e gentes através de cada página, verdadeira fotografia da ação do poema que, em sua inteireza, como num filme, o olhar não pode abraçar. Para Fabiane Renata Borsato, em tais páginas abre-se "um horizonte de expectativas e um entrelugar que exercem influência centrípeta e centrífuga sobre os demais elementos do poema" (2018). Minha hipótese é que Cabral reanima a letra poética com canto e coreografia. O *rio* desempenha sua jornada ora como épico, ora como *dança dramática*, na acepção de Mario de Andrade (1893-1945). Não é que realize o retrato em si do brinquedo coletivo, da chegança ou da congada, mas de uma voz individual feita poeta, rio ou retirante. Cabral mitiga a sacralidade para amplificar o drama, no final humano, da transformação andante. Cria, ainda, um curso estilístico, baseado antes na seleção que na abundância de usos. O que, de um lado, dá identidade linguística ao (dis)curso, e de outro, perfaz literalmente o cortejo sem seus falares, cantares e dançares. O rio, nesse sentido, encena a autonomização da palavra poética que, fora da praça ou da rua multi-performática, precisa simular, nos limites da página, sons e gestos com caracteres e imagens.

II

Relatos de viagem e épicas de conquista formam um afluente culto de *O rio*. O segundo nome do poema, ao estilo de época das invasões ibéricas nas Américas, é a primeira pista: *Relação da viagem que faz o Capibaribe de sua nascente à cidade do Recife*. O vocábulo "relação", com sentido de relatório, relato e até diário, sobretudo a partir do século XVI, liga-se ao gênero oratório-literário que noticia, às autoridades reais de Portugal ou Espanha, as descobertas nos novos mundos. Assim, Antonio Pigafetta (1491- 1534) dá conta da circunavegação da Terra, pela expedição de Fernão de Magalhães (1480-1521), na *Relazione del primo viaggio intorno al mondo* (1519). Pero Lopes de Sousa (1497-1539), irmão de Martin Afonso de Sousa (1490-1564), relata, em seu *Diário da navegação* (1530), a missão para fundar a Capitania de São Vicente e mapear o litoral sul do Brasil até o Rio da Prata. Dentre os fatos geográficos, frisa-se sempre a localização de rios, decisivos para reabastecer embarcações e futuros povoamentos. João Cabral prefere ecoar narrativas por vias fluviais, estratégicas para a interiorização da empresa colonial que, dependente do escravo gentio e dos recursos naturais, precisava navegar pelo território recortado por veios de muitos tamanhos e perigos. Assim, no Diário *da viagem de Vila-Bela para São Paulo* (1788-1789), Francisco José de Lacerda Almeida (17??-18??) navega a bacia hidrográfica do Rio Paraná, do Cuiabá até o Tietê, da primeira sede do Mato Grosso até a capital paulista. Ou, mais especificamente, o relato sobre o achamento do maior dos rios pelos espanhóis, o Amazonas, por Gaspar de Carvajal (1504-1584), Relación del descubrimiento del famoso río grande que, desde su nacimiento hasta el mar, descubrió el Capitán Orellana en unión de 56 hombres (1541-1542). O rio de Cabral, que inusitadamente porta o sobrenome do afamado descobridor da Terra de Santa Cruz, reverte alguns aspectos fundamentais desses relatos. A começar pelo espírito do conquistador disposto a toda aventura, afinal são homens que lograram atravessar o tenebroso Atlântico. Tal sanha pela glória da conquista, pelo convite à posse, Cabral restitui já no exórdio, na primeira estrofe, ao próprio rio Capibaribe.

> Sempre pensara em ir
> caminho do mar.
> Para os bichos e rios
> nascer já é caminhar.
> Eu não sei o que os rios
> têm de homem do mar;
> sei que se sente o mesmo
> e exigente chamar.
> Eu já nasci descendo
> a serra que se diz do Jacarandá,
> entre caraibeiras
> de que só sei por ouvir contar
> (pois, também como gente,
> não consigo me lembrar
> dessas primeiras léguas
> de meu caminhar).
> (MELO NETO, 1994)

Desde o início do poema, há marcos de uma viagem exploratória, às vezes temporais (pontuando dias e meses), às vezes dramáticos (estabelecendo inícios e finais de pequenos enredos), às vezes geográficos (descrevendo locais e acidentes). Tudo isso recompõe a didática da retórica demonstrativa do período, afinal era preciso ensinar os que viriam a serviço do Rei. João Cabral demarca todo o poema com didascálias como a mapear a topografia que se revela, já não em estado virgem, mas em ruínas. Algumas dão ao Rio o *ethos* do capitão desbravador: *Notícia do Alto Sertão* (1994), *Encontro com o Canavial* (1994), *Descoberta da Usina* (1994) ou *Dos Coelhos ao Cais de Santa Rita* (1994). Para José Castello, o "poeta-viajante" propõe "uma espécie de carta geográfica em versos". O rio, assim, "é a carta de um navegante, (...) é didático: dá nome aos lugares, relata sua história, descreve os contornos da paisagem" (2006).

A essa antropomorfização de rio em poeta, com a água falando no homem corrente, Janaina de Alencar Mota e Silva Marandola chama, justamente, "geopoesia cabralina" (2007). Também os dois pontos que limitam o percurso d'água, da nascente à foz, são fatos sublinhados de saída por Carvajal e Cabral, sendo as divisas da própria narrativa. Aliás, preferindo a narrativa sequencial (*ordo naturalis*) à digressiva (*ordo artificialis*), Cabral mostra apreço menos pelo modelo épico, cuja sequência antinatural e o estilo sublime são inadequados ao relato de misérias, que pelo histórico, cuja linearidade das ações e o estilo mediano tiram lições na glória e na desdita. Eis a grade geral do enredo, cujos fluxos e marcos norteiam a trajetória desse rio poético-geográfico como um poema anti-épico. Épica, vale dizer, entendida aqui como algo substantivo, a partir da concepção aristotélica e suas apropriações clássicas. Para uma interpretação mais adjetiva e modernizante dessa noção no poema, ver a interessante leitura de Alexandre Koji Shiguehara (2010).

Diferente dos relatos em prosa e verso da conquista, o narrador de *O rio* não é algum humano que o descobre, navega e explora, mas o próprio rio. Os estudiosos acusam esse dado, bem sintetizado por Antonio Carlos Secchin, para o qual em *O rio*, diversamente do ocorrido em *O cão sem plumas*, o Capibaribe é o sujeito do próprio discurso: discursa enquanto corre, e discorre sobre seu curso" (1985). A esse recurso dramático argumentativo, a retórica clássica denomina *Prosopopeia*, que é quando alguém dá voz a outro ente, animado ou inanimado, presente ao não na cena discursiva. Sua aplicação é plural, de uma peça jurídica a uma obra de ficção. Para Guilherme Amaral Luz, trata-se "de uma forma de personificação, em que se cria uma personagem para narrar ou proferir um discurso de autoridade" (2008). Na poesia do Antigo Regime, a Prosopopeia é frequente nos discursos demonstrativos da epopeia. Acidentes geográficos, dignos de representar os desafios vencidos pelo projeto colonial, surgem, eles próprios, cantando tais e quais feitos do heroísmo lusitano. Em *Os Lusíadas* (1572), de Luís de Camões (1524-1580), o Cabo das Tormentas, falando como Gigante Adamastor, valoriza a realização da rota oceânica rumo às Índias Orientais. Em *Vila Rica* (1773), de Claudio Manuel da Costa (1729-1789), vozes do "pátrio gênio" guiam, em sonho, o descobridor para o Itamonte, alegoria das serras com suas entranhas prenhes do metal precioso, motor das Minas Gerais. Mas João Cabral parece desmanchar, principalmente, uma épica sobre seu estado natal. Na *Prosopopeia* (1601), de Bento Teixeira, a criatura mitológica Proteu canta o território da Capitania de Pernambuco – fundada por Duarte Coelho, depois governada por seus herdeiros, Duarte Coelho de Albuquerque e Jorge de Albuquerque Coelho, respectivamente – como fonte de riquezas e sucessos de uma Nova Lusitânia.

Tais varões são dispostos nas alturas do corpo místico do Império Português, uma descendência que buscava reafirmar sua nobreza durante a União Ibérica (1580-1640), quando Portugal encontra-se sob a Espanha depois da morte de D. Sebastião na batalha de Alcácer-Quibir, na qual, segundo o poema, os irmãos Coelho tomaram parte.

Quais dois soberbos rios espumosos
Que, de montes altíssimos manando,
Em Tétis de meter-se desejosos,
Vêm com fúria crescida murmurando;
E nas partes que passam furiosos,
Vêm árvores e troncos arrancando,
Tal Jorge d'Albuquerque e o grão Duarte
Farão destruição em toda parte.

Tal o Capibaribe e o Beberibe, fundamentais ao desenvolvimento de Olinda e Recife e à expansão rumo ao interior, os irmãos estavam no Brasil, segundo escreve Marcelo Moreira, para colocar em marcha "a empresa lusa de conquista e ocupação do solo, já que (...) as capitanias da região nordeste destinavam-se à produção em larga escala de gêneros [voltados] ao mercado europeu, entre os quais sobressaía o açúcar" (2008), notável fonte de riquezas. Constatação, a propósito, suficiente para rechaçar o poema de Bento Teixeira como marco zero do espírito nacional brasileiro. Noutra etapa do imperialismo luso, essa ideologia, no século XVIII, segue intacta na pena de Domingos do Loreto Couto (1696-1762). Em seus *Desagravos do Brasil e Glórias de Pernambuco* (1757), na dedicatória a D. José I, rei de Portugal, o historiador louva o passado nobre dessa terra: "Em Pernambuco tem Vossa Majestade vassalos, de espírito tão animosos, que não contentes com a glória herdada de seus maiores (...) souberam com a sua espada subjugar o furor dos inimigos; desterrar com a sua doutrina, as trevas da Gentilidade; e assombrar com a sua constância, a crueldade dos Tiranos" (1981).

Além da submissão à metrópole, Couto reforça o relevo dos pernambucanos na empreitada portuguesa no Brasil, desde a submissão dos índios ao estado e ao catolicismo, até a expulsão da tirania calvinista, representada pela presença holandesa no século XVII.

João Cabral não procede à aplicação ortodoxa da Prosopopeia, muito menos ao louvor do projeto colonial. A voz do rio, pelo contrário, expressa um parecer negativo sobre os fracassos sociais da conquista. Para Quintiliano (35 d.C. – 100 d.C.), de fato, esse tropo é eficiente para julgar ocorrências passadas, e para aconselhar o debate das coisas úteis, ainda que desagradáveis, à coisa pública presente. Posto que o auditório – e para Cabral a "segunda água" teria algo de comício – é sempre constituído de uma maioria inculta, portanto não necessariamente movida a raciocínios sutis, o orador conseguiria mover melhor os ânimos assumindo personas com força dramática, numa espécie de retórica catártica, "porque as pessoas são muito facilmente levadas ao consentimento por meio de experiências" (2015). Nesse sentido, *Morte e vida severina* é também uma Prosopopeia, sendo Severino a máscara sertaneja através da qual João Cabral não se confunde, por exemplo, com o cordelista Leandro Gomes de Barros (1865-1918). Em Bento Teixeira, a performance dirige-se ao auditório aristocrático de seletos e letrados, gente discreta embora não especialista, no qual se acha Jorge de Albuquerque, a quem o texto é ofertado, e o próprio poeta. Em João Cabral, fala-se para a opinião pública liberal, em que intelectuais e analfabetos, jornalistas e severinos, especialistas e alienados, não devem honras a um Rei em Cristo. Ou seja, uma audiência mais heterogênea e ampliada que a das cortes do Antigo Regime, regidas por valores de distinção, autorreconhecimento e legitimação.

Contrário à expansão épica e eufórica que vem do mar e adentra sertão adentro, na captura de recursos naturais e humanos a serem moídos no engenho, o Capibaribe vomita de volta ao Atlântico, agora escoadouro da miséria, a escória do passado inglório, pelo menos para o meio ambiente e para os despossuídos de nobreza, terras e capitais. Se o poema for lido como um tribunal, dentro do gênero judiciário, o Rio é o acusador que condena a destruição lusitana passada, positiva em Bento Teixeira, porque parte da dominação das posses indígenas, mas negativa em João Cabral, que vive no futuro da espoliação, que também seria holandesa, espanhola e brasileira. Por isso, o Rio, de saída, também é o murmúrio da memória, é o verbo lembrar conjugado para vituperar a fortuna que, se houve, não redundou em Estado probo e Sociedade justa. Daí que, para José Guilherme Merquior, o poema atingiria um estatuto "onde a qualidade poética e o ânimo de justiça não mais se separam" (1972), o que, em outras palavras, garantiria ao rio poético sobreviver ao rio hidrográfico, depredado e circunscrito à data da composição.

> Por trás do que lembro,
> ouvir de uma terra desertada,
> vaziada, não vazia,
> mais que seca, calcinada.
> De onde tudo fugia,
> onde só pedra é que ficava,
> pedras e poucos homens
> com raízes de pedra, ou de cabra.
> Lá o céu perdia as nuvens,

derradeiras de suas aves;
as árvores, a sombra,
que nelas já não pousava.
Tudo o que não fugia,
gaviões, urubus, plantas bravas,
a terra devastada
ainda mais fundo devastava.
(MELO NETO, 1994)

Se pudesse falar, que mensagem nos enviaria o povo à míngua, o solo aviltado, a paisagem corrompida de Pernambuco, essa palavra de origem tupi, que aglutinaria em si o rio (*paranã*) e a corrosão (*buka*), portanto, a imagem do "buraco de mar"? O *rio* de João Cabral, escorrendo pela "terra devastada", como Severino retirante, corre atrás da resposta, mas sem a opção do suicídio ou da salvação no Jesus Menino. Para evocar *O cão sem plumas*, que propõe a fábula e o discurso do Capibaribe, esse Rio é mesmo "como um poeta puro / polindo esqueletos", e Pernambuco, recuperando essa etimologia não menos mitológica, "o mar e a boca de seus ácidos" (MELO NETO, 1994). É nesse ponto que Waltencir Alves de Oliveira notou "a transmissão da voz sucessivamente do poeta para o rio e do rio para o homem que habita a terra que o margeia" (2012). Assim, Proteu estabelece um colóquio com os senhores, desejosos em nobilitar o empreendimento colonial, ao passo que o Rio conversa sobre e com a população excedente, a mão de obra expelida do processo depois de empregada e descartada, como o esgoto da usina no rio. Cabral flagra, assim, o longo processo histórico no seu ponto de estagnação.

Ao longo dos séculos coloniais, Pernambuco esteve, em regra, associado à pujança econômica, relevante no mercado açucareiro interno e externo. No século XIX, todavia, a província está numa encruzilhada. José Bernardo Fernandes Gama (1809-1853), em Memórias históricas da Província de Pernambuco (1844), escreve que a população de então já se encontrava bastante interiorizada, por isso cada vez menos à mão do poder provincial, dos recursos financeiros, e cada vez mais à mercê das intempéries climáticas e oscilações nos preços internacionais das commodities. "O Sertão produz abundantemente ótimo algodão, mandioca, canas de açúcar; enfim os Sertanejos retribuídos generosamente pela fecundidade do fertilíssimo solo que habitam, em verdade nada tem que invejar dos habitantes de beira-mar: todavia apesar da fertilidade a Agricultura não chegou ainda ao estado de grandeza de que é suscetível, porque tem constantemente lutado com dous cruéis obstáculos: as secas e as más estradas" (1977). Um século depois, a seca seguia tangendo os viventes a pé por vias precárias, numa catástrofe humanitária não raro irmanando patrões, vaqueiros e roceiros numa mesma romaria de desvalidos retirando-se para cidades maiores. O Rio e Severino percorrem esse ambiente que, podendo sim ser oportuno a todos, no século XX, acabou premiando a concentração da terra. A vitória foi do possuidor de dois tipos de capitais, o econômico, para se adaptar ao mercado, e o político, com força para solicitar do Estado os subsídios necessários à superação das crises. O canibalismo de uma matriz econômica devorando outra, do cultivo para subsistência ou comércio local, passando pelo engenho artesanal ou industrial, até chegar à usina canavieira de alta tecnologia, está personificado, num desdobramento da Prosopopeia matricial, como enorme boca carniceira. Seria a própria sanha da injustiça capitalista, "aquela boca maior, a boca que devora / bocas que devorar mandou" (MELO NETO, 1994). João Cabral concatena essa substituição de atividades econômicas, ainda mais feroz com o povo já esmagado, numa sintaxe maquinal, baseada no pronome relativo que se repetindo como dentes mecânicos, em ritmo fabril, extraindo o sumo de tudo e todos, ou seja, convertendo o meio social e ambiental em dividendos. É uma gramática de engrenagens, uma fonética de timbres metálico. O vocábulo *usina* encabeça a estrofe, para reaparece apenas mais uma vez. E nem precisaria, afinal, a própria vila, enquanto organização social e política, pertence à usina. Seu poder de moer trabalhadores segue eloquente no verbo *mastigar* e seu substantivo *gente*, empregados sete vezes cada. Esta é a ordem das coisas denunciadas, numa sentença direta: a usina (sujeito) mastiga (verbo de ação) a gente (objeto). O espaço político, os atores humanos, os recursos naturais, tudo é objetificado pela usina, proprietária da vida e morte, das terras e águas. A usina é o único sujeito, grafado em maiúscula, que avulta.

Na vila da Usina
é que fui descobrir a gente
que as canas expulsaram
das ribanceiras e vazantes;
e que essa gente mesma
na boca da Usina são os dentes
que mastigam a cana
que a mastigou enquanto gente;
que mastigam a cana
que mastigou anteriormente
as moendas dos engenhos
que mastigavam antes outra gente;
que nessa gente mesma,
nos dentes fracos que ela arrenda,

as moendas estrangeiras
sua força melhor assentam.
(MELO NETO, 1994)

Celso Furtado (1920-2004) talvez ouvisse o poema enquanto gestava a Superintendência de Desenvolvimento do Nordeste (SUDENE), que ajudou a fundar em 1959, ou durante a redação da *Formação econômica do Brasil* (1959), ali onde quase traduz o Rio em idioma técnico: "A decadência da região nordestina é um fenômeno secular, muito anterior ao processo de industrialização do sul do Brasil. A causa básica daquela decadência está na incapacidade do sistema para superar as formas de produção e utilização dos recursos estruturados na época colonial" (2007). E depois de acusar a devastação colonial, o que espera o Rio? O que sobra desse espólio, para além da língua e da tradição literária que o poeta cultiva? O que pode brotar desse sistema canavieiro colapsado que, para Cristina Henrique da Costa, João Cabral faz "mais competente em perder identidades" (2014) do que em projetar utopias? Se estivesse numa assembleia decisória, fazendo uso do discurso deliberativo, o Rio-conselheiro decidiria cuidar do povo do andar de baixo, do povo de choro inaudível ao andar de cima, que, sem tinta nacionalista ou heroica, tem a cor barrenta de rio, leva o rio embebido em seu corpo, deságua suas mágoas e fezes no rio, purifica suas dores nesse rio que vai deitar tudo no mesmo mar que trouxe as naus e caravelas. Cabral parece projetar o futuro no povo, o açúcar mais refinado, porque mais trabalhado em todo processo colonial. Se o Capibaribe é a água que abastece, o povo é o sangue que pode dar corpo econômico e cultural a Pernambuco. Eis a Prosopopeia fatal: recursos naturais e humanos são sempre a mesma usina de dividendos para uns poucos.

A gente da cidade
que há no avesso do Recife
tem em mim um amigo,
seu companheiro mais íntimo.
Vivo com esta gente,
entro-lhes pela cozinha;
como bicho de casa
penetro nas camarinhas.
As vilas que passei
sempre abracei como amigo;
desta vila de lama
é que sou mais do que amigo:
sou o amante, que abraça
com corpo mais confundido;
sou amante, com ela
leito de lama divido.
(MELO NETO, 1994)

A defesa desse povo à mercê foi advogada, em 1955, no *Auto da Compadecida* (1955), por Nossa Senhora feita personagem de Ariano Suassuna (1927-2014). Para livrar João Grilo da danação, Maria argumenta a seu filho Manuel (Jesus) que a miséria, verdadeira indústria de medos, destruiria qualquer projeto de integridade na terra e de salvação no céu. "João foi um pobre como nós, meu filho. Teve de suportar as maiores dificuldades, numa terra seca e pobre como a nossa" (1971). Suassuna e Cabral viram o retrato que Josué Castro (1908- 1973) tirou dessa miséria em *Geografia da Fome* (1946). Falta d'água no interior, acesso ao leito poluído do Capibaribe, assim o pobre toca a vida de lado, condenado ao subdesenvolvimento nesse "trágico ciclo do caranguejo". Nos mangues do rio surge a "cidade de mocambos que cresce em seguida a cada seca com os novos casebres levantados no charco por levas de retirantes. A maior parte dos que descem do sertão acossados pelo flagelo aí fica vivendo uma vida de inadaptados e vencidos, num regime de carência que é uma continuação do martírio, da fome no sertão" (1984). Imagens que calaram à época e, décadas depois, ainda calariam nas canções de Francisco de Assis França (Chico Science, 1966-1997), um dos líderes do movimento Manguebeat: "Recife, cidade do mangue / Onde a lama é a insurreição / Onde estão os homens caranguejos" ("Antene-se", 1994). É o Capibaribe semelhante ao de Cabral, um rio-oleiro cujo redemoinho de água, lama e esgoto fabricaria uma gente ambivalente, isto é, forte na sobrevivência individual, e brava nas insurgências coletivas que, no século XIX, marcaram a história do estado, punido, inclusive, com enormes perdas territoriais. Tal busca pela "liberdade provincial" em Pernambuco seria, a propósito, estudada pelo irmão de João Cabral, o historiador Evaldo Cabral de Melo, no livro *A outra independência: o federalismo pernambucano de 1817 a 1824* (2004).

O *topos* da *via dolorosa*, afinal, é da tradição cristã, em textos canônicos ou não. Sem a análise social moderna, o *Auto da Barca do Purgatório* (1518), de Gil Vicente (1465-1536), apresenta cenário em que, depois da morte, aqueles que, salvos da Barca do Inferno, e ainda impuros para tomar a Barca da Glória, tem de remir seus erros andando à margem de uma ribeira. Na comitiva de pecadores, justamente à *beira rio* que também pode ser beira mar, vai o Lavrador que alega já ter saldado as faltas em vida, pois produziu o alimento "a tiranos – pacientes / que a unhas e a dentes / nos tem as almas roídas". Trabalhadores da terra, prossegue, "nós somos vida das gentes / e morte de nossas vidas", afinal, esfalfados na labuta de nutrir a pátria, são mal recompensados. Ao agricultor faltaria até ocasião para pecar, pois "não tem tempo nem lugar / nem somente d'alimpar / as gotas do seu suor" (1974). Já a Lavradora faceira, tentada pelo Diabo que a quer embarcar ao Inferno, compara as fossas de Lúcifer ao Brasil: "E marinheiro sodes vós? / Ora assim me salve Deus / e me livre do Brasil" (1974). O uso do termo "brasil" é agudo, remete, para além do vermelho da brasa, tanto ao fogo eterno, quanto à terra recém-empossada na região tórrida do globo, para onde viciosos podiam vir penar seus malfeitos. Na épica, o Brasil é palco bárbaro para feitos heroicos e civilizatórios do homem nobre. Na comédia, é terra da gente condenada à ações vis, do povo baixo ou vilão, sinônimo de bandido e do rústico morador da vila, oposta à cidade civilizada, sede política e da cúria católica. Um dos Anjos de Gil Vicente define o Purgatório como local, semelhante ao Rio de Cabral, para padecimento de culpas, passaporte para o Paraíso: "purga ao longo da ribeira / segura de danação, / terás angústia e paixão, / e tormento em gran maneira" (1974). Nessa alegoria renascentista, no plano post mortem, o fluxo de água serve à limpeza das almas. Já na terra representada por Cabral, o rio é a possibilidade de subsistência, ele mesmo sob risco de secar, condenando à fome a população do campo. Rejeitos humanos das usinas, invisíveis ao estado, eles rumam à própria sorte, pedindo a Deus que a água não falte.

Na poesia brasileira do século XX, existe um experimento comparável, embora mais ligeiro, ao de João Cabral. Os versos de *O Tietê* (1906), do esquecido Batista Cepelos (1872-1915), também apresentam uma Prosopopeia envolvendo fluxo de água, mas em discurso indireto. Aqui, vale lembrar que com *O rio*, Cabral recebeu o Prêmio José Anchieta do IV Centenário de São Paulo. Menos narrativo que *O rio* pernambucano, o poema paulista apresenta um Tietê "cofiando lentamente a barba de cem anos", enquanto conta a história da cidade que o padre Anchieta ajudou a fundar. Do mesmo modo disfórico, o Tietê teme se transformar num grande esgoto encanado já no começo do século XX, o que, em parte, seria a realidade do Capibaribe cinquenta anos depois.

Mitificado pelo patriotismo paulista como sucessor do nauta português, o bandeirante usou o Tietê para conquistar o sertão, o mar verde. Em paga, o rio do sudeste foi asfixiado pela urbanização desenfreada e predatória, daí seu canto em tom de confissão derradeira, como se fosse um Velho do Restelo caipira. O destino turvo do Tietê é corrente, mas não consegue levar para longe a memória que, pesada, também é de um povo.

> Meu ingênuo Tietê! O progresso o apavora!
> Por toda a parte vê traves e encanamento,
> E, por isso, a tremer, todo nervoso, implora
> Que lhe não vão tapar o azul do firmamento!
> (CEPELOS, 1911)

Vem de longe, portanto, a crítica à predação dos rios brasileiros por agricultura, mineração, industrialização ou urbanização. João Cabral compõe O rio movendo as colunas da oratória, ou seja, os recursos narrativos e argumentativos estilizados na escrita para declamação e/ou leitura vocalizada. O que não se confunde com oralidade, quando o poeta compõe de ouvido para ouvido, da fala para fala, quase de improviso (Ver MARQUES, 2018). Primeiro, o gênero relação de viagem exploratória fornece a grade narrativa ao poema, notadamente o sentido de trajetória linear entrecortado por marcos significativos, uma mini-odisseia fluvial. Depois, o uso da Prosopopeia épica confere dramaticidade e convicção argumentativa ao narrador inanimado que, invertendo a norma clássica, canta a catástrofe colonial. Este Rio peregrino nasce num Inferno de "terra devastada" (Para uma súmula dessa tópica medieval em modernos como Cabral, STERZI, 2014) pelo Diabo da cobiça, sítio de "gaviões, urubus, plantas bravas" e gentes "como bichos com sede" (1994). E chega ao Purgatório do Recife, "cidade anfíbia (...) entre água e terra indecisa" (1994), na encruzilhada entre a salvação no mar e a perdição no sertão. Sem a fé de Dante Alighieri (1265- 1321) na *Divina Comédia* (1321), outro modelo de narrativa ambulante, João Cabral separa-se do Rio prestes a entrar no oceano, que receberá choro e esperança do povo. Está desfeita a Prosopopeia. Não acreditando em Glória ou Paraíso, o poeta refuga a navegação em alto mar, que se abre quase como figuração do céu, deixando apenas "esta relação / tecida em grosso tear" (1994). No Inferno dantesco, há rios ferventes de lágrimas e cortejos de danados, como no sertão. No Purgatório, o rio Lete (de *léthe*, o esquecimento grego) termina de purgar os pecados dos penitentes em romaria ao Paraíso. Mas O rio aqui não corre para apagar o legado da desgraça colonial, prefere "não esquecer" (*alethes*), desvelando o passado que fez água, a verdade anti-épica.

III

Vejamos agora o afluente popular, para além da adjetivação prosaico, oral ou folclórico despejada n'*O rio* nem sempre para aclarar suas engenhosidades. Começando pela versificação, na minha leitura, João Cabral parte do estilo épico, quanto à estrofação e ao tom sentencioso, desmanchando a solenidade num verso usado antes como compasso, dentro do qual opera a língua culta, quanto ao uso fonético e gramatical, e prosaica, quanto ao apreço pelo ritmo e entonação da fala brasileira. O estilo camoniano e a celebração dos varões lusitanos, presentes na *Prosopopeia* de Bento Teixeira, são refundidos, assim como os efeitos positivos da empresa colonial. Do ponto de vista horizontal ou da elocução, a epopeia clássica preza pelo sublime, isto é, a expressão incomum para imitar ações extraordinárias, como fundar uma polis no litoral virgem da América do Sul. A frase heroica busca o sentencioso e o gnômico. Segundo João Adolfo Hansen, "a sentença (...) é um axioma moral e instrutivo; sua finalidade é o *docere*, o útil, exortando o destinatário a algo ou dissuadindo-o de algo. Quando condensada, a sentença é chamada de *gnome*" (2008). Do ponto de vista vertical ou lógico, é preciso entender, neste modelo, a unidade rítmica, sintática e semântica da oitava rima, composta de oito versos heroicos num esquema fixo de rimas (abababc). A estrofe divide-se, assim, em duas quadras, sendo que a segunda reserva ao dístico final a conclusão do raciocínio, não raro com chave de ouro. O curso épico transcorre num encadeamento de pequenos raciocínios, os quais, como nos parágrafos de um sermão, sucedem-se para convencer leitores ou ouvintes sobre a matéria tratada.

Ó sorte tão cruel, como mudável,
Por que usurpas aos bons o seu direito?
Escolhes sempre o mais abominável,
Reprovas e abominas o perfeito;
O menos digno fazes agradável,
O agradável mais, menos aceito.
Ó frágil, inconstante, quebradiça,
Roubadora dos bens e da justiça!

Essa oitava trata de um tema amplo, a Justiça que, racionalmente produzida pelo homem e encontrada em Deus, é o tempo todo testada pela sorte, pelo acaso, pelo irracional, ou seja, pelos domínios do Demônio. O conflito entre os opostos justiça/sorte é induzido em favor da primeira. Axiomaticamente, a sorte é má ("cruel"), muito embora passageira ("mudável"). Mesmo quando a sorte se gaba primeiro, ao fim e ao cabo, a justiça é feita, desde que sob a vontade e os desígnios de Nosso Senhor. O raciocínio é montado mental e graficamente, a estrofe abre com a palavra sorte, que vai se dissolvendo, inclusive através de seus atributos vis que se sucedem ("cruel", "usurpas", "abominas" ou "inconstante"), até se dobrar à justiça, desfecho da lição. Há estrofes de *O rio* que operam como o desmantelo calculado, tanto rítmico quanto ideológico, das oitavas à *la Prosopopeia*. As estrofes do poema de Cabral têm dezesseis versos que funcionam como a oitava clássica estropiada. Não há sistema de rimas regular, embora busque-se semelhança sonora em versos pares, nem a metrificação é rígida. Mas cada dupla de versos ocorre mais ou menos dentro de um mesmo intervalo entoativo, desde que manipuladas as velocidades de leitura, semelhante ao do hendecassílabo heroico, para usar a terminologia da época: [_ _ _ _ _ ' _ _ _ ' (_)].

Vira usinas comer
as terras que iam encontrando;
com grandes canaviais
todas as várzeas ocupando.
O canavial é a boca
com que primeiro vão devorando
matas e capoeiras,
pastos e cercados;
com que devoram a terra

onde um homem plantou seu roçado;
depois os poucos metros
onde ele plantou sua casa;
depois o pouco espaço
de que precisa um homem sentado;
depois os sete palmos
onde ele vai ser enterrado.
(MELO NETO, 1994)

O tempo de pronunciar "Ó sorte tão cruel como mudável" equipara-se ao de entoar "Vira usinas comer / as terras que iam encontrando". Se cada uma dessas seções da estrofe cabralina, sempre marcada pela pontuação gráfica, for entendida como "compasso de tempo" mais ou menos regular, como na formulação de Edward Sapir (*ver* 1961), temos uma estofe de oito, na entonação, e de dezesseis no registro escrito. Evidente que João Cabral, mais que Bento Teixeira, obrigado a encadear o mesmo número de sílabas métricas no heroico, conta com variações de andamento oral, cujos ciclos rítmicos preferem o paralelismo por semelhança a simetria exata. Ou seja, ralentamos o passo em "matas e capoeiras / pastos e cercados", e aceleramos em "com que devoram a terra / onde um homem plantou seu roçado". Essa "fisicalidade da frase, na percepção de Luiz Costa Lima, reponta ao ser ela *pronunciada*", gerando uma espécie de "tom de monodia" (1968).

Tal se confirma no modo como Cabral estrutura a frase sintática e visualmente, mas que, aos ouvidos, já é melodia da fala impostada para a contação da história líquida. O andamento do heroico épico está afinado à oratória do homem discreto, cujo decoro exige a entonação equilibrada do barítono ou tenor, sem saltos para o agudo ou grave, sem atropelos ou pausas constrangedoras no fraseado. *O Rio* não é decoroso, seu fluxo é cheio de corredeiras e remansos, sua fala é calma na constatação do passado e urgente na resolução presente. O que torna possível essa ondulação de ritmos, tons e alturas é o manejo dos compassos de tempo. Por exemplo, o verso "ó frágil, inconstante, quebradiça", pede a pronúncia solene, do conselheiro da polis que eleva o tom de voz sempre na sexta e na décima sílabas métricas do heroico. Já a sentença "com que devoram a terra / onde um homem plantou seus roçado", solicita agilidade, produzindo o efeito de mastigação, da gana por mais ganhos, do cidadão devorado pela lógica econômica, que ele mal tem tempo de entender para se defender.

Vira usinas comer as terras que
iam encontrando; com grandes
canaviais todas as várzeas
ocupando.
O canavial é a boca com que
primeiro vão devorando
matas e capoeiras, pastos e
cercados;
com que devoram a terra onde
um homem plantou seu
roçado;
depois os poucos metros onde
ele plantou sua casa;
depois o pouco espaço de que
precisa um homem sentado;
depois os sete palmos onde ele
vai ser enterrado.

Ó sorte tão cruel, como
mudável,
Por que usurpas aos bons o seu
direito?
Escolhes sempre o mais
abominável,
Reprovas e abominas o perfeito;
O menos digno fazes agradável,
O agradável mais, menos aceito.
Ó frágil, inconstante,
quebradiça,
Roubadora dos bens e da justiça!

Como a regra geral do poema exige a leitura de versos aos pares, o efeito lembra o de uma copla de arte maior estropiada. Explorando o João Cabral leitor de Gonzalo de Berceo (1197- 1264), poeta castelhano que fornece a epígrafe para O rio, Susana Vernieri (1999, 2002) sintetiza comentários de diversos estudiosos brasileiros e espanhóis sobre esse ponto, procurando as raízes medievais do estilo épico do poema. Isso lhe rende uma rica interpretação, diferente e, até certo ponto, complementar à que proponho. Em termos lógicos, a estrofe de Cabral, emparelhada a de Teixeira, também raciocina em funil, partindo da usina, boca enorme a consumir recurso naturais ("terras"), econômicos ("roçados") e humanos ("homens"), para terminar na cova, destino certo de qualquer vivente, do acionista da usina ao roceiro arrendado, passando pelo sem-terra. A boca coletiva devora os vivos, já a individual colhe o cadáver inútil aos planos econômicos. A usina, como empreendimento, é a atualização da empresa colonial. Tamanha fome, desejosa de incontáveis recursos, como que amplifica a pulsão de morte freudiana, esse rio da vida correndo sempre para o fim. Em Bento Teixeira, a justiça está ligada à guerra justa contra os não-cristãos, por isso é injusto perder D. Sebastião ("Maravilha fatal da nossa idade", na dedicatória de Camões, 1980) para o mouro ímpio; por isso é justo possuir o território fértil de Pernambuco, submeter as gentes originárias e ignóbeis, desde que para encarecimento de Portugal. Em João Cabral, ao contrário, não é justo a usina acumular propriedades materiais ("matas e capoeiras", em estado virgem) e culturais ("pastos e cercados", em estágio de cultivo), a custa do trabalhador, cujo direito de posse só chega à sepultura. "É a parte que te cabe / deste latifúndio" (MELO NETO, 1994), diz o bordão de Morte e vida Severina, popularizado na canção "Funeral de um lavrador" (1966), de Francisco Buarque de Holanda. Eis a sentença do sertanejo que Cabral desenha, inclusive, encadeando quatro quadras, que são os períodos da estrofe de dezesseis versos.

A quadra ou trova tem a preferência do vocalista oral, pela fluência da redondilha e, sobretudo, pela capacidade de sintetizar um raciocínio circular, que cabe num piscar de olhos e não foge aos ouvidos. Segundo Antonio Carlos Sechin, é com *O rio* que "o poeta passou obsessivamente a trabalhar com a quadra" (2018). Esse abismo entre a usina, topo da cadeia socioeconômica, e o homem depreciado, feito cadáver antecipado, está mimetizado na própria estrofe, iniciada com usina e concluída na cova. É a lição d'*O rio*, só possível num tempo que almeja, na garantia dos direitos básicos universais, a justiça social. Essas águas, ainda que exploradas, já não correm para a manutenção e naturalização do corpo místico do império português.

Se a corrosão da oitava rima épica corresponde ao exaurimento do projeto colonial em Pernambuco, também o estilo sublime que o justificaria colapsa. Assim, corre uma prosa dentro de cada compasso de tempo, não no sentido ordinário empregado por Haroldo de Campos, como "informação semântica" ou "categoria documentária" (2006), numa oposição entre *forma* poética e *conteúdo* de romance ou jornal. Mas no sentido preciso que ele próprio destaca, embora não o demostre, ao frisar que, n'*O rio*, haveria uma "toada deliberadamente monótona e iterativa", a serviço de "seu cortejo contrastante de grandezas e misérias" (2006). É a ideia de que Cabral calcula o fluxo vocal que se repete num certo ritmo.

De fato, prosa também significa fala – daí a expressão "dedo de prosa" para conversa – e, portanto, tem elaboração rítmica e musical, mesmo quando monótona, termo que, aliás, não é contrário à melodia, e sim à polifonia. Ou seja, a voz do Rio é monódica porque corre sem coro, mas serpenteia pelas alturas da entonação normal. Tal concepção larga de verso é intuída numa série que o poeta Joaquim Cardozo (1897-1978) dedicou, dentro outros, para Oscar Niemeyer (1907-2012) e João Cabral de Melo Neto, que por sua vez, menciona Cardozo na estrofe 52 de *O rio* e para quem dedica o *Cão sem plumas*. Em "Arquitetura Nascente & Permanente" (*Signo estrelado*, 1960), o engenheiro calculista de uma Brasília recém-construída, considera o verso como "intervalo aberto" para variações sobre a redondilha maior, e para a disposição geométrica de "zonas de rimas", que é quando a rima se liberta do final do verso e se espalha no poema, desenhando linhas e figuras gráfico-sonoras, tais como diagonais ou triângulos (1979).

Numa análise linguística, a sentença é a estrutura mínima de abordagem. Assim como para a retórica é uma máxima moral, para os estudos linguísticos, segundo Luiz Carlos Cagliari, "uma sentença é uma unidade sintática e semântica, carreando palavras com funções sintáticas prosódicas". Nesse intervalo de eventos, por assim dizer, falantes e ouvintes percebem "blocos rítmicos que montados geram a sentença, como se ela fosse por si mesma uma espécie de verso. A 'toada' é um ritmo gerado pela própria natureza do sistema de uma língua" (2019). Cada língua impõe seus padrões "entoacionais" com funções musicais e significativas, quer o poeta tenha consciência ou não disso. Cada sentença, portanto, propõe também o que Cagliari chama de *grupo tonal*, que define, por exemplo, se devemos ler um verso de modo enfático, interrogativo, assertivo, impaciente, enumerativo etc. Os intervalos entoacionais de *O rio*, funcionam, nesse sentido, como unidades sentenciosas mais ou menos naturais, sobretudo para o falante brasileiro.

Dizemos a seguinte sentença, por exemplo, em modo afirmativo, numa só emissão, repartindo os blocos silábicos em torno das sílabas tônicas marcantes na fala:

[Vira usinas / comer as terras / que iam encontrando]
Ou de modo exclamativo:
[O canavial / é a boca / com que primeiro / vão devorando]

Ou, ainda, de modo maquinal, à beira do desânimo, enumerando a desgraça:
[depois /o pouco espaço / de que precisa / um homem sentado]

Se lermos *O rio* admitindo tais intervalos, sempre em pares de versos, quase não encontramos enjambements em 60 estrofes e 960 versos (Para a simbologia do quatro e seus múltiplos no poema, LIMA, 2011). Essa técnica de construção de versos e estrofes reaparece em *Dois Parlamentos* (1960), cujas didascálias nos orientam a alterações de ritmos e sotaques na leitura. Ao mesmo tempo em que João Cabral estabelece essa prosa com o leitor, mantém a norma culta, não se permitindo metaplasmos comuns à poesia oral ou à fala propriamente. Trata-se de um poeta que controla a oralidade na escrita. Imprime-se, como bem escuta Benedito Nunes, a sensação de "improviso" ou "ditado", a "mimese do estilo oral dos cantadores" (1974). Tudo é simulação dramática verossímil, jamais reprodução da expressão popular do nordeste. Pratica-se elisões clássicas, como [vir**au** / sinas]. O Rio ou Severino não falam como os sertanejos de Patativa do Assaré (1909-2002), cuja língua soaria rústica demais para o padrão culto da poesia de Cabral. Nela, não se lê apócopes do tipo [tá] por [t**al**], síncopes como [**jir**mum] por [jerimum] ou epênteses como [**des**pois] por [depois]. A variação de acentos e sílabas dentro do compasso de tempo está, de fato, ligada à oralidade, mas o uso gramatical descende de Luís de Camões e Bento Teixeira. Cabral estiliza uma oralidade respeitando, no fraseado, os grupos tonais da fala brasileira e, na argumentação, a impostação oratória.

Denunciando o envio de retirantes para campos de concentração, a oitava do poema "Meu primero amô", de Patativa, também trabalha pares de redondilhas numa mesma sentença. Mas Cabral faz isso sem guardar o isossilabismo dos versos, ou seja, ele é constante na recorrência e encadeamento das seções entoativas, mas variável no que dispõe ali dentro. Um metrificador livre praticando uma espécie de *metro líquido*.

Mas porém veio despois
O ano de trinta e dois,
Não deu mio nem arroz,
Nem jirmum e nem fejão.
E o pobre do Ceará,
Que não quis se retirá
Teve que se sujeitá
Na tá de concentração.
(ASSARÉ, 2003)

Da versificação para a estrutura geral do poema, *O rio* passa pelas festas populares centradas em cortejos, ou autos que, em palcos ou praças ao ar livre, dramatizam cenas de deslocamentos. Presentes em nosso calendário anual, as procissões para santos, os desfiles de blocos e ranchos, as representações do nascimento ou do calvário de Cristo, foram descritos, desde o século XIX, por estudiosos como Melo Moraes Filho (1844-1919), Pereira da Costa (1851-1923) e Silvio Romero (1851-1914). Uma tradição folclorista que veio impactando a vida cultural do país, das políticas educacionais à produção literária, musical e iconográfica. De tão forte, foi repaginada, a partir das décadas de 1920 e 1930, por modernistas sudestinos e regionalistas nordestinos. Influxos que se somam, em João Cabral, com as marcas, frisadas em sua fortuna crítica, do *romancero* e do teatro espanhóis, fonte em que também beberia "recursos formais (...), como a narrativa e o resgate da oralidade" (2019), que Gislaine Goulart dos Santos aponta n'*O rio*, em textos dramáticos como *Morte e vida severina* e, sobretudo, em *Casa de farinha* (2013), objeto de seu trabalho.

Jamais atuando como um nacionalista engajado, João Cabral, entretanto, conhece os debates da época, tem notícia dos estudos às vésperas de seu "tríptico do rio", expressão tão cara a João Alexandre Barbosa (2005). Em 1944, Mário de Andrade (1893-1945) divulga na imprensa paulista e carioca mais de dez artigos sobre danças dramáticas. Um material que, somado a outros éditos ou que remontam a 1934, foi organizado em três volumes em 1982 por Oneyda Alvarenga. Entre os anos de 1942 e 1944, o poeta pernambucano Ascenso Ferreira (1895- 1965), colaborador de Mário de Andrade, publica na revista Arquivos, da Prefeitura do Recife, três ensaios, reunidos em 1986 por Roberto Benjamin, sobre maracatu, presépios e pastoris e bumba-meu-boi. Em 1952, sai o livro *Literatura Oral* no Brasil, do pesquisador potiguar Luís da Câmara Cascudo (1898-1986), onde consta um capítulo, gestado desde 1945, sobre "Autos populares brasileiros e danças dramáticas". Essas fontes contemporâneas à segunda água de Cabral, somadas a sua memória de tais festejos e brinquedos, podem ter contribuído para a forma como se desenrola a narrativa em trajeto d'O rio, em paralelo ao molde erudito da relação de viagem ou da épica.

Para Mário de Andrade, *danças dramáticas* são cortejos bailados em contexto religioso cristão, mas abertos a influxos autóctones e africanos. "Todos eles providos de maior ou menor entrecho dramático, textos, músicas e danças próprias" (1982). Do lado europeu, o curso dessas danças ecoaria o paganismo pré-cristão, ligado aos ciclos da vida, tais como nascimento e morte, estações do ano, efemérides monárquicas, rotinas agrícolas, festejos divinatórios etc. "O meio mais hábil, segundo o pesquisador, de que a Igreja se serviu para destruir os cortejos e cerimônias pagãs dessas datas, foi convertê-las a elementos do próprio Cristianismo" (1982). Processo semelhante dar-se-ia na catequese dos nativos brasileiros, quando parte do ritmo e da coreografia tupiniquim, por exemplo, sobreviveram no cururu ou na congada, matrizes de muita canção popular comercial do século XX. Para Mário de Andrade, "nas nossas procissões a colaboração religioso-coreográfica dos indígenas foi logo permitida. Procissões, aliás, numerosíssimas, o que já por si servia pra (sic) tradicionalizar no povo a técnica do brinquedo ambulatório, em cortejo" (1982). O Rio de João Cabral, quando fala, é consciente do cortejo e da coletividade que representa, como se fosse a própria dança a falar, numa espécie de Prosopopeia conceitual. Desde o início, o Rio medita sobre seu trajeto e destino, isto é, o mar, e sobre o saber-se soma de outros cursos de água, reunião em movimento.

Os rios que eu encontro
vão seguindo comigo.
Rios são de água pouca,
em que a água sempre está por um fio.
Cortados no verão
que faz secar todos os rios.
Rios todos com nome
e que abraço como a amigos.
Uns com nome de gente,
outros com nome de bicho,
uns com nome de santo,

muitos só com apelido.
Mas todos como a gente
que por aqui tenho visto:
a gente cuja vida
se interrompe quando os rios.
(MELO NETO, 1994)

O cortejo como congraçamento, encontro apesar da apartação humana por conta de obrigações e interdições, é a essência mundana da festa. Embora em data religiosa, o Rio, como uma festa de Dia de Reis ou de Carnaval, abraça os seus, independente de nome e origem, numa alegoria potente entre os sambistas, por exemplo, quando tratam do desfile das Escolas de Samba do Rio de Janeiro. Na canção de Paulo César Batista Faria (Paulinho da Viola), a voz sente o coração apertado ao ver a Portela, entidade coletiva, passar. A festa vai pelas ruas num chamamento social que supera o indivíduo. Canta-se: "foi um rio que passou na minha vida / e meu coração se deixou levar" (1970).

Em João Cabral, cada fio de água corre para o Capibaribe, em si já resultado de outros muitos córregos. Do lado coletivo, Cabral conta que "rios todos com nome / e que abraço como a amigos". Em ambos, a irmandade é sagrada, e ainda que mundanizada segue a lei de Jesus: "Isto vos mando: que voz ameis uns aos outros" (João, 15:17). As águas desses rios, de outro modo, representam a mitigação das injustiças cotidianas pelos encontros, abençoados por entidades não necessariamente cristãs. Mesmo o protesto do povo, não raro reprimido ao se aglomerar em dia normal, costuma fluir em passeata, transfigurada por Geraldo Vandré (1935-), em versos de seis sílabas dísticos, tão caros a João Cabral, de "Para não dizer que não falei das flores": "Caminhando e cantando / E seguindo a canção / Somos todos iguais / Braços dados ou não" (1968).

Nem todo cortejo é congraçamento festivo. Comunidades cristãs percorrem as ruas em contrição, como na Sexta-Feira Santa, celebrando o Calvário e Morte do Filho de Maria, ou no Corpus Christi, louvando a Eucaristia do Redentor. Além do calendário previsto, há procissões de casórios e sepultamentos, ritualizando passagens sacramentais da vivência católica. Mais do que hoje, os velórios realizavam-se na casa dos falecidos, que depois eram conduzidos em comitiva fúnebre ao cemitério. Eventos que alteravam o ritmo utilitário das cidades, mesmo quando deixavam de ser conduzidos a pé e a cavalo para transcorrerem em carreatas. São cortejos graves, de silêncio entrecortado por lamentações lacrimosas. No ponto em que cruza o Recife, o Capibaribe sublinha esse contra-ritmo, como fosse a procissão que paralisa o comércio, impondo a reflexão sobre a finitude da vida. O Rio corta a urbe pesado, carregado de lama e tristeza, afinal leva "também a dor desse homem / que me impõe essa passada de doença". Tais cortejos frequentaram o imaginário dos nossos poetas, num tempo em que a morte era uma questão antes religiosa que sanitária. O rio figura, ainda, como depositário de dores amorosas, desaguadouro de lágrimas individuais que, despejadas em peregrinações solitárias, reúnem-se no sofrimento geral dos apaixonados.

A moda de viola "Rio de Lágrimas" (1972), de João Dias Nunes (Tião Carreiro, 1934- 1993), Miguel Lopes Rodrigues (Piraci, 1917-1974) e Lourival dos Santos (1917-1997), dispõe no centro da ação o curso d'água: "O rio de Piracicaba / Vai jogar água pra fora / Quando chegar a água / Dos olhos de alguém que chora". Registram-se, mesmo, procissões embarcadas, folias fluviais. Capiberibe e Piracicaba, rios de nomes indígenas, funcionam como filtros purificadores de suas cidades. Como escreve Gaston Bachelard, o rio, nesse sentido, "será uma espécie de mosteiro material que orará sem cessar na intimidade e na permanência de sua única substância" (2002), isto é, a água como produto químico para higiene consciente e, principalmente, como produto simbólico para purificação inconsciente.

Rio lento de várzea
vou agora ainda mais lento,
que agora minhas águas
de tanta lama me pesam.
Vou agora tão lento,
porque é pesado o que carrego:
carregado de ilhas
recolhidas enquanto desço;
de ilhas de terra preta,
imagem do homem aqui de perto
e do homem que encontrei
no meu comprido trajeto
(também a dor desse homem
me impõe essa passada de doença,
arrastada, de lama,
e assim cuidadosa e atenta).
(MELO NETO, 1994)

Vicente de Carvalho (1866-1924), na elegia "Pequenino morto" (*Poemas e canções*, 1908), narra a procissão cruzando o cemitério para enterrar a criança, lembrando que há "tanta boca aberta de famintas valas" (1917) a cobiçar os viventes, numa imagem algo cabralina. Oswald de Andrade (1890-1954), em "A Procissão"

(*Pau-brasil*, 1925), flagra a tensão entre tempo religioso e *business time* na cidade grande em vias de acabar com seus rios e cortejos espirituais, que atrapalham o trânsito: "Os choferes ficam zangados / Porque precisam estacar diante da pequena procissão / Mas tiram os bonés e rezam" (1981). Manuel Bandeira (1886-1968), em "Momento num Café" (*Estrela da Manhã*, 1936), vê que mesmo o gesto de contrição da maioria, diante do morto que vai levado, ganha pouca piedade do cidadão: "Quando o enterro passou / Os homens que se achavam no café / Tiraram o chapéu maquinalmente" (1998). O alerta cristão sobre vaidade, toda essa indiferença ante o fim certo, João Cabral, além de fazer Severino experimentar, amplifica no Rio que passa lúgubre, anunciando o aviso da morte fatal.

O Capibaribe atravessa a cidade lavando o espólio colonial, a exploração de terras e corpos passados, espelhando o presente miserável da população que vive e chora a suas margens. Aponta, todavia, para um futuro que contemple os necessitados. Para o poeta, o rio-procissão de despossuídos um dia terá paz, ainda que na Utopia social ou na Cidade de Deus: "A um rio sempre espera / um mais vasto e ancho mar" (1994). O próprio Bumba meu boi, como cortejo, canta, representa e dança algo ideal, no caso, a ressurreição. Ali, o bicho é morto à flecha, sendo depois reanimado pela força da ciência (a injeção receitada pelo Doutor) e, sobretudo, do canto/oração das Cantadeiras, conforme a recolha de Ascenso Ferreira: "Alevanta boi / De meu coração! / Sai dessa maiada / Ou Maninha! / Vai pra teu sertão!" (1986). Lotado de dores humanas e detritos poluentes, portando o espírito do Pernambuco popular, o Rio escorre pregando à cidade a igualdade entre os homens e o equilíbrio com o meio. Talvez a Nova Lusitânia não será imperial, há de ser colorida e comunitária como a festa do boi.

A esperança toca Mario de Andrade que, na longa "A Meditação sobre o Tietê" (*Lira paulistana*, 1945), entoa em tom elegíaco: "Nas tuas águas eu contemplo o Boi Paciência" (1983). Poetas que, no fundo, acreditavam no poder transformador da poesia. Dos poucos contemporâneos embebidos nessa segunda água de João Cabral, Érico Nogueira, em "Farra do boi" (*Poesia bovina*, 2014), mistura auto e procissão em plena Avenida Paulista. Ali, um novo Jó, traído pela vaidade consumista, dialoga com as figuras típicas de juiz, padre, patricinha, populares e a dupla de cantadores caipira-sertanejos. O tablado vira cortejo quando despenca um temporal, obrigando o "arrastão" multi-social a buscar uma marquise. Mas o trânsito, que em Oswald guardava algum respeito religioso, estoura a aglomeração popular: "e a cegê no vermelho do nada – tum, / deu no meio do cara correndo, e voaram, / cada um descrevendo a sua parábola, / o da moto e o tonto". Forma-se um rio de "sangue / com a água da chuva e aquele chorume / mais visguento e preto tão tão de São Paulo / meio que untavam o cara". A vitória da Morte não será revertida nem consagrada, para o corpo do Boi-Jó, homem virado mendigo, apenas o carro da ambulância, o trânsito aqui devora o cristão: "e a sirene cantou 'Adeus, / já vai tarde'" (2014). O Rio tem eloquência de pregador e audácia de político, assim como o revoltoso Frei Caneca, de quem o povo murmura, no Auto do frade (1984): "– Receiam que faça falando / desta procissão um comício" (1994b, p, 94). O rio, de fato, pode ser o comício poético que cruza a ordem injusta da polis. "O movimento do texto, como afirma Alfredo Bosi sobre o auto a Caneca, retardado pelo ritmo processional, quase-verso quaseprosa, ganha em gravidade o que perde em lepidez" (2003). O Rio, ainda, é o coletivo que solicita a palavra, demanda seu direito à fala. No poema "Rios sem discurso", de *A*

Educação pela Pedra (1966), João Cabral escreve: "Salvo a grandiloquência de uma cheia / lhe impondo interina outra linguagem, / um rio precisa de muita água em fios / para que todos os poços se enfrasem" (1994). O Rio é uma procissão de frases em multidão que performam um texto corrente.

Tal cortejo, que ocorre nos festejos pelas ruas, surge figurado em tablados de autos populares. Veja-se a Marujada ou a Chegança de Marujos, que, apresentada na época do Natal, tem como pano de fundo as conquistas marítimas lusas e suas guerras contra os mouros. Em certo sentido, é o tema da epopeia camoniana, mas realizado como performance músico poético-coreográfica, pouco ou nada dependente da mensagem escrita, pois não precisa se repetir idêntica sempre que se reapresente. Numa das jornadas da Marujada, encena-se a "Nau Catarineta".

Incorporado às tradições de outros países que se lançaram à cobiça de novos mundos, esse romance condensa as agruras da aventura náutica. Para Câmara Cascudo, o motivo "nau perdida, fome, antropofagismo, modificação, término feliz, é um tema geral no ciclo dos descobrimentos" (2006). Os atores sobem ao palco numa barca cenográfica, vão contar e cantar, em solo e coro, a saga do navio à deriva, seus tripulantes entregues à fome e tentados pelo Diabo na hora da morte. A situação limite não está longe do desespero humano narrado pelo Rio. Dentro da embarcação, que leva gente nobre de Portugal, há riquezas usadas para barganhar a vida. Mas o Inimigo não aceita filha bonita nem ouro, quer somente as almas dos homens e a própria nau, que, por sua vez, é a própria alma do domínio marítimo português.

> – Eu não quero vossas filhas,
> e nem vós haveis de dar!

Quero a Nau Catarineta, ó tão linda!
Para nela navegar;
Quero também vossa alma, ó tão linda!
Quando do corpo apartar!
A dos vossos companheiros, ó tão linda!
Para me acompanhar!
(CASCUDO, 2006)

A poesia que fala ou se desenrola sobre a água, pode ser chamada de barcarola, tal os cantos de trabalho dos gondoleiros de Veneza ou dos remadores do Rio São Francisco. Como no caso da Nau Catarineta, mar e rio são acidentes naturais a serem vencidos por um enorme esforço. Leitores ou ouvintes, temos sempre a visão de dentro do barco, e não do próprio ente natural que testa a marujada. No poema de João Cabral, os sujeitados à fome, que no romance chegam a roer couro de sapato e sortear a carne de companheiros, são mostrados como excedentes do processo agrícola-industrial. A lida dos marinheiros dos séculos XVI e XVII pode ser recompensada com o retorno à vida cortês ou familiar, com o reconhecimento do heroísmo de quem escapou, com a permissão do Senhor, da hora fatal. A peleja dos trabalhadores de usina e engenho, no entanto, não lhes garante sequer a subsistência, moídos que são pela sanha de ganhos, verdadeiro Diabo do homem sertanejo, esse marujo em terras secas ou já repartidas.

Para trás vai ficando
a triste povoação daquela usina
onde vivem os dentes
com que a fábrica mastiga.
Dentes frágeis, de carne,

que não duram mais de um dia;
dentes são que se comem
ao mastigar para a Companhia;
de gente que, cada ano,
o tempo da safra é que vive,
que, na braça da vida,
tem marcado curto o limite.
Vi homens de bagaço
enquanto por ali discorria;
vi homens de bagaço
que morte úmida embebia.
(MELO NETO, 1994)

A antropofagia figurada na Nau Catarineta, n'*O rio* vira disputa socialmente desigual. A fome aqui é do trabalhador, cuja vida ruim e breve ("curto limite") jamais chega a ser aplacada, ou pelo menos minimamente mitigada. Embora seus braços laborem ou mastiguem para a Companhia, sobra para eles não mais que os restos da riqueza, o bagaço, o lixo de parco valor nutritivo e econômico. Já a fome da usina é implacável, não só deglute a cana e seus dividendos, mas engole o próprio trabalhador sem o qual não haveria ganhos. Trata-se de uma espécie de *mais-valia canibal*, na medida em que se consome a própria parte motora do sistema. E por que a usina continua um negócio viável? Porque, segundo o Rio, há safras e mais safras de gentes disponíveis, o conhecido curral de mão de obra de reserva, na acepção marxista, composto de pobres sem outra opção de vida, ainda mais volumosas que as de canas.

O Rio-Poeta sente compaixão pelo homem miserável, mais até que seus supostos semelhantes donos e acionistas da Companhia, esvaziados de todo valor cristão ou solidário. Aqui, o Diabo com seu tridente ou a Morte com sua foice não são somente *dramatis personae*, eles são a pessoa jurídica da Usina e do Estado negligentes. Por vias eruditas ou populares, eis a tragédia que João Cabral faz desfilar nessas páginas. Ele parece extrapolar, para lembrar Paul Zumthor, as estratégias que a poesia escrita inventa para "integrar a seu texto o equivalente aproximado do gesto" (1997). Todo um coro de vozes, tendo o rio de solista, dança na imaginação do leitor. É um movimentar-se que o espetáculo *Cão sem plumas* (2017), da Cia de Dança Deborah Colker, de fato conseguiu realizar diante de nossos olhos e ouvidos. Ali, no fundo, parecem falar todos os Capibaribes de João Cabral, todos os corpos correndo como água e lama de rio, espaço múltiplo em que o poeta revolveu o homem caranguejo desfazendo-se em lágrimas e em pó de esperança.

AUTORES

Barbara Faria Tofoli

Doutoranda pelo Programa de Pós-Graduação em Letras da Universidade Federal do Espírito Santo (PPGL/Ufes), com apoio da Fundação de Amparo à Pesquisa e Inovação do Espírito Santo (Fapes). É graduada (2019) e mestre (2021) em Letras pela mesma instituição. Tem interesse nas práticas letradas luso-brasileiras do século XVI ao XVIII e desenvolve, em seu doutoramento, pesquisa sobre retórica e visualidade em épicas setecentistas luso-brasileiras.

Cleber Vinicius do Amaral Felipe

Professor do Instituto de História da Universidade Federal de Uberlândia (INHIS-UFU). Integra o corpo docente do Programa de Pós-Graduação em História da mesma instituição (PPGHI-UFU). Autor de "Heroísmo na singradura dos mares: histórias de naufrágios e epopéias na conquista ultramarina portuguesa" (Paco, 2018), entre outros livros.

Guilherme Amaral Luz

Doutor em História pela Universidade Estadual de Campinas (Unicamp) e professor do Instituto de História da Universidade

Federal de Uberlândia (UFU). Docente do Programa de Pós-graduação Profissional em Ensino de História (Profhistória). Autor, dentre outros trabalhos, dos livros "Carne Humana" (EDUFU, 2006) e "Flores do Desengano" (Fap-UNIFESP, 2013).

Jean Pierre Chauvin

Professor livre-docente da Escola de Comunicações e Artes, da Universidade de São Paulo, onde pesquisa e leciona Cultura e Literatura Brasileira. Credenciado como orientador no Programa de Pós-Graduação Estudos Comparados de Literaturas de Língua Portuguesa, na Faculdade de Filosofia, Letras e Ciências Humanas, da USP. É autor de *Pedra, Penha, Penhasco: a invenção do Arcadismo Brasileiro*, entre outros.

Leni Ribeiro Leite

Associate Professor of Classics na Universidade do Kentucky. Graduada em Letras (Português-Latim) pela Universidade do Estado do Rio de Janeiro (1999), Mestre e Doutora em Letras Clássicas pela Universidade Federal do Rio de Janeiro (2003, 2008). Foi professora de Língua e Literatura Latina na Universidade Federal do Espírito Santo até 2021 e mantém-se vinculada ao Programa de Pós-Graduação em Letras da mesma instituição.

Marcelo Lachat

Professor adjunto na área de estudos literários do Departamento de Letras da Universidade Federal de São Paulo (Unifesp). Atua também no Programa de Pós-Graduação em Letras da Unifesp e no Programa de Pós-Graduação em Estudos Comparados de Literaturas de Língua Portuguesa da Universidade de São Paulo (USP) É graduado em Letras pela Universidade Estadual de Campinas

(Unicamp), mestre e doutor em Literatura Portuguesa pela USP, com pós-doutorado pela Unifesp. Entre suas publicações, destacam-se os livros *Saudades de Lídia e Armido, poema atribuído a Bernardo Vieira Ravasco: estudo e edição* (Alameda, 2018) e *As Letras na Terra do Brasil (séculos XVI a XVIII): uma introdução* (Ateliê, 2022).

Pedro Marques

Professor de Literatura Brasileira da EFLCH-UNIFESP e Pesquisador Colaborador do NICS-UNICAMP. Poeta, compositor e ensaísta, coordena o projeto Literatura Brasileira no XXI (UNIFESP/SP Leituras). Publicou *Antologia da Poesia Parnasiana Brasileira* (crítica e org., 2007), *Manuel Bandeira e a Música* (ensaio, 2008), *Clusters* (poesia, 2010), *Olegário Mariano – ABL* (crítica e organização, 2012), *Cena Absurdo* (poesia, 2016), *Encurralada* (poesia, 2020) e *Saques & Sacanagens* (ensaio poético, 2021) e *Assbook* (poesia, 2022), entre outros livros.

Thales Guaracy

Bacharel em Ciências Sociais pela Faculdade de Filosofia, Letras e Ciências Humanas da Universidade de São Paulo (USP), jornalista, editor e autor de A Conquista do Brasil (1500-1600), A Criação do Brasil (1600-1700) e A Exploração do Brasil (1700-1800), entre outras obras de reportagem, ficção e poesia.

REFERÊNCIAS BIBLIOGRÁFICAS

ABREU, Márcia (org.). Leitura, História e História da Leitura. São Paulo: Mercado de Letras, 2000.

ALIGHIERI, Dante. Divina Comédia [1321]. Desenhos Sandro Botticelli. Tradução e notas João Trentino Ziller. Apresentação João Adolfo Hansen. Notas à Comédia de Botticelli Henrique P. Xavier. Cotia, SP/Campinas, SP: Ateliê Editorial/Editora da Unicamp, 2011.

ALMEIDA, Francisco José de Lacerda e. "Diário da viagem de Vila-Bela para São Paulo [1788-1789]". In: Diário da viagem do Dr. Francisco Jose de Lacerda e Almeida pelas capitanias do Pará, Rio Negro, Matogrosso, Cuiabá, e São Paulo, nos anos de 1780 a 1790. São Paulo: Tipografia de Costa Silveira, 1841.

ALVES, Luiz Roberto. Confissão, poesia e inquisição. São Paulo: Ática, 1983.

ALVES, Hélio J. S. A casca de Tritão: teoria poética na crítica quinhentista a Os Lusíadas: à leitura "brasileira" de Bento Teixeira. In: Reunião Internacional de Camonistas, 6, 2012, Coimbra. Actas da VI Reunião Internacional de Camonistas. Coimbra: Imprensa da UC, 2012.

AMORA, Antônio Soares. A Prosopopeia, de Bento Teixeira, à luz da moderna camonologia. Lisboa: Universidade de Lisboa, 1957, 11p.

ANDRADE, Mário de. "As danças dramáticas no Brasil" [1934-1944]. In: Danças dramáticas do Brasil, tomo I. Organização Oneida Alvarenga. Belo Horizonte/Brasília: Editora Itatiaia/Instituto Nacional do Livro, 1982.

ANDRADE, Mário de. Lira paulistana [1945]. In: De Paulicéia Desvairada a Café: Poesias completas. São Paulo: Círculo do Livro/Martins, 1983. 153

ANDRADE, Oswald. "Pau-brasil" [1925]. In: Cadernos de Poesia do aluno Oswald (Poesias reunidas). Organização Haroldo de Campos. São Paulo: Círculo do Livro/Civilização Brasileira, 1981.

ARISTÓTELES. Ética a Nicômaco. Tradução do grego de Antônio de Castro Caeiro. São Paulo: Atlas, 2009.

ARISTÓTELES. Poética. Tradução, prefácio, introdução, comentário e apêndices de Eudoro de Sousa. 8ª edição. Lisboa: Imprensa Nacional – Casa da Moeda, 2008. ARISTÓTELES. Retórica. Tradução e notas de Manuel Alexandre Júnior, Paulo Farmhouse Alberto e Abel do Nascimento Pena. 2ª ed. revista. Lisboa: Imprensa Nacional – Casa da Moeda, 2005.

ARISTÓTELES. Poética. 3 a ed. Tradução de Ana Maria Valente. Lisboa: Fundação Calouste Gulbenkian, 2008.

ARISTÓTELES. The art of Rhetoric. Cambridge-MA: Harvard University Press, 1926.

ASSARÉ, Patativa do. Inspiração nordestina [1956]. São Paulo: Hedra, 2003.

BACHELARD, Gaston. "Pureza e purificação. A moral da água". In: A água e os sonhos: ensaio sobre a imaginação da matéria [1942]. Tradução Antônio de Pádua Danesi. Revisão da tradução Rosemary Costhek Abílio. São Paulo: Martins Fontes Editora, 2002.

BANDEIRA, Manuel. Apresentação da poesia brasileira: seguida de uma antologia. São Paulo: Cosac Naify, 2009.

BANDEIRA, Manuel. Estrela da Manhã [1936]. In: Estrela da vida inteira. Introdução Gilda de Melo e Souza e Antonio Candido. São Paulo: Record/ Altaya, 1998.

BARBOSA, João Alexandre. "Balanço de João Cabral" [1984]. In: As ilusões da modernidade: notas sobre a historicidade da lírica moderna. São Paulo: Editora Perspectiva, 2005.

BETHENCOURT, Francisco. História das Inquisições: Portugal, Espanha e Itália – séculos XV-XIX. São Paulo: Companhia das Letras, 2000.

BORSATO, Fabiane Renata. Estudo da moldura em poemas modernos e contemporâneos. Revista Intertexto, Dossiê Temático: os limites da poesia, v. 11, n. 2, 2018.

BOSI, Alfredo. História concisa da literatura brasileira. 42a ed. São Paulo: Cultrix, 2004.

BOSI, Alfredo. "O Auto do Frade: as vozes e a geometria" [1984]. In: Céu, inferno: ensaios de crítica literária ideológica [1988]. São Paulo: Duas Cidades/ Editora 34, 2003.

BOXER, Charles R. O império marítimo português: 1415-1825. 3ª. reimpressão. São Paulo: Cia. das Letras, 2002.

BOXER, Charles R. Jorge d' Albuquerque Coelho: A Luso-Brazilian Hero of the Sea, 1539-1602. Luso-Brazilian Review, v. 6, n. 1, p. 3-17, 1969.

BRANDÃO, Roberto Oliveira. Poética e Poesia no Brasil (Colônia). São Paulo: Editora da UNESP, 2001.

BRAUND, Susan; Latin Literature. New York: Routledge, 2002.

BRITO, Bernardo Gomes de. História Trágico-Marítima. Rio de Janeiro: Lacerda Editores, 1998.

BUENO, Alexei. Uma história da poesia brasileira. Rio de Janeiro: G. Ermakoff, 2007.

BURCKHARDT, Jacob. A cultura do Renascimento na Itália. Brasília: Editora da UnB, 1991.

CAGLIARI, Luiz Carlos. Poesia e ritmo: um ponto de vista fonético. Conferência na Pontifícia Universidade Católica de São Paulo, VI Encontro Nacional do Grupo de Trabalho da ANPOLL Teoria do Texto Poético: Poesia e Ritmo – Ações poéticas e Inserção social, 21 nov. 2019. CAMÕES, Luís de. Os Lusíadas [1572]. Edição e comentários de Gladstone Chaves de Melo, Sílvio Elia et alii. Rio de Janeiro: BIBLIEX, 1980.

CAMÕES, Luís de. Os Lusíadas (reprodução fac-símile da 1ª. edição de 1572). Porto: Lello & Irmão, 1949.

CAMPOS, Haroldo de. "O geômetra engajado" [1963]. In: Metalinguagens & outras metas. São Paulo: Editora Perspectiva, 2006.

CANDIDO, Antonio. Literatura e Sociedade: estudos de teoria e história literária. 7ª ed. São Paulo: Companhia Editora Nacional, 1985.

CAPISTRANO DE ABREU, José. Ensaios e estudos: crítica e história (1ª. Série). 2ª ed. Rio de Janeiro: Civilização Brasileira, 1975.

CARDOZO, Joaquim. Signo estrelado [1960]. In: Poesias completas. Rio de Janeiro: Civilização Brasileira, 1979.

CARREIRO, Tião; PARDINHO. “Rio de lágrimas”. In: A força do perdão. São Paulo: Continental/Sertanejo, 1972.

CARVAJAL, Gaspar de. Relación del descubrimiento del famoso río grande que, desde su nacimiento hasta el mar, descubrió el Capitán Orellana en unión de 56 hombres [1541-1542]. 154 Organização Juan B. Bueno Medina. Bogotá: Prensas de la Biblioteca Nacional, 1942.

CARVALHO, Maria do Socorro Fernandes de. Poesia de agudeza em Portugal: estudo retórico da poesia lírica e satírica escrita em Portugal no início do século XVII. São Paulo: Humanitas; Edusp, 2007.

CARVALHO, Maria do Socorro Fernandes de; LACHAT, Marcelo; SILVARES, Lavinia (Org.). Hidra Vocal: Estudos sobre Retórica e Poética (Em Homenagem a João Adolfo Hansen). Cotia: Ateliê, 2020.

CARVALHO, Ronald de. Pequena história da literatura brasileira. 13a ed. Rio de Janeiro: F. Briguet & Cia. Editores, 1968.

CARVALHO,Vicente de. Poemas e canções [1908]. São Paulo: Editora O Pensamento, 1917.

CASCUDO, Luís da Câmara. “Autos populares e danças dramáticas” [1945-1952]. In: Literatura oral no Brasil [1952]. São Paulo: Global Editora, 2006.

CASTELO, José. João Cabral de Melo Neto: o homem sem alma & Diário de tudo. Rio de Janeiro: Bertrand Brasil, 2006.

CASTELO, José Aderaldo. Manifestações Literárias no Período Colonial (1500-1808/1836). São Paulo: Cultrix, 1981.

CASTRO, Josué de. “Área do sertão do nordeste”. In: Geografia da fome. O dilema brasileiro: pão ou aço. Rio de Janeiro: Edições Antares, 1984.

CEPELOS, Batista. Os Bandeirantes [1906]. Prefácio Olavo Bilac. Rio de Janeiro/Paris: H. Garnier, 1911. COLKER, Deborah (Org.). Cão sem plumas: catálogo do espetáculo. Rio de Janeiro: Cia de Dança Deborah Colker, 2017.

CHAUVIN, Jean Pierre. Revisão de Bento Teixeira. Todas as Musas, São Paulo, ano 10, n. 1, p. 71-87, jul./dez. 2018.

CHARTIER, Roger. Debate: Literatura e História. Topoi, n. 1, Rio de Janeiro: UFRJ / 7 Letras, pp. 197-216, 2000.

CIACCHI, Andrea. A Prosopopeia de Bento Teixeira: materiais e apontamentos para uma revisão historiográfica. In: Graphos: Revista do Programa de Pós-graduação em Letras – UFPB, v. 2, nº. 4, João Pessoa: UFPB, junho de 1997.

CORTE-REAL, Jerónimo. Poesia. Coimbra: Angelus Novus, 1998.

CORTE-REAL, Jerónimo. Sucesso do Segundo Cerco de Diu: estando Dom João Mascarenhas por capitão da fortaleza. Ano de 1546. Lisboa: Oficina de Antonio Gonçalves, 1574.

COSTA, Cláudio Manuel da. "Vila Rica" [1773]. Introdução e notas Eliana Scotti Muzzi. In: PROENÇA FILHO, Domício (Org.). A Poesia dos Inconfidentes. Rio de Janeiro: Nova Aguilar, 2002.

COSTA, Cristina Henrique da. "O complexo referencial de João Cabral". In: Imaginando João Cabral imaginando. Campinas, SP: Editor da Unicamp, 2014.

COSTIGAN, Lúcia. (org.). Diálogos da conversão. Campinas: Editora da Unicamp, 2005. 50

COSTIGAN, Lúcia. Empreendimento e resistência do cristão-novo face à política de Felipe II: o processo inquisitorial de Bento Teixeira. Colonial Latin American Review, v. 12, n. 1, p. 37-61, 2003.

COUTO, Domingos do Loreto. Desagravos do Brasil e Glórias de Pernambuco [1757]. Apresentação e índice José Antônio Gonçalves de Melo. Recife: Fundação de Cultura da Cidade do Recife, 1981.

COUTINHO, Afrânio. Introdução à literatura no Brasil. 11a ed. Rio de Janeiro: Civilização Brasileira, 1983.

CUSTÓDIO, Pedro Balaus. A História Trágico-Marítima: do herói ao anti-herói. Dissertação de mestrado. Coimbra: Faculdade de Letras da Universidade de Coimbra, 1992.

DETIENNE, Marcel; VERNANT Jean-Pierre. Métis – As astúcias da inteligência. Tradução de Filomena Hirata. São Paulo: Odysseus Editora, 2008.

ELIAS, Norbert. A Sociedade de Corte. Rio de Janeiro: Jorge Zahar Editor, 2001.

FELIPE, Cleber Vinicius do Amaral. Poética da prudência: a expansão portuguesa quinhentista na tradição épica. Dissertação (Mestrado em História) – Programa de Pós-Graduação em História, Universidade Federal de Uberlândia, Uberlândia, 2011.

FELIPE, Cleber Vinicius do Amaral. A dissimulação prudente e o simulacro artificioso nas epopeias Os Lusíadas (1572) e Prosopopeia (1601). História & Perspectivas, Uberlândia, n. 50, p. 509-550, jan./jun. 2014. Mitologia e emulação poética em Prosopopeia: harmonização entre elementos potencialmente conflitantes. História & Perspectivas, Uberlândia, n. 41, p. 353-382, jul./dez. 2009.

FELIPE, Cleber Vinicius do Amaral. Heroísmo na singradura dos mares: histórias de naufrágios e epopeias nas conquistas ultramarinas portuguesas. São Paulo: Paco, 2018.

FELIPE, Cleber Vinicius do Amaral; CHAUVIN, Jean Pierre. Estudos sobre a épica luso-brasileira (séculos XVI-XVIII). São Paulo: Fonte, 2021.

FERNANDES GAMA, José Bernardo. "Sertão de Pernambuco". In: Memórias históricas da Província de Pernambuco – Volume I [1844]. Prefácio Mauro Mota. Recife: Arquivo Público Estadual, 1977.

FERREIRA, Ascenso. Ensaios folclóricos. Organização e notas Roberto Benjamin. Recife: Secretaria de Educação do Estado de Pernambuco/ Departamento de Cultura, 1986.

FERREIRA, Luzilá Gonçalves. Apresentação. In: PILOTO, Afonso Luiz; TEIXEIRA, Bento. Naufrágio & Prosopopeia. Recife: Editora Universitária da UFPE, 2001.

FERREIRA, L. G. (org.). Prosopopeia de Bento Teixeira & Naufrágio. Recife: Ed. UFPE (Coleção Nordeste), 2000.

FOUCAULT, Michel. What's an author? In: HARARI, J. Textual strategies: perspectives in post-structuralist criticism, London: Methuen & Co. Ltd, 1980. p. 141-160.

FURTADO, Celso. "Perspectivas dos próximos decênios". In: Formação econômica do Brasil [1959]. São Paulo: Companhia das Letras, 2007.

GANDAVO, Pero de Magalhães. História da Província Santa Cruz. Organização de Ricardo Martins Vale. São Paulo: Hedra, 2008.

GARCIA, R. Escritos Avulsos. Rio de Janeiro: Biblioteca Nacional, 1973.

GRACIÁN, Baltasar. A Arte da Prudência. Tradução de Adriana Junqueira Arantes. São Paulo: Martin Claret, 1998.

HANSEN, João Adolfo. A máquina do mundo. In: NOVAES, Adauto (Org.). Poetas que pensaram o mundo. São Paulo: Companhia das Letras, 2005. p. 157-197.

HANSEN, João Adolfo. Artes e Letras no Brasil Anteriores ao Século XVIII. In: HANSEN, João Adolfo. Autoria, obra e público na poesia colonial luso-brasileira atribuída a Gregório de Matos e Guerra. Journal of lusophone studies, v. 12, p. 91-117, 2014.

HANSEN, João Adolfo. Barroco, Neobarroco e Outras Ruínas. Floema Especial (UESB), ano II, n. 2, 2006.

HANSEN, João Adolfo (1942-). "Notas sobre o gênero épico". In: Teixeira, Ivan (Org.). Épicos: Prosopopeia, O Uraguai, Caramuru, Vila 155 Rica, A Confederação dos Tamoios; I-Juca-Pirama. São Paulo: Edusp/Imprensa Oficial do Estado, 2008.

HANSEN, João Adolfo. A sátira e o engenho: Gregório de Matos e a Bahia do século XVII, São Paulo: Ateliê Editorial, Campinas: Editora da Unicamp, 2004.

HANSEN, João Adolfo. Categorias epidíticas da ekphrasis. Revista USP, 71, 85-105, 2006a.

HANSEN, João Adolfo. Categorias epidíticas da ekphrasis. São Paulo: Revista USP, 2006. Vol. 71.

HANSEN, João Adolfo. Colonial e Barroco. In: SALOMÃO, Jayme (org.). América: descoberta ou invenção? Rio de Janeiro: Imago Editora, 1992.

HANSEN, João Adolfo. Autor. In: JOBIM, José Luís (org.). Palavras da crítica. Rio de Janeiro: Imago, 1992.

HANSEN, João Adolfo. Práticas Letradas Seiscentistas. Discurso, n. 25, 1995.

HANSEN, João Adolfo. Prefácio. In: PÉCORA, Alcir. Teatro do sacramento: a unidade teológico-política dos sermões de Antônio Vieira. Campinas: Editora da Unicamp; São Paulo: Edusp, 1994, pp. 15-36.

HANSEN, João Adolfo. Ut pictura poesis e verossimilhança na doutrina do conceito no século XVII colonial. Floema Especial, ano II, n. 2A, p. 111-131, out. 2006b.

HANSEN, João Adolfo. Introdução. In: PÉCORA, Alcir. Poesia seiscentista – Fênix renascida & Postilhão de Apolo. São Paulo: Hedra, 2002.

HARTOG François. A história de Homero a Santo Agostinho. Prefácios de historiadores e textos sobre história reunidos e comentados por François Hartog (org.); traduzidos para o português por Jacintho Lins Brandão. Belo Horizonte: Ed. UFMG, 2001.

HERMAN , Jacqueline. El-Ksar El-Kebir. Narrativas e história sebástica na batalha dos Três Reis. Marrocos, 1578. História: Questões & Debates, Curitiba, n. 45, p. 11-28, 2006.

HERMANN , Jacqueline. No reino do desejado: a construção do sebastianismo em Portugal, séculos XVI e XVII. São Paulo: Companhia das Letras, 1998.

HERMANN , Jacqueline. 1580-1600: O sonho da salvação. São Paulo: Companhia das Letras, 2000.

HERMÓGENES. L'art rhétorique. Traduction, introduction et notes par Michel Patillon; préface de Pierre Laurens. Lausanne: L'Âge d'Homme, 1997

HERÓDOTO. Histórias: livro I – Clio. Tradução, introdução e notas de Maria Aparecida de Oliveira Silva. São Paulo: Edipro, 2015.

HOLANDA, Francisco Buarque de. Trilha sonora da peça "Morte e vida severina". Rio de Janeiro: Philips, 1966. LIMA, Luiz Costa. "A traição consequente ou a poesia de Cabral". In: Lira e antilira: Mário, Drummond, Cabral. Rio de Janeiro: Civilização Brasileira, 1968.

HOLANDA, Sérgio Buarque de. Capítulos da literatura colonial. Organização e introdução de Antonio Candido. São Paulo: Brasiliense, 1991.

São Paulo: Brasiliense, 1991.

HOLANDA, Sérgio Buarque. Antologia dos poetas brasileiros da fase colonial. São Paulo: Perspectiva, 1979.

HÖLSCHER, Tonio. Visual Power in Ancient Greece and Rome: Between Art and Social Reality. Oakland: University of California, 2018.

HOMERO. Ilíada. Tradução, posfácio e notas de Trajano Vieira. São Paulo: Editora 34, 2020.

HOMERO. Odisseia. Tradução de Carlos Alberto Nunes. Rio de Janeiro: Ediouro, 2001.

HORÁCIO. Arte poética. Introdução, tradução e comentários de R. M. Rosado Fernandes. Lisboa: Livraria Clássica, s/d (coleção bilíngue).

HORÁCIO. Arte poética. Tradução, introdução e notas de Guilherme Gontijo Flores. Belo Horizonte: Autêntica, 2020.

IDEIAS, José Antônio Costa. A Relação de viagem e naufrágio da nau "São Paulo", de Henrique Dias. Consagração martirológica e libelo acusatório. In: SEIXO, Maria

YOKOZAWA, Solange Fiuza Cardozo. Notas sobre poesia e leitor em João Cabral. Caligrama, v.19, n.1, Belo Horizonte, 2014.

KANTOROWICZ, E. H. Os dois corpos do Rei: um estudo sobre teologia política medieval, São Paulo: Companhia das Letras, 1998.

KENEDI, George A. Progymnasmata: Greek textbooks of prose composition and rhetoric. Aelius Theon; Hermogenes; Aphtonius the Sophist; Nicolaus the Sophist. Atlanta: Society of Biblical Literature, 2003

KOSELLECK, Reinhart. Futuro passado: contribuição à semântica dos tempos históricos. Tradução de Wilma Patrícia Maas e Carlos Almeida Pereira; revisão de César Benjamin. Rio de Janeiro: Contraponto; Ed. Puc-Rio, 2006.

KURY, Mário da Gama. Dicionário de mitologia grega e romana. 8ª ed. Rio de Janeiro: Jorge Zahar, 2008.

LANCIANI, G. Os relatos de naufrágios na literatura portuguesa dos séculos XVI e XVII. Portugal: Instituto de Cultura Portuguesa, 1979.

LANGFUR, Hal. Canibalismo e a legitimidade da guerra justa na época da Independência. Tradução de Sergio Lamarão. Revista Brasileira de História, São Paulo, v. 37, n. 75, p. 119-143, 2017.

LAUSBERG, Heinrich. Manual de retórica literária: fundamentos de una ciencia de la literatura. Vol. III. Versión española de José Pérez Riesco. Madrid: Gredos, 1994

LE GOFF, Jacques. História e memória. 7ª ed. revista. Campinas: Editora da Unicamp, 2013.

LICHTENSTEIN, Jacqueline. O paralelo das artes. In: A pintura – textos essenciais. Vol. 7: O paralelo das artes. Direção geral de Jacqueline Lichtenstein. Apresentação de Jean-François Groulier. 100 Coordenação da tradução de Magnólia Costa. São Paulo: Editora 34, 2004. p. 9-16. LUZ, Guilherme Amaral.

Produção de concórdia: a poética do poder na América portuguesa (sécs. XVI-XVIII). Varia Historia, v. 23, p. 543-560, 2007.

LIMA, Alceu de Amoroso. Quadro sintético da literatura brasileira. Rio de Janeiro: Agir, 1959.

LIMA, Luís Felipe Silvério. O império dos sonhos: narrativas proféticas, sebastianismo e messianismo brigantino. Tese de Doutorado. São Paulo: USP, 2005.

LIMA, Maria de Fátima Gonçalves. O discurso do poema "O Rio" de João Cabral. Limite, n.5, p.193-212, Lisboa, 2011.

LIPINER, Elias. Os judaizantes nas capitanias de cima (estudos sobre os cristãos-novos do Brasil nos séculos XVI e XVII). São Paulo: Brasiliense, 1969.

LOBO, Francisco Rodrigues. Corte na Aldeia. Lisboa: Livraria Sá da Costa (Coleção de Clássicos Sá da Costa), 1945.

LUNA, Jairo. Retórica da poesia épica. Dissertação de Mestrado. São Paulo: FFLCH/USP, 1997. 77

LUZ, Guilherme Amaral. O canto de Proteu: a corte na colônia em Prosopopeia, de Bento Teixeira. In: Flores do desengano: poética do poder na América Portuguesa (séculos XVI-XVIII). São Paulo: Editora Fap-Unifesp, 2013, p. 105-132.

LUZ, Guilherme Amaral. Os irmãos Albuquerque em Prosopopeia: pequena nobreza e grande épica. Actas do Congresso Pequena Nobreza nos Impérios Ibéricos de Antigo Regime. Lisboa: IICT, 2011.

MADEIRA, A. Livro dos naufrágios: ensaio sobre a história trágico-marítima. Brasília: Editora Universidade de Brasília, 2005.

MALTA, André. A astúcia de ninguém: ser e não ser na Odisseia. Belo Horizonte: Impressões de Minas, 2018.

MARANDOLA, Janaina de Alencar Mota e Silva. "O caminho do rio/ homem". In: Caminhos de morte e de vida: o rio Severino de João Cabral de Melo Neto. Rio Claro, SP: Dissertação de mestrado, Universidade Estadual Paulista, 2007.

MARCHIORI, Luciano Antonio B. S. Hércules furioso de Sêneca: estudo introdutório, tradução e notas (Dissertação de mestrado). São Paulo: Universidade de São Paulo (USP), 2008.

MARQUES, Pedro. Do ler e ouvir poesia: Luiz Gama e Machado de Assis. Machado de Assis em Linha, vol. 11, no. 24, agosto de 2018 a, p. 12-32. ___. Verso de letra e de ouvido: Manuel Bandeira. Revista Intertexto, Dossiê Temático: os limites da poesia, 2018b, p. 56-79.

MARTINS, Paulo. Uma visão periegemática sobre a écfrase. Revista Classica, v. 29, n. 2, p. 163-204, 2016.

MARTINS, Wilson. História da Inteligência Brasileira. Volume I (1550-1794). São Paulo: Cultrix, 1978.

MELO, Evaldo Cabral de. A outra independência: o federalismo pernambucano de 1817 a 1824. São Paulo: Editora 34, 2004.

MELO NETO, João Cabral de. Duas águas. Rio de Janeiro, José Olympio, 1956. ___. "O cão sem plumas" [1950]. In: Obra completa: João Cabral de Melo Neto. Rio de Janeiro: Nova Aguilar, 1994a. ___. "O rio: relação da viagem que faz o Capibaribe de sua nascente à cidade do Recife" [1954]. In: Morte e vida Severina e outros poemas para vozes. Rio de Janeiro: Nova Fronteira, 1994b.

MELLO, José Antônio Gonsalves de. Bento Teixeira, autor da Prosopopeia. In: _____. Estudos pernambucanos. 2 a ed. Recife: Fundarpe, 1986, pp. 13-52.

MERQUIOR, José Guilherme. De Anchieta a Euclides: Breve História da Literatura Brasileira I. 2ª ed. Rio de Janeiro: José Olympio, 1979.

MERQUIOR, José Guilherme. "Nuvem civil sonhada – ensaio sobre a poética de João Cabral de Melo Neto". In: A astúcia da mímese: ensaios sobre lírica. Rio de Janeiro: José Olympio, 1972.

MOISÉS, Massaud. História da Literatura Brasileira (Vol. 1: Origens, Barroco e Arcadismo). 2ª ed. São Paulo: Cultrix, 1985.

MOREIRA, Marcelo. "Louvor e história em Prosopopeia". In: Teixeira, Ivan (Org.). Épicos: Prosopopeia, O Uraguai, Caramuru, Vila Rica, A Confederação dos Tamoios; I-Juca-Pirama. São Paulo: Edusp/Imprensa Oficial do Estado, 2008. 156

MORGANTI, Bianca Fanelli. A mitologia n'Os Lusíadas: balanço histórico-crítico. Dissertação de Mestrado. Campinas: Universidade Estadual de Campinas, 2003.

MUHANA, Adma Fadul. A epopeia em prosa seiscentista: uma definição de gênero. Tese de Doutorado. São Paulo: FFLCH/USP, 1996. _____. O Prosopopeia de Bento Teixeira: epopeia de derrotas. In: Anais do XIX Encontro Brasileiro de Professores de Literatura Portuguesa – Imaginário: o não-espaço do real. Curitiba: 2003, pp. 14-19.

MUHANA, Adma. Introdução. In: MUHANA, Adma. Poesia e Pintura ou Pintura e Poesia. Tratado seiscentista de Manuel Pires de Almeida. Tradução de João Ângelo Oliva Neto. São Paulo: Edusp, 2002. p. 9-61.

MUHANA, Adma. O Prosopopeia de Bento Teixeira: epopeia de derrotas. Anais do XIX Encontro Brasileiro de Professores de Literatura Portuguesa, Curitiba, 2003, p. 14-19.

MUHANA, Adma. Poesia e Pintura ou Pintura e Poesia. Tratado seiscentista de Manuel Pires de Almeida. Tradução de João Ângelo Oliva Neto. São Paulo: Edusp, 2002.

NASCIMENTO, Ana Paula Gomes do. A primeira edição brasileira do "primeiro poeta brasileiro": a publicação de 1873 da Prosopopeia, algumas rotas de leitura e novos caminhos da crítica ao poema. Revista BBM, São Paulo, n. 2, p. 236-254, jan./jun. 2020. Naufrágio, que passou Jorge d'Albuquerque Coelho, Capitão, e Governador de Paranambuco. Em Lisboa: Por Antonio Alvarez, 1601.

NOGUEIRA, Érico. Poesia bovina. Prefácio Marcelo Tápia. São Paulo: É Realizações Editoriais, 2014.

NOVINSKI, Anita & CARNEIRO, Maria Luiza Tucci. Inquisição: ensaios sobre mentalidade, heresias e arte. São Paulo: Edusp, 1992.

NUNES, Benedito. "A experiência de construção" [1971]. In: João Cabral de Melo Neto. Coleção Poeta Modernos do Brasil. Petrópolis, RJ: Editora Vozes, 1974.

OLIVEIRA, Ana Lúcia Machado de. Aristóteles e a imagem nas lentes seiscentistas: deslocamentos e reciclagens. In: ROCHA, Fátima Cristina Dias (Org.). Cenas do discurso: deslocamentos e transformações. Rio de Janeiro: 7letras, 2006. p. 13-28.

OLIVEIRA, Waltencir Alves de. "Duas águas na poesia de João Cabral de Melo Neto, de Pedra do Sono a Duas Águas". In: O gosto dos extremos: tensão e dualidade na poesia de João Cabral de Melo Neto, de Pedra do Sono a Andando Sevilha. São Paulo: EDUSP / FAPESP, 2012.

PAUSANIAS. Description of Greece. Translated bi Jones, W. H. S. and Ormerod, H. A. Loeb Classical Library Volumes. Cambridge, MA, Harvard University Press; London, Wiliam Heinemann Ltd. 1918.

PÉCORA, Alcir. Máquina de Gêneros: novamente descoberta e aplicada a Castiglione, Dela Casa, Nóbrega, Camões, Vieira, La Rochefoucauld, Gonzaga, Silva Alvarenga e Bocage, São Paulo: Edusp, 2001.

PEREIRA, Kênia Maria de Almeida. Prosopopeia: poema de resistência. Dissertação (Mestrado em Letras) – Programa de Pós-graduação, Universidade Estadual de São Paulo, São José do Rio Preto, 1992.

PEREIRA, Kênia Maria de Almeida. A poética da resistência em Bento Teixeira e A. J. da Silva. São Paulo: Annablume, 2003.

PEREIRA, Kênia Maria de Almeida. Um rápido olhar sobre nosso primeiro poeta épico. Linguagem – Estudos e Pesquisas (UFG/Catalão), vol. 1, n. 1, pp. 9-26, 1997. _____. A poética da resistência em Bento Teixeira e Antônio José da Silva, o Judeu. São Paulo: Annablume, 1998.

PEREIRA, Paulo Roberto. (org.). Brasiliana da Biblioteca Nacional: guia de fontes sobre o Brasil. Rio de Janeiro: Nova Fronteira, 2001.

PIGAFETTA, Antonio. Relazione del primo viaggio intorno al mondo [1536]. Organização Camillo Manfroni. Milano: Istituto Editoriale Italiano,1956.

PIRES, Francisco Murari. Mithistória. São Paulo: Humanitas, 1999.

PLUTARCO. Como tirar proveito de seus inimigos. Tradução de Isis Borges B. da Fonseca. São Paulo: Martins Fontes, 1997.

PROENÇA FILHO, Domício. Estilos de época na literatura: através de textos comentados. 8 a ed. São Paulo: Ática, 1984. SOUSA, J. Galante de. Em torno do poeta Bento Teixeira. São Paulo: IEB/USP, 1972.

PSEUDO CÍCERO. Retórica a Herênio. São Paulo: Hedra, 2005.

QUINT, D. Epic and Empire: politics and generic form from Virgil to Milton. Princeton: Princeton University Press, 1992.

QUINTILIANO, Marcos Fábio. "Livro III". In: Instituição Oratória – Tomo I. Tradução, apresentação e notas Bruno Fregni Bassetto. Campinas, SP: Editora da Unicamp, 2015.

QUINTILIANO. Instituição oratória. Tomo II. Edição em latim e português. Tradução, apresentação e notas de Bruno Fregni Bassetto. Campinas: Editora da Unicamp, 2015. _______. Instituição oratória. Tomo III. Edição em latim e português. Tradução, apresentação e notas de Bruno Fregni Bassetto. Campinas: Editora da Unicamp, 2016.

RODOLPHO, Melina. Écfrase e evidência. Letras Clássicas, São Paulo, v. 18, n. 1, p. 94-113, 2014.

RAMOS, Péricles Eugênio da Silva. Do Barroco ao Modernismo: estudos de poesia brasileira. 2ª ed. Rio de Janeiro: Livros Técnicos e Científicos, 1979.

REIS, José Carlos. Escola dos A n ales: a inovação em história. São Paulo: Paz e Terra, 2000.

ROMERO, Sílvio. História da Literatura Brasileira (Tomo II: Formação e desenvolvimento autonômico da Literatura Nacional). 3ª ed. Rio de Janeiro: José Olympio, 1943.

RONCARI, Luiz Dagobert de Aguirra. Literatura Brasileira – dos primeiros cronistas aos últimos românticos. São Paulo: EDUSP, 1995.

SALVADOR, Frei Vicente do. História do Brasil: 1500-1627. Revisão de Capistrano de Abreu, Rodolfo Garcia e Frei Venâncio Willeke, OFM; apresentação de Aureliano Leite. 7ª ed. Belo Horizonte: Itatiaia; São Paulo: Edusp, 1982.

SANTOS, Gislaine Goulart dos. "João Cabral e o poema dramático". In: O engenheiro esfarelado: o processo criativo em Notas sobre uma possível A casa de farinha, de João Cabral de Melo Neto. Campinas, SP: Tese de Doutorado, Universidade Estadual de Campinas, 2019. SAPIR, Edward. "Os Fundamentos musicais do verso" [1921]. In: Linguística como ciência: ensaios. Seleção, tradução e notas J. Mattoso Câmara Jr. Rio de Janeiro: Livraria Acadêmica, 1961.

SARAIVA, Antônio José. História da Literatura Portuguesa. Porto: Porto Editora, s/d.

SCHWARCZ, Lilia Moritz. A longa viagem da Biblioteca dos Reis. São Paulo: Companhia das Letras, 2002.

SCIENCE, Chico. "Antene-se". In: NAÇÃO ZUMBI. Da lama ao caos. Rio de Janeiro: Chaos/Sony Music, 1994.

SECCHIN, Antonio Carlos. "O prosaico no poema (o rio)". In: João Cabral: a poesia do menos. São Paulo/Brasília: Duas Cidades/INL, 1985. ___. "Do fonema ao livro" [2003]. In: Percurso da poesia brasileira: do século XVIII ao XXI. Belo Horizonte: Autêntica Editora/Editora UFMG, 2018.

SHIGUEHARA, Alexandre Koji. "Um rio vê os homens (O rio)". In: Ao longo do rio: João Cabral e três poemas do Capibaribe. São Paulo: Editora Hedra, 2010.

SINKEVISQUE, Eduardo. Exercícios retóricos: Progymnasmata em Sebastião da Rocha Pita. Letras, Santa Maria, Especial, n. 1, p. 191- 204, 2019.

SOUSA, J. Galante de. Em torno do poeta Bento Teixeira. São Paulo: IEB/USP, 1972.

SOUSA, Pero Lopes de. Diário da navegação [1530-1532]. Introdução J. P. Leite Cordeiro. Notas Eugênio de Castro. São Paulo: Obelisco, 1964. 157

STERZI, Eduardo. Terra devastada: persistências de uma imagem. Remate de Males, v.34, n. 1, jan./jun., Campinas, 2014.

SUASSUNA, Ariano. Auto da Compadecida [1955]. Prefácio Henrique Oscar. Rio de Janeiro: Livraria Agir Editora, 1971 TEIXEIRA, Bento. "Prosopopeia" [1601]. In: TEIXEIRA, Ivan (Org.). Épicos: Prosopopeia, O Uraguai, Caramuru, Vila Rica, A Confederação dos Tamoios; I-Juca Pirama. São Paulo: Edusp/Imprensa Oficial do Estado, 2008.

TEIXEIRA, Ivan. Raízes: Roteiro da poesia brasileira. Seleção e prefácio de Ivan Prado Teixeira; direção de Edla van Steen. São Paulo: Global, 2008. p. 63-96.

TOFFOLI, Bárbara Faria. Os gêneros retóricos e seu caráter poético argumentativo em Prosopopeia, de Bento Teixeira. Dissertação (Mestrado em Letras) – Programa de Pós-Graduação em Letras, Universidade Federal do Espírito Santo, Vitória, 2021.

TOMÁS DE AQUINO, Santo. A prudência: a virtude da decisão certa. Tradução, introdução e notas de Jean Lauand. São Paulo: Martins Fontes, 2005.

VANDRÉ, Geraldo. "Para não dizer que não falei das flores". In: Geraldo Vandré – Compacto. São Paulo: RCA Victor/Som Maior, 1968.

VARNHAGEN, Francisco Adolfo de. Florilégio da poesia brasileira. Tomo I. Rio de Janeiro: Academia Brasileira de Letras, 1946.

VERÍSSIMO, José. Estudos de literatura brasileira: 4ª série. São Paulo: Ed. da Universidade de São Paulo, 1977.

VERÍSSIMO, José. História da Literatura Brasileira. 4a ed. Brasília: Editora da UnB, 1963.

VERNIERI, Susana. "O rio e suas raízes". In: O Capibaribe de João Cabral em o Cão sem plumas e O rio: Duas águas? São Paulo: A n ablume, 1999. ___"O silêncio e a voz". In: O toque da flauta: uma leitura e João Cabral de Melo Neto. Porto Alegre: Tese de Doutorado, Universidade Federal do Rio Grande do Sul, 2002.

VICENTE, Gil. "Auto da Barca do Purgatório" [1518]. In: Obras Completas – Gil Vicente, vol. II. Prefácio e notas Marques Braga. Lisboa: Livraria Sá da Costa Editora, 1974.

VIEIRA, Antônio. As lágrimas de Heráclito. Fixação de textos, introdução e notas de Sônia N. Salomão. São Paulo: Editora 34, 2001.

VILÀ I TOMÀS, L. Épica e Império: *imitación virgiliana i propaganda política em la épica española del siglo XVI.* Tese de Doutorado. Barcelona: Universitat Autônoma de Barcelona, 2001.

VILAÇA, Alcides. "Expansão e limite da poesia de João Cabral". In: BOSI, Alfredo (Org.). Leitura de poesia. São Paulo: Editora Ática, 1996. VIOLA, Paulinho da. Foi um rio que passou em minha vida. Rio de Janeiro; EMI-Odeon, 1970.

VILAR [de CARVALHO], Gilberto. O primeiro brasileiro: onde se conta a história de Bento Teixeira, cristão-novo, instruído, desbocado e livre, primeiro poeta do Brasil, perseguido e preso pela Inquisição. São Paulo: Marco Zero, 1995.

VOIGT, Lisa. Naufrágio, cativeiro, e relações ibéricas: a História trágico-marítima num contexto comparativo. Varia Historia, Belo Horizonte, v. 24, n. 39, 2008, p. 201-226.

WEBB, Ruth. Ekphrasis, Imagination and Persuasion in Ancient Rhetorical Theory and Practice. Farnham, England/Burlington, VT: Ashgate, 2009. 102 103

ZUMTHOR, Paul. "Presença do corpo". In: Introdução à poesia oral [1983]. Tradução Jerusa Pires Ferreira. São Paulo: Editora Hucitec, 1997

ZURBACH, Christine. História e ficção nos relatos de naufrágio. O caso da "Relação da mui notável perda do Galeão Grande São João". In: SEIXO, Maria Alzira;

SUMÁRIO